MACHADO DE ASSIS

Quincas Borba

Orientação pedagógica e notas de leitura:
Douglas Tufano

MODERNA

COORDENAÇÃO EDITORIAL	Maristela Petrili de Almeida Leite
EDIÇÃO DE TEXTO	Janette Tavano
COORDENAÇÃO DE EDIÇÃO DE ARTE	Camila Fiorenza
CAPA	Bruna Assis Brasil
FOTOS UTILIZADAS NA MONTAGEM DA CAPA	©Iynea/Shutterstock; ©Elzbieta Sekowska/Shutterstock
DIAGRAMAÇÃO	Michele Figueredo, Cristina Uetake
COORDENAÇÃO DE REVISÃO	Elaine Cristina del Nero
REVISÃO	Andrea Ortiz
COORDENAÇÃO DE PESQUISA ICONOGRÁFICA	Luciano Baneza Gabarron
PESQUISA ICONOGRÁFICA	Cristina Mota
COORDENAÇÃO DE *BUREAU*	Rubens M. Rodrigues
PRÉ-IMPRESSÃO	Vitória Sousa
COORDENAÇÃO DE PRODUÇÃO INDUSTRIAL	Andrea Quintas dos Santos
IMPRESSÃO E ACABAMENTO	Bercrom Gráfica e Editora
LOTE	808443
CÓD	12103118

Dados Internacionais de Catalogação na Publicação (CIP)
(Câmara Brasileira do Livro, SP, Brasil)

Assis, Machado de, 1839-1908.
Quincas Borba / Machado de Assis ; orientação pedagógica e notas de leitura Douglas Tufano.— 3. ed. — São Paulo : Moderna, 2016. — (Coleção travessias)

ISBN 978-85-16-10311-8

1. Romance brasileiro I. Tufano, Douglas, 1948-.
II. Título. III. Série.

16-03145 CDD-869.3

Índice para catálogo sistemático:

1. Romances : Literatura brasileira 869.93

EDITORA MODERNA LTDA.
Rua Padre Adelino, 758 - Belenzinho
São Paulo - SP - Brasil - CEP 03303-904
Vendas e Atendimento: Tel. (11) 2790-1300
Fax (11) 2790-1501
www.modernaliteratura.com.br
2026

SUMÁRIO

LIVROS ANTIGOS PARA UM PÚBLICO JOVEM

Para o público de hoje, a leitura de um romance do século XIX pode parecer uma tarefa pouco prazerosa. Além da dificuldade para compreender o sentido de muitas palavras e expressões de épocas passadas, da estranheza de certas construções sintáticas pouco usuais atualmente, há nessas obras uma sensibilidade artística bem diferente da nossa, valores morais que privilegiam outros comportamentos. Mas não será possível ao leitor contemporâneo entender essas obras e até mesmo extrair delas o prazer da leitura?

A Editora Moderna apostou no "sim" e investiu numa edição diferenciada dos clássicos. A exemplo do que já é feito em outros países, em que uma mesma obra é editada com diferentes níveis de informação, os clássicos da coleção Travessias apresentam um minucioso trabalho de comentários à margem do texto integral.

O leitor iniciante tem muito a ganhar com essa leitura sinalizada, em que informações históricas, notas explicativas de vocabulário e características literárias da obra em questão são apresentadas de forma concisa e acessível pelo professor Douglas Tufano, reconhecido autor de livros didáticos na área de língua portuguesa e literatura.

A nossa intenção principal é aproximar passado e presente, levando o leitor a descobrir nos enredos dos livros antigos as mesmas emoções humanas que nos empolgam hoje.

MACHADO DE ASSIS: VIDA E OBRA

Nasce o menino Joaquim Maria

Foi no dia 21 de junho de 1839 que nasceu o menino Joaquim Maria Machado de Assis, no morro do Livramento, na cidade do Rio de Janeiro.

Do alto desse morro, tinha-se uma bela vista da baía da Guanabara, que encantava todos aqueles que chegavam à cidade. Mas os pais do garoto Joaquim Maria não tinham muito tempo para apreciar a paisagem: com uma vida difícil, eles precisavam trabalhar bastante.

Sua mãe chamava-se Maria Leopoldina Machado de Assis. Ela era uma emigrante portuguesa, natural do arquipélago dos Açores, e tinha vindo para o Brasil ainda menina. O pai era um pintor de casas carioca chamado Francisco José de Assis. O bisavô de Joaquim Maria tinha sido escravo liberto, mas o avô e o pai eram homens livres.

O menino cresceu num lar em que os pais eram alfabetizados, o que não era muito comum naquela época. E foi com eles, provavelmente, que aprendeu a ler e a escrever e recebeu estímulo para continuar a estudar por conta própria, pois até hoje não há registro de que ele tenha frequentado regularmente alguma escola.

A família morava numa casa modesta na chácara do Livramento e era protegida pela dona da propriedade, uma senhora rica chamada Maria José de Mendonça Barroso, que foi madrinha de Joaquim Maria.

Em 1840, nasceu sua irmã, a menina Maria, que, no entanto, morreu aos cinco anos, em 1845, vítima de sarampo – que, na época, matava muita gente no Brasil, adultos e crianças. Nesse mesmo ano, aliás, sua madrinha Maria José também contraiu a doença e faleceu.

MACHADO DE ASSIS AOS 25 ANOS.

MORRO DO LIVRAMENTO, ONDE MACHADO DE ASSIS NASCEU.

Joaquim Maria perde a mãe e enfrenta a cidade

No dia 18 de janeiro de 1849, a mãe de Joaquim Maria morreu, vítima de tuberculose. Tinha 36 anos de idade. Sozinho com o pai, aquele deve ter sido um ano difícil para o menino de apenas 10 anos. Mudaram-se para São Cristóvão e o garoto frequentemente pegava a barca que ligava o bairro ao centro da cidade. Durante o percurso, aproveitava para ler.

Em 1854, seu pai casou-se com Maria Inês da Silva. Ela era doceira, e Joaquim Maria passou a ajudá-la a vender doces para os alunos de um colégio rico de São Cristóvão. Mas isso durou pouco. Nesse mesmo período, Joaquim Maria, com quinze anos, resolveu sair do subúrbio e morar na cidade. Precisava ganhar a vida sozinho. Sabia ler e escrever, era inteligente e esperto. Gostava de estudar. E tinha muita força de vontade.

O gosto pela literatura

Atraído pela literatura, Joaquim Maria logo começou a frequentar redações de jornal, pois era lá que se reuniam os escritores da época. Antes de lançar seus romances em livros, os autores quase sempre os publicavam nos jornais. As histórias, chamadas folhetins, saíam em capítulos que eram seguidos com interesse pelo pequeno público leitor. O autor que fizesse sucesso juntava os capítulos e editava um livro. Assim surgiram muitas obras famosas da literatura brasileira, como O *guarani*, de José de Alencar.

Joaquim Maria começou a colaborar na imprensa e logo em janeiro de 1855, quando ainda não tinha completado dezesseis anos, viu publicada uma de suas poesias na *Marmota Brasileira*, um jornal de variedades e literatura muito lido pelas famílias cariocas. O dono desse periódico era Francisco de Paula Brito e em sua casa funcionava uma tipografia e uma livraria. O jovem Joaquim Maria deve ter trabalhado lá como tipógrafo e vendedor. E deve também ter participado das reuniões de escritores e políticos que se encontravam frequentemente no local. Assim, aos poucos, ele foi se integrando nesse ambiente intelectual estimulante, muito diferente da pacata vida do subúrbio que deixara para trás. Conheceu pessoas da classe alta, começou a comparecer a festas e reuniões sociais, aproveitando para declamar seus próprios poemas e fazer-se conhecido.

Em busca de mais cultura, Joaquim Maria começou a frequentar o Gabinete Português de Leitura, uma biblioteca pública que possuía um bom acervo, pois já em 1850 colocava à disposição dos leitores cerca de dezesseis mil obras. Sabia também que, se quisesse se aprofundar nos estudos literários, teria que conhecer outras línguas, por isso, estudava inglês e francês.

Teatro: a grande diversão carioca

A grande atração das noites cariocas era o teatro. Havia vários espetáculos na época, que começaram a atrair a atenção de Joaquim Maria.

O público apreciava muito as óperas italianas, e as cantoras líricas arrebatavam os jovens espectadores, que se uniam em verdadeiras torcidas a favor desta ou daquela atriz, chegando inclusive a se colocar no lugar dos cavalos da carruagem para transportar suas preferidas. O jovem Joaquim Maria também participou dessas manifestações de fanatismo, sendo um grande fã de Augusta Candiani (Milão, 1820 – Rio de Janeiro, 1890), uma das mais populares cantoras líricas da época.

Como o seu interesse por esse tipo de espetáculo cresceu, ele logo se animou a escrever peças teatrais, ao lado das poesias que já começavam a tornar seu nome conhecido. Dedicou-se a escrever crítica de teatro na imprensa e aos poucos iniciou-se como cronista e contista.

Nasce o escritor Machado de Assis

Poeta, contista, autor de peças teatrais, cronista, crítico – o jovem Joaquim Maria firmava-se como um intelectual participativo da vida cultural carioca e começava a ser conhecido como Machado de Assis.

Participou ativamente da imprensa da época, escrevendo crônicas durante muitos anos em diversos jornais e revistas, comentando tudo o que acontecia de importante ou curioso na cidade e no Brasil, revelando-se um atento observador da vida social e política, capaz de críticas agudas, mas sempre feitas em tom educado. Aliás, ele mesmo, certa vez, afirmou que suas crônicas eram como gatos: acariciavam arranhando.

Carolina: o grande amor de sua vida

A vida profissional de Machado de Assis ia bem, embora trabalhasse muito e ainda ganhasse pouco. Tinha muitos amigos influentes e, em março de 1867, recebeu do imperador o título de Cavaleiro da Ordem da Rosa. Ainda nesse mesmo ano, em 8 de abril, foi nomeado ajudante do diretor do *Diário Oficial*. Era um cargo modesto, com ordenado também moderado. Mas, de qualquer forma, era o início de uma carreira no funcionalismo público, que poderia trazer-lhe estabilidade financeira.

Mas, enquanto na vida profissional as coisas caminhavam bem, na pessoal ele sentia falta de um grande amor. Até que isso finalmente aconteceu graças a uma portuguesa bonita, culta e prendada chamada Carolina, que tinha vindo ao Rio de Janeiro para ajudar a cuidar do irmão doente, Faustino Xavier de Novais, que era amigo de Machado de Assis.

Carolina Augusta Xavier de Novais era natural da cidade do Porto, em Portugal, onde nascera em 20 de fevereiro de 1835. Era, portanto, quatro anos e quatro meses mais velha que Machado de Assis. E era branca, o que parece ter provocado uma certa resistência da família em consentir no casamento, pois Machado era mulato, e isso ainda pesava muito em 1868. Mas o amor que havia entre eles era muito forte e, depois da morte do irmão de Carolina, eles se casaram, no dia 12 de novembro de 1869.

Foi um casamento feliz, que consolidou o amor que sentiam. Carolina foi um apoio fundamental para Machado, que passou a dedicar-se mais a seus próprios livros.

Quanto à saúde de Machado, comenta-se que ele teria sido gago e epiléptico. Segundo alguns estudiosos, se ele sofria de gagueira, não deve ter sido uma coisa grave, pois há inúmeros testemunhos de que ele mesmo declamava suas poesias e lia textos em reuniões sociais sem nenhum problema. Quanto à epilepsia, segundo o depoimento de uma amiga de Carolina, citado pelo historiador Jean-Michel Massa, esta lhe confidenciara que "o marido sentia aquelas coisas esquisitas desde a infância". Embora não tenhamos depoimentos definitivos acerca desse problema, parece que realmente Machado de Assis, com o tempo, sofria ataques epilépticos cada vez mais constantes.

O JOVEM MACHADO.

CAROLINA AUGUSTA.

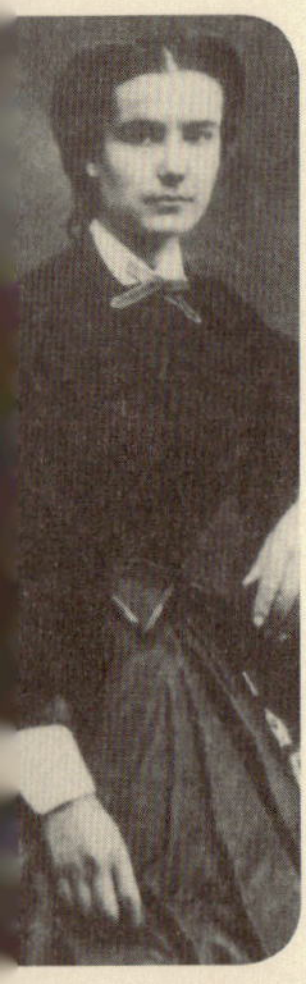

Como viver da literatura?

Havia muito amor entre o casal, mas pouco dinheiro, e Machado passou por várias dificuldades com os preparativos do casamento e o início da vida a dois, pois as despesas aumentaram.

No campo literário, ele era bem conhecido, escrevia contos e já tinha publicado um livro de poesias — *Crisálidas* —, mas não recebia um bom salário fixo que pudesse garantir-lhe uma sobrevivência tranquila, porque, como acontece com a maioria dos escritores ainda hoje, ninguém conseguia viver apenas da literatura...

E como viver da literatura no século XIX, com tão poucos leitores?

Numa crônica de 15 de agosto de 1876, Machado de Assis escreveu: "A nação não sabe ler. Há só 30% dos indivíduos residentes neste país que podem ler; desses, uns 9% não leem letra de mão. 70% jazem em profunda ignorância". E comentando as consequências políticas desse analfabetismo, afirmou: "70% dos cidadãos votam do mesmo modo que respiram: sem saber por que nem o quê. Votam como vão à festa da Penha — por divertimento. A Constituição é para eles uma coisa inteiramente desconhecida. Estão prontos para tudo: uma revolução ou um golpe de Estado".

Isso explica por que as tiragens dos romances eram, em média, muito baixas, não passando de mil exemplares, limitando ainda mais a difusão da literatura.

Em 1887, outro escritor da época, Artur Azevedo, disse numa crônica: "Pode-se afirmar, sem receio de exageração, que o grosso do nosso público, em coisas de literatura, só lê e só conhece o folhetim-romance e as seções alegres das folhas diárias, mas que não excedem uma coluna".

Essa era a situação enfrentada pelos escritores brasileiros no final do século XIX.

O funcionário público e o escritor

Em 1873, Machado de Assis ganhou uma promoção: foi nomeado 1º oficial de secretaria do Estado do Ministério da Agricultura, Comércio e Obras Públicas. Em 1888, foi agraciado pelo imperador com o título de oficial da Ordem da Rosa. Em 1889, passou a diretor da Diretoria do Comércio e, em 1892, foi designado diretor-geral da Viação. Sua carreira como funcionário público ia muito bem.

À medida que se estabilizava na vida profissional, Machado dedicava-se cada vez mais à literatura, lendo, estudando e escrevendo, sempre com o apoio de Carolina. De tempos em tempos, reunia em livro os contos que continuava escrevendo em jornais e revistas, mas também dedicava-se regularmente à produção de romances. Os quatro primeiros foram publicados sempre com um intervalo de dois anos: *Ressurreição* (1872), *A mão e a luva* (1874), *Helena* (1876) e *Iaiá Garcia* (1878).

PRÉDIO DO MINISTÉRIO DA INDÚSTRIA, VIAÇÃO E OBRAS PÚBLICAS, ONDE MACHADO TRABALHOU.

Em 1878, Machado ficou muito doente e, a conselho médico, foi passar uma temporada na vizinha cidade de Friburgo. Estava proibido de ler e escrever, mas não de pensar... E tinha Carolina, que o ajudava, anotando o que ele ditava.

Em 1881, publicou o livro que marcaria a literatura brasileira: *Memórias póstumas de Brás Cubas*. Essa obra revelou a maturidade de Machado de Assis como escritor. Mais tarde, lançou *Quincas Borba* (1891), *Dom Casmurro* (1899), *Esaú e Jacó* (1904) e *Memorial de Aires* (1908).

Um escritor que olha além das aparências

"Eu gosto de catar o mínimo e o escondido. Onde ninguém mete o nariz, aí entra o meu, com a curiosidade estreita e aguda que descobre o encoberto."

Essa afirmação de Machado de Assis pode servir como resumo de sua característica principal: o gosto em investigar o que move realmente o comportamento das pessoas, em revelar as intenções secretas dos atos humanos. Essa profunda análise do mundo interior do ser humano é a marca típica da literatura machadiana. E essa análise psicológica feita por Machado de Assis é quase sempre marcada pela ironia, que é um meio de provocar o leitor e fazê-lo pensar naquilo que o texto sugere ou insinua.

A Academia Brasileira de Letras

No dia 15 de dezembro de 1896, realizava-se a primeira sessão da Academia Brasileira de Letras, uma iniciativa de um grupo de jovens escritores do Rio de Janeiro. Machado de Assis foi aclamado presidente. Era a consagração de seu nome, o reconhecimento público e oficial de que era o maior nome das letras brasileiras.

A Academia Brasileira de Letras seguia de perto o modelo da famosa Academia Francesa, fundada em 1635. Cada membro era titular de uma cadeira, batizada com o nome de um escritor falecido. Na morte de um membro, realizava-se uma eleição para a escolha de seu sucessor. Esse procedimento é adotado até hoje.

Na sessão inaugural, tomaram posse os quarenta fundadores, tendo cada um escolhido seu patrono. Machado de Assis ocupava a cadeira número 23 e seu patrono era um escritor por quem ele tinha muita admiração — José de Alencar.

Chega o novo século!

No final do século XIX, vários fatos importantes mudaram a vida social brasileira. Em 13 de maio de 1888, a Lei Áurea decretou o fim da escravidão, depois de muita pressão dos grupos abolicionistas. Em 15 de novembro de 1889, caiu a monarquia e proclamou-se a república, marcando o início de uma nova fase na história do Brasil.

Machado de Assis assistiu a tudo isso com seus olhos críticos. E participou também da chegada do século XX, com novidades científicas e tecnológicas que transformavam rapidamente a face do mundo e o dia a dia das pessoas. Quanta diferença com relação ao mundo que viu quando criança!

CAPA DE RESSURREIÇÃO.

DOM CASMURRO

POR

MACHADO DE ASSIS

DA ACADEMIA BRAZILEIRA

1ª EDIÇÃO DE DOM CASMURRO.

H. GARNIER, LIVREIRO-EDITOR

71, RUA MOREIRA CEZAR, 71 | 6, RUE DES SAIXTS-PERES, 6

RIO DE JANEIRO | PARIZ

MACHADO AOS 40 ANOS.

MACHADO, NA 1ª FILA (2º À ESQUERDA), EM 1906.

GRUPO DE ESCRITORES E ARTISTAS QUE SE REUNIAM PARA FALAR SOBRE POLÍTICA E ARTE: RODOLFO AMOEDO, ARTUR AZEVEDO, INGLÊS DE SOUSA, OLAVO BILAC, JOSÉ VERÍSSIMO, SOUSA BANDEIRA, FILINTO DE ALMEIDA, GUIMARÃES PASSOS, VALENTIM MAGALHÃES, BERNARDELLI, RODRIGO OCTAVIO, HEITOR PEIXOTO; SENTADOS: JOÃO RIBEIRO, MACHADO, LÚCIO DE MENDONÇA E SILVA RAMOS.

Algumas novidades no fim do século 19 e início do 20:

NA ALEMANHA, KARL BENZ PRODUZIU COM SUCESSO O PRIMEIRO AUTOMÓVEL A GASOLINA EM 1885.

ANÚNCIO DA CÂMERA FOTOGRÁFICA KODAK, NOVIDADE DA ÉPOCA.

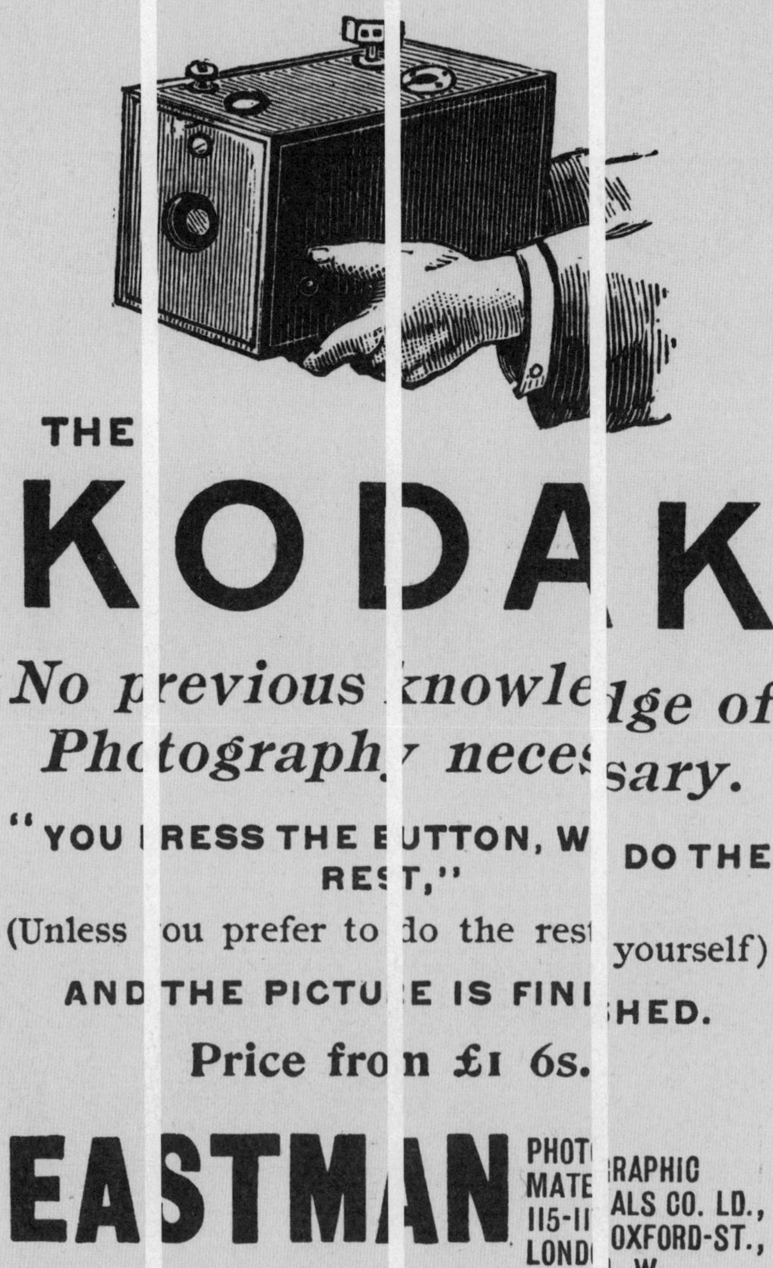

M 1888, O ESCOCÊS JOHN DUNLOP FABRICA O PRIMEIRO PNEU DE BICICLETA CHEIO DE AR.

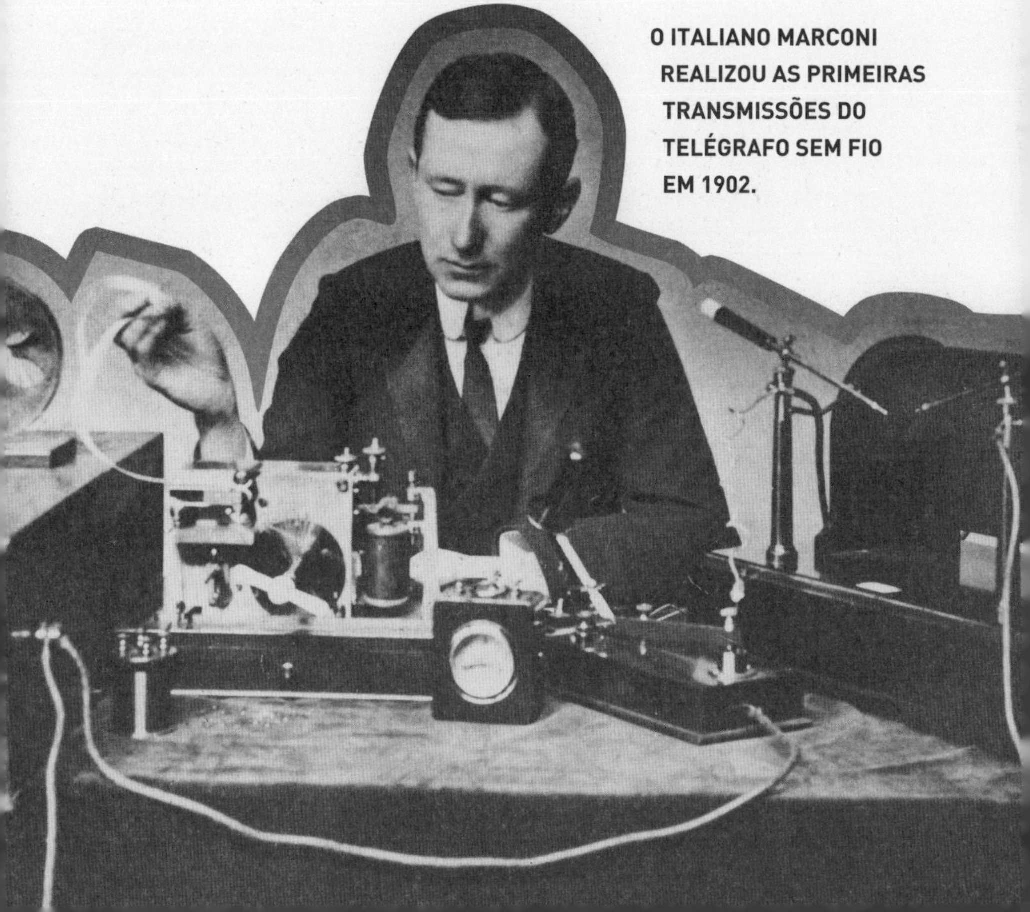

O ITALIANO MARCONI REALIZOU AS PRIMEIRAS TRANSMISSÕES DO TELÉGRAFO SEM FIO EM 1902.

Aos 57 anos.

"Tudo me lembra a minha meiga Carolina"

Mas o novo século não começou bem para Machado de Assis.

O dia 20 de outubro de 1904 foi o mais triste de sua vida. Depois de 35 anos de casados, Carolina morreu. Sozinho em casa, Machado sentia-se perdido, mergulhado nas lembranças da "meiga Carolina", sua companheira na vida e grande estimuladora na carreira literária. Com o amigo Joaquim Nabuco, abriu o coração e desabafou:

"Foi-se a melhor parte da minha vida, e aqui estou só no mundo. Note que a solidão não me é enfadonha, antes me é grata, porque é um modo de viver com ela, ouvi-la, assistir aos mil cuidados que essa companheira de 35 anos de casados tinha comigo; mas não há imaginação que não acorde, e a vigília aumenta a falta da pessoa amada. Éramos velhos, e eu contava morrer antes dela, o que seria um grande favor; primeiro, porque não acharia ninguém que melhor me ajudasse a morrer; segundo, porque ela deixa alguns parentes que a consolariam das saudades, e eu não tenho nenhum. Os meus são os amigos, e verdadeiramente são os melhores, mas a vida os dispersa, no espaço, nas preocupações do espírito e na própria carreira que a cada um cabe. Aqui me fico, por ora na mesma casa, no mesmo aposento, com os mesmos adornos seus. Tudo me lembra a minha meiga Carolina. Como estou à beira do eterno aposento, não gastarei muito tempo em recordá-la. Irei vê-la, ela me esperará".

Amargurado, Machado de Assis transformou em poesia a dor que estava sentindo:

A CAROLINA

QUERIDA, AO PÉ DO LEITO DERRADEIRO
EM QUE REPOUSAS DESSA LONGA VIDA,
AQUI VENHO E VIREI, POBRE QUERIDA,
TRAZER-TE O CORAÇÃO DO COMPANHEIRO.

PULSA-LHE AQUELE AFETO VERDADEIRO
QUE, A DESPEITO DE TODA A HUMANA LIDA,
FEZ A NOSSA EXISTÊNCIA APETECIDA
E NUM RECANTO PÔS O MUNDO INTEIRO.

TRAGO-TE FLORES, — RESTOS ARRANCADOS
DA TERRA QUE NOS VIU UNIDOS
E ORA MORTOS NOS DEIXA E SEPARADOS.

QUE EU, SE TENHO NOS OLHOS MALFERIDOS
PENSAMENTOS DE VIDA FORMULADOS,
SÃO PENSAMENTOS IDOS E VIVIDOS.

274.R.28
PACHECO & FILHO.
Rua do Ouvidor 102
RIO DE JANEIRO

A morte de Machado de Assis

A saúde de Machado de Assis piorava. Aconteceu aquilo que ele previra na carta a Joaquim Nabuco: "Como estou à beira do eterno aposento, não gastarei muito tempo em recordá-la". Realmente, ele viveu apenas mais quatro anos, falecendo no dia 29 de setembro de 1908 aos 69 anos. Seu funeral foi um acontecimento notável na cidade. Um imenso cortejo formou-se até o cemitério São João Batista, onde ele foi enterrado ao lado de Carolina.

O Rio de Janeiro homenageava um filho famoso e querido. E o Brasil se despedia de um dos maiores escritores da sua história.

CASA DA RUA COSME VELHO, OND MACHADO E CAROLI VIVERAM.

A PRIMEIRA EDIÇÃO DE *MEMORIAL DE AYRES*, COM DEDICATÓRIA E ÓCULOS DE MACHADO.

ESTÁTUA EM SUA HOMENAGEM NA ACADEMIA BRASILEIRA DE LETRAS.

A ESCRIVANINHA ONDE TRABALHAVA.

JOGO DE XADREZ QUE PERTENCEU AO ESCRITOR.

A MORTE DE MACHADO CAUSOU UMA GRANDE COMOÇÃO.

PRÓLOGO DA TERCEIRA EDIÇÃO

A segunda edição deste livro acabou mais depressa que a primeira. Aqui sai ele em terceira, sem outra alteração além da emenda de alguns erros tipográficos, tais e tão poucos que, ainda conservados, não encobririam o sentido.

Um amigo e confrade ilustre tem teimado comigo para que dê a este livro o seguimento de outro. "Com as *Memórias póstumas de Brás Cubas*, donde este proveio, fará você uma trilogia, e a Sofia de *Quincas Borba* ocupará exclusivamente a terceira parte." Algum tempo cuidei que podia ser, mas relendo agora estas páginas concluo que não. A Sofia está aqui toda. Continuá-la seria repeti-la, e acaso repetir o mesmo seria pecado. Creio que foi assim que me tacharam este e alguns outros dos livros que vim compondo pelo tempo fora no silêncio da minha vida. Vozes houve, generosas e fortes, que então me defenderam; já lhes agradeci em particular; agora o faço cordial e publicamente.

1899
Machado de Assis

1

Rubião fitava a enseada — eram oito horas da manhã. Quem o visse, com os polegares metidos no cordão do chambre, à janela de uma grande casa de Botafogo, cuidaria que ele admirava aquele pedaço de água quieta; mas, em verdade, vos digo que pensava em outra coisa. Cotejava o passado com o presente. Que era, há um ano? Professor. Que é agora? Capitalista. Olha para si, para as chinelas (umas chinelas de **Túnis**, que lhe deu recente amigo, Cristiano Palha), para a casa, para o jardim, para a enseada, para os morros e para o céu; e tudo, desde as chinelas até o céu, tudo entra na mesma sensação de propriedade*.

"Vejam como Deus escreve direito por linhas tortas", pensa ele. Se mana Piedade tem casado com Quincas Borba, apenas me daria uma esperança colateral. Não casou; ambos morreram, e aqui está tudo comigo; de modo que o que parecia uma desgraça...

2

Que abismo que há entre o espírito e o coração! O espírito do ex-professor, **vexado** daquele pensamento, **arrepiou caminho**, buscou outro assunto, uma canoa que ia passando; o coração, porém, deixou-se estar a bater de alegria. Que lhe importa a canoa nem o canoeiro, que os olhos de Rubião acompanham, arregalados? Ele, coração, vai dizendo que, uma vez que a mana Piedade tinha de morrer, foi bom que não casasse; podia vir um filho ou uma filha... — Bonita canoa! — Antes assim! — Como obedece bem aos remos do homem! — O certo é que eles estão no céu!**

Túnis: capital da Tunísia, país do norte da África.

*** O narrador, em poucas palavras, situa a ação no espaço (bairro do Botafogo, na cidade do Rio de Janeiro) e dá indícios da posição social de Rubião.**

Vexado: envergonhado.

Arrepiou caminho: mudou de direção.

**** O leitor ainda não tem informações suficientes para entender os pensamentos de Rubião. Sua história vai ficando clara aos poucos.**

3

Um criado trouxe o café. Rubião pegou na xícara e, enquanto lhe deitava açúcar, ia disfarçadamente mirando a bandeja, que era de prata lavrada. Prata, ouro eram os metais que amava de coração; não gostava de bronze, mas o amigo Palha disse-lhe que era matéria de preço, e assim se explica esse par de figuras que aqui está na sala, um Mefistófeles e um **Fausto**. Tivesse, porém, de escolher, escolheria a bandeja — primor de **argentaria**, execução fina e acabada. O criado esperava **teso** e sério. Era espanhol; e não foi sem resistência que Rubião o aceitou das mãos de Cristiano; por mais que lhe dissesse que estava acostumado aos seus crioulos de Minas, e não queria línguas estrangeiras em casa, o amigo Palha insistiu, demonstrando-lhe a necessidade de ter criados brancos*. Rubião cedeu com pena. O seu bom pajem, que ele queria pôr na sala, como um pedaço da província, nem o pôde deixar na cozinha, onde reinava um francês, Jean; foi degradado a outros serviços.

— Quincas Borba está muito impaciente? — perguntou Rubião bebendo o último gole de café e lançando um último olhar à bandeja.

— *Me parece que sí.*

— Lá vou soltá-lo**.

Não foi; deixou-se ficar, algum tempo, a olhar para os móveis. Vendo as pequenas gravuras inglesas, que pendiam da parede por cima dos dois bronzes, Rubião pensou na bela Sofia, mulher do Palha, deu alguns passos e foi sentar-se no ***pouf***, ao centro da sala, olhando para longe...

— Foi ela que me recomendou aqueles dois quadrinhos, quando andávamos, os três, a ver coisas para comprar. Estava tão bonita! Mas o que eu mais gosto dela são os ombros, que vi no baile do coronel. Que ombros! Parecem de cera; tão lisos, tão brancos! Os braços também; oh, os braços! Que bem-feitos!

Fausto: personagem central da obra do mesmo nome, do escritor alemão Goethe (1749-1832). Fausto vende a alma ao demônio Mefistófeles em troca da realização de todos os seus desejos.

Argentaria: prataria.

Teso: duro, imóvel.

*** Na época, quase todas as famílias no Brasil tinham escravos negros como empregados. Um sinal de muita distinção social era ter criado branco.**

**** Por essa referência, o leitor pode deduzir que se trata de um animal. Quincas Borba é o nome de um cão.**

***Pouf* (em francês): pufe, espécie de banqueta baixa e larga, geralmente estofada.**

Rubião suspirou, cruzou as pernas, e bateu com as **borlas** do chambre sobre os joelhos. Sentia que não era inteiramente feliz; mas sentia também que não estava longe a felicidade completa. Recompunha de cabeça uns modos, uns olhos, uns requebros sem explicação, a não ser esta, que ela o amava, e que o amava muito. Não era velho; ia fazer quarenta e um anos; e, rigorosamente, parecia menos. Esta observação foi acompanhada de um gesto; passou a mão pelo queixo, barbeado todos os dias, coisa que não fazia antes, por economia e desnecessidade. Um simples professor! Usava **suíças** (mais tarde deixou crescer a barba toda) tão macias que dava gosto passar os dedos por elas... E recordava assim o primeiro encontro, na estação de Vassouras, onde Sofia e o marido entraram no trem da estrada de ferro, no mesmo carro em que ele descia de Minas; foi ali que achou aquele par de olhos viçosos, que pareciam repetir a exortação do profeta: "Todos vós que tendes sede, vinde às águas". Não trazia ideias adequadas ao convite, é verdade; vinha com a herança na cabeça, o testamento, o inventário, coisas que é preciso explicar primeiro, a fim de entender o presente e o futuro*. Deixemos Rubião na sala de Botafogo, batendo com as borlas do chambre nos joelhos e cuidando na bela Sofia. Vem comigo, leitor; vamos vê-lo, meses antes, à cabeceira do Quincas Borba**.

4

Este Quincas Borba, se acaso me fizeste o favor de ler as *Memórias póstumas de Brás Cubas*, é aquele mesmo náufrago da existência que ali aparece, mendigo, herdeiro inopinado e inventor de uma filosofia***. Aqui o tens agora em **Barbacena**. Logo que chegou, enamorou-se de uma viúva, senhora de condição mediana e **parcos**

Borlas: adornos pendentes feitos de fios de lã, seda etc.

Suíças: costeletas longas; porção de barba que cresce em cada um dos lados da face.

*** Observe que o narrador é onisciente, isto é, sabe tudo o que acontece, revelando não apenas as ações como os pensamentos de Rubião.**

**** O procedimento de dirigir-se diretamente ao leitor é muito comum em Machado de Assis, que estabelece assim uma espécie de diálogo do narrador com o leitor sobre o que está acontecendo, sobre os rumos da história etc.**

***** Aqui começa o recurso do *flashback*, isto é, uma volta ao passado para que o leitor compreenda o que está acontecendo no presente. Essa retrospectiva acabará no capítulo 27. *Memórias póstumas de Brás Cubas* é o título de outro romance de Machado de Assis, publicado em 1881, em que aparece o personagem Quincas Borba (retomado aqui). Realidade e ficção se misturam nessas intervenções do narrador.**

Barbacena: pequena cidade de Minas Gerais.

Parcos: modestos.

meios de vida; mas tão acanhada que os suspiros do namorado ficavam sem eco. Chamava-se Maria da Piedade. Um irmão dela, que é o presente Rubião, fez todo o possível para casá-los. Piedade resistiu, um **pleuris** a levou.

Foi esse trechozinho de romance que ligou os dois homens. Saberia Rubião que o nosso Quincas Borba trazia aquele grãozinho de **sandice**, que um médico supôs achar-lhe? Seguramente, não; tinha-o por homem esquisito. É, todavia, certo que o grãozinho não se despegou do cérebro de Quincas Borba — nem antes, nem depois da moléstia que lentamente o comeu. Quincas Borba tivera ali alguns parentes, mortos já agora em 1867*; o último foi o tio que o deixou por herdeiro de seus bens. Rubião ficou sendo o único amigo do filósofo. Regia então uma escola de meninos, que fechou para tratar do enfermo. Antes de professor, **metera ombros** a algumas empresas, que foram a pique.

Durou o cargo de enfermeiro mais de cinco meses, perto de seis. Era real o **desvelo** de Rubião, paciente, risonho, múltiplo, ouvindo as ordens do médico, dando os remédios às horas marcadas, saindo a passeio com o doente, sem esquecer nada, nem o serviço da casa nem a leitura dos jornais, logo que chegava a mala da **Corte** ou a de **Ouro Preto**.

— Tu és bom, Rubião — suspirava Quincas Borba.

— Grande façanha! Como se você fosse mau!

A opinião ostensiva do médico era que a doença do Quincas Borba iria saindo devagar. Um dia, o nosso Rubião, acompanhando o médico até a porta da rua, perguntou-lhe qual era o verdadeiro estado do amigo. Ouviu que estava perdido, completamente perdido; mas que o fosse animando. Para que tornar-lhe a morte mais aflitiva pela certeza?...

— Lá isso, não — atalhou Rubião; — para ele, morrer é negócio fácil. Nunca leu um livro que ele escreveu, há anos, não sei que negócio de filosofia...

— Não; mas filosofia é uma coisa, e morrer de verdade é outra; adeus.

Pleuris: inflamação da pleura, membrana que envolve o pulmão.

Sandice: loucura.

* Observe a indicação temporal do romance.

Metera ombros: investira, dedicara-se.

Desvelo: cuidado, dedicação.

Corte: cidade do Rio de Janeiro, onde ficavam o imperador D. Pedro II e sua corte.

Ouro Preto: na época, era a capital de Minas Gerais.

5

Rubião achou um rival no coração de Quincas Borba — um cão, um bonito cão, meio tamanho, pelo cor de chumbo, malhado de preto. Quincas Borba levava-o para toda parte, dormiam no mesmo quarto. De manhã, era o cão que acordava o senhor, trepando ao leito, onde trocavam as primeiras saudações. Uma das extravagâncias do dono foi dar-lhe o seu próprio nome; mas explicava-o por dois motivos, um doutrinário, outro particular.

— Desde que **Humanitas**, segundo a minha doutrina, é o princípio da vida e reside em toda a parte, existe também no cão, e esse pode assim receber um nome de gente, seja cristão ou muçulmano...

— Bem, mas por que não lhe deu antes o nome de Bernardo? — disse Rubião com o pensamento em um rival político da localidade.

— Esse agora é o motivo particular. Se eu morrer antes, como presumo, sobreviverei no nome do meu bom cachorro. Ris-te, não?

Rubião fez um gesto negativo.

— Pois devias rir, meu querido. Porque a imortalidade é o meu lote ou o meu dote, ou como melhor nome haja. Viverei perpetuamente no meu grande livro. Os que, porém, não souberem ler, chamarão Quincas Borba ao cachorro, e...

O cão, ouvindo o nome, correu à cama. Quincas Borba, comovido, olhou para Quincas Borba:

— Meu pobre amigo! Meu bom amigo! Meu único amigo!

— Único?

— Desculpa-me, tu também o és, bem sei, e agradeço-te muito; mas a um doente perdoa-se tudo. Talvez esteja começando o meu delírio. Deixa ver o espelho.

Rubião deu-lhe o espelho. O doente contemplou por alguns segundos a cara magra, o olhar febril, com

Humanitas: palavra que significa "humanidade" e que se refere ao Humanitismo, teoria filosófica inventada por Quincas Borba.

que descobria os subúrbios da morte, para onde caminhava a passo lento, mas seguro. Depois, com um sorriso pálido e irônico:

— Tudo o que está cá fora corresponde ao que sinto cá dentro; vou morrer, meu caro Rubião... Não gesticules, vou morrer. E que é morrer, para ficares assim espantado?

— Sei, sei que você tem umas filosofias... Mas falemos do jantar; que há de ser hoje?

Quincas Borba sentou-se na cama, deixando pender as pernas, cuja extraordinária magreza se adivinhava por fora das calças.

— Que é? Que quer? — acudiu Rubião.

— Nada — respondeu o enfermo sorrindo. — Umas filosofias! Com que desdém me dizes isso! Repete, anda, quero ouvir outra vez. Umas filosofias!

— Mas não é por desdém... Pois eu tenho capacidade para desdenhar de filosofias? Digo só que você pode crer que a morte não vale nada, porque terá razões, princípios...

Quincas Borba procurou com os pés as chinelas; Rubião **chegou-lhas**; ele calçou-as e pôs-se a andar para esticar as pernas. Afagou o cão e acendeu um cigarro. Rubião quis que se agasalhasse, e trouxe-lhe um fraque, um colete, um chambre, um capote, à escolha. Quincas Borba recusou-os com um gesto. Tinha outro ar agora; os olhos metidos para dentro viam pensar o cérebro. Depois de muitos passos, parou, por alguns segundos, diante de Rubião.

Chegou-lhas: construção tipicamente lusitana, equivale a "chegou-lhe isso" (no caso, as chinelas). A forma *lhas* é a junção dos pronomes *lhe + as*. Pode ocorrer também com outros pronomes, como *mo* (*me + o*), *lho* (*lhe + o*) etc., como o leitor verá ao longo do romance.

6

Para entenderes bem o que é a morte e a vida, basta contar-te como morreu minha avó.

— Como foi?

— Senta-te.

Rubião obedeceu, dando ao rosto o maior interesse possível, enquanto Quincas Borba continuava a andar.

— Foi no Rio de Janeiro — começou ele, — defronte da Capela Imperial, que era então Real, em dia de grande festa; minha avó saiu, atravessou o **adro**, para ir ter à **cadeirinha**, que a esperava no Largo do Paço. Gente como formiga. O povo queria ver entrar as grandes senhoras nas suas ricas **traquitanas**. No momento em que minha avó saía do adro para ir à cadeirinha, um pouco distante, aconteceu espantar-se uma das bestas de uma **sege**; a besta disparou, a outra imitou-a, confusão, tumulto, minha avó caiu, e tanto as mulas como a sege passaram-lhe por cima. Foi levada em braços para uma **botica** da Rua Direita, veio um **sangrador**, mas era tarde; tinha a cabeça rachada, uma perna e o ombro partidos, era toda sangue; expirou minutos depois.

— Foi realmente uma desgraça — disse Rubião.

— Não.

— Não?

— Ouve o resto. Aqui está como se tinha passado o caso. O dono da sege estava no adro, e tinha fome, muita fome, porque era tarde, e almoçara cedo e pouco. Dali pôde fazer sinal ao cocheiro; este fustigou as mulas para ir buscar o patrão. A sege no meio do caminho achou um obstáculo e **derribou-o**; esse obstáculo era minha avó. O primeiro ato dessa série de atos foi um movimento de conservação: Humanitas tinha fome. Se, em vez de minha avó, fosse um rato ou um cão, é certo que minha avó não morreria, mas o fato era o mesmo; Humanitas precisa comer. Se em vez de um rato ou de um cão, fosse um poeta, **Byron** ou **Gonçalves Dias**, diferia o caso no sentido de dar matéria a muitos **necrológios**, mas o fundo subsistia. O universo ainda não parou por lhe faltarem alguns poemas mortos em flor na cabeça de um varão ilustre ou obscuro; mas Humanitas (e isso importa, antes de tudo), Humanitas precisa comer.

Adro: pátio.

Cadeirinha: cadeira coberta, presa a longas varas, conduzida por homens no transporte de pessoas.

Traquitanas: carruagens de quatro rodas, para duas pessoas, com cortina na parte da frente.

Sege: carruagem, puxada por dois cavalos, com um único assento, duas rodas e frente fechada por cortinas ou vidro.

Botica: farmácia.

Sangrador: pessoa que faz sangria, isto é, retirada de sangue para fins terapêuticos.

Derribou-o: derrubou-o.

Lord Byron (1788-1824): poeta romântico inglês.

Gonçalves Dias (1823-1864): poeta romântico brasileiro.

Necrológios: notícias sobre a morte de alguém.

Rubião escutava, com a alma nos olhos, sinceramente desejoso de entender; mas não dava pela necessidade a que o amigo atribuía a morte da avó. Seguramente o dono da sege, por muito tarde que chegasse a casa, não morria de fome, ao passo que a boa senhora morreu de verdade, e para sempre. Explicou-lhe, como pôde, essas dúvidas, e acabou perguntando-lhe:

— E que Humanitas é esse?

— Humanitas é o princípio. Mas não, não digo nada, tu não és capaz de entender isso, meu caro Rubião; falemos de outra coisa.

— Diga sempre.

Quincas Borba, que não deixara de andar, parou alguns instantes.

— Queres ser meu discípulo?

— Quero.

— Bem, irás entendendo aos poucos a minha filosofia; no dia em que a houveres penetrado inteiramente, ah! Nesse dia terás o maior prazer da vida, porque não há vinho que embriague como a verdade. Crê-me, o Humanitismo é o remate das coisas; e eu, que o formulei, sou o maior homem do mundo. Olha, vês como o meu bom Quincas Borba está olhando para mim? Não é ele, é Humanitas...

— Mas que Humanitas é esse?

— Humanitas é o princípio. Há nas coisas todas certa substância **recôndita** e idêntica, um princípio único, universal, eterno, comum, indivisível e indestrutível —, ou, para usar a linguagem do grande **Camões**:

Uma verdade que nas coisas anda,
Que mora no **visíbil e invisíbil**.

Pois essa substância ou verdade, esse princípio indestrutível é que é Humanitas. Assim lhe chamo, porque resume o universo, e o universo é o homem. Vais entendendo?

— Pouco; mas, ainda assim, como é que a morte de sua avó...

Recôndita: oculta, íntima.

Luís Vaz de Camões (1524-1580): célebre poeta português.

Visíbil e invisíbil: visível e invisível.

— Não há morte. O encontro de duas expansões, ou a expansão de duas formas, pode determinar a supressão de uma delas; mas, rigorosamente, não há morte, há vida, porque a supressão de uma é a condição da sobrevivência da outra, e a destruição não atinge o princípio universal e comum. Daí o caráter conservador e benéfico da guerra. Supõe tu um campo de batatas e duas tribos famintas. As batatas apenas chegam para alimentar uma das tribos, que assim adquire forças para transpor a montanha e ir à outra vertente, onde há batatas em abundância; mas, se as duas tribos dividem em paz as batatas do campo, não chegam a nutrir-se suficientemente e morrem de inanição. A paz, nesse caso, é a destruição; a guerra é a conservação. Uma das tribos extermina a outra e recolhe os despojos. Daí a alegria da vitória, os hinos, aclamações, recompensas públicas e todos os demais efeitos das ações bélicas. Se a guerra não fosse isso, tais demonstrações não chegariam a dar-se, pelo motivo real de que o homem só comemora e ama o que lhe é aprazível ou vantajoso, e pelo motivo racional de que nenhuma pessoa canoniza uma ação que virtualmente a destrói. Ao vencido, ódio ou compaixão; ao vencedor, as batatas.

— Mas a opinião do exterminado?

— Não há exterminado. Desaparece o fenômeno; a substância é a mesma. Nunca viste ferver água? Hás de lembrar-te que as bolhas fazem-se e desfazem-se de contínuo, e tudo fica na mesma água. Os indivíduos são essas bolhas transitórias.

— Bem; a opinião da bolha...

— Bolha não tem opinião. Aparentemente, há nada mais **contristador** que uma dessas terríveis pestes que devastam um ponto do globo? E, todavia, esse suposto mal é um benefício, não só porque elimina os organismos fracos, incapazes de resistência, como porque dá lugar à observação, à descoberta da droga curativa. A higiene é filha de podridões seculares; devemo-la a milhões de corrompidos e infectos. Nada se

Contristador: triste.

perde, tudo é ganho. Repito, as bolhas ficam na água. Vês este livro? É ***Dom Quixote***. Se eu destruir o meu exemplar, não elimino a obra, que continua eterna nos exemplares subsistentes e nas edições posteriores. Eterna e bela, belamente eterna, como este mundo divino e supradivino.

7

Quincas Borba calou-se de exausto, e sentou-se ofegante. Rubião acudiu, levando-lhe água e pedindo que se deitasse para descansar; mas o enfermo, após alguns minutos, respondeu que não era nada. Perdera o costume de fazer discursos, é o que era. E, afastando com o gesto a pessoa de Rubião, a fim de poder encará-la sem esforço, empreendeu uma brilhante descrição do mundo e suas excelências. Misturou ideias próprias e alheias, imagens de toda sorte, **idílicas**, **épicas**, a tal ponto que Rubião perguntava a si mesmo como é que um homem, que ia morrer dali a dias, podia tratar tão **galantemente** aqueles negócios.

— Ande repousar um pouco.

Quincas Borba refletiu.

— Não, vou dar um passeio.

— Agora não; você está muito cansado.

— Qual! Passou.

Ergueu-se e pôs paternalmente as mãos sobre os ombros de Rubião.

— Você é meu amigo?

— Que pergunta!

— Diga.

— Tanto ou mais do que esse animal — respondeu Rubião, em um **arroubo** de ternura.

Quincas Borba apertou-lhe as mãos.

— Bem.

***Dom Quixote*: famosa obra do escritor espanhol Miguel de Cervantes (1547-1616).**

Idílicas: que tratam de sentimentos.

Épicas: que tratam de feitos heroicos.

Galantemente: de forma espirituosa, criativa.

Arroubo: ímpeto.

8

No dia seguinte, Quincas Borba acordou com a resolução de ir ao Rio de Janeiro, voltaria no fim de um mês, tinha certos negócios... Rubião ficou espantado. E a moléstia, e o médico? O doente respondeu que o médico era um charlatão, e que a moléstia precisava espairecer, tal qual a saúde. Moléstia e saúde eram dois caroços do mesmo fruto, dois estados de Humanitas.

— Vou a alguns negócios pessoais — concluiu o enfermo; — e levo, além disso, um plano tão sublime que nem mesmo você poderá entendê-lo. Desculpe-me essa franqueza; mas eu prefiro ser franco com você a sê-lo com qualquer outra pessoa.

Rubião **fiou do tempo que esse projeto lhe passasse**, como tantos outros; mas enganou-se. Acrescia que, em verdade, o doente parecia estar melhorando; não ia à cama, saía à rua, escrevia. No fim de uma semana, mandou chamar o tabelião.

— Tabelião? — repetiu o amigo.

— Sim, quero registrar o meu testamento. Ou vamos lá os dois...

Foram os três, porque o cão não deixava partir o amo e senhor sem acompanhá-lo. Quincas Borba registrou o testamento, com as formalidades do estilo, e tornou tranquilo para casa. Rubião sentia bater-lhe o coração violentamente*.

— Está claro que eu não o deixo ir só para a Corte — disse ele ao amigo.

— Não, não é preciso. Demais, Quincas Borba não vai, e não o confio a outra pessoa, senão a você. Deixo a casa como está. Daqui a um mês estou de volta. Vou amanhã; não quero que ele pressinta a minha saída. Cuide dele, Rubião.

— Cuido, sim.

— Jura?

— Por esta luz que me alumia. Então sou alguma criança?

Fiou do tempo que esse projeto lhe passasse: confiou que, com o tempo, esse projeto fosse abandonado.

*** O que revela essa observação do narrador a respeito dos pensamentos de Rubião sobre o testamento de Quincas Borba?**

— Dê-lhe leite às horas apropriadas, as comidas todas do costume, e os banhos; e, quando sair a passeio com ele, olhe que não vá fugir. Não, o melhor é que não saia... não saia...

— Vá sossegado.

Quincas Borba chorava pelo outro Quincas Borba. Não quis vê-lo à saída. Chorava deveras; lágrimas de loucura ou de afeição, quaisquer que fossem, ele as ia deixando pela boa terra mineira, como o derradeiro suor de uma alma obscura, prestes a cair no abismo.

9

Horas depois, teve Rubião um pensamento horrível. Podiam crer que ele próprio incitara o amigo à viagem, para o fim de o matar mais depressa, e entrar na posse do **legado**, se é que realmente estava incluso no testamento. Sentiu remorsos. Por que não empregou todas as forças para contê-lo? Viu o cadáver de Quincas Borba, pálido, **hediondo**, fitando nele um olhar vingativo; resolveu, se acaso o fatal desfecho se desse em viagem, **abrir mão** do legado.

Pela sua parte, o cão vivia farejando, ganindo, querendo fugir; não podia dormir quieto, levantava-se muitas vezes, à noite, percorria a casa, e tornava ao seu canto. De manhã, Rubião chamava-o à cama, e o cão acudia alegre; imaginava que era o próprio dono; via depois que não era, mas aceitava as carícias, e fazia-lhe outras, como se Rubião tivesse de levar as suas ao amigo, ou trazê-lo para ali. Demais, havia-se-lhe afeiçoado também, e para ele era a ponte que o ligava à existência anterior. Não comeu durante os primeiros dias. Suportando menos a sede, Rubião pôde **alcançar** que bebesse leite; foi a única alimentação por algum tempo. Mais tarde, passava as horas calado, triste, enrolado em

Legado: herança.

Hediondo: horrível, repugnante.

Abrir mão: desistir. Observe que, perturbado pelo que pudessem pensar dele, Rubião decide renunciar a herança, caso Quincas Borba morresse e ele estivesse incluído no testamento. Esses pensamentos que lhe agitavam a mente mostram que, na verdade, a ideia da herança não lhe saía da cabeça.

Alcançar: conseguir.

si mesmo, ou então com o corpo estendido e a cabeça entre as mãos.

Quando o médico voltou, ficou espantado da temeridade do doente; devia tê-lo impedido de sair; a morte era certa.

— Certa?

— Mais tarde ou mais cedo. Levou o tal cachorro?

— Não, senhor, está comigo; pediu que cuidasse dele, e chorou, olhe que chorou que foi um nunca acabar. Verdade é — disse ainda Rubião para defender o enfermo —, verdade é que o cachorro merece a estima do dono: parece gente.

O médico tirou o largo chapéu de palha para consertar a fita; depois sorriu. Gente? Com que então parecia gente? Rubião insistia, depois explicava; não era gente como a outra gente, mas tinha coisas de sentimento, e até de juízo. Olhe, ia contar-lhe uma...

— Não, homem, não; logo, logo, vou a um doente de erisipela... Se vierem cartas dele, e não forem reservadas, desejo vê-las, ouviu? E lembranças ao cachorro — concluiu, saindo.

Algumas pessoas começaram a **mofar** do Rubião e da singular incumbência de guardar um cão, em vez de ser o cão que o guardasse a ele. Vinha a risota, choviam as alcunhas. Em que havia de dar o professor! Sentinela de cachorro! Rubião tinha medo da opinião pública. Com efeito, parecia-lhe ridículo; fugia aos olhos estranhos, olhava com **fastio** para o animal, **dava-se ao diabo**, **arrenegava** da vida. Não tivesse a esperança de um legado, pequeno que fosse... Era impossível que lhe não deixasse uma lembrança.

10

Sete semanas depois, chegou a Barbacena esta carta, datada do Rio de Janeiro, toda do punho do Quincas Borba:

Mofar: zombar.

Fastio: enfado, aborrecimento.

Dava-se ao diabo: arrependia-se.

Arrenegava: irritava-se.

Meu caro senhor e amigo,

Você há de ter estranhado o meu silêncio. Não lhe tenho escrito por certos motivos particulares etc. Voltarei breve; mas quero comunicar-lhe desde já um negócio reservado, reservadíssimo.

Quem sou eu, Rubião? Sou **Santo Agostinho**. Sei que há de sorrir, porque você é um **ignaro**, Rubião; a nossa intimidade permitia-me dizer palavra mais crua, mas faço-lhe esta concessão, que é a última. Ignaro!

Ouça, ignaro. Sou Santo Agostinho; descobri isso anteontem: ouça e cale-se. Tudo coincide nas nossas vidas. O santo e eu passamos uma parte do tempo nos deleites e na heresia, porque eu considero heresia tudo o que não é a minha doutrina de Humanitas; ambos furtamos, ele, em pequeno, umas peras de Cartago, eu, já rapaz, um relógio do meu amigo Brás Cubas. Nossas mães eram religiosas e castas. Enfim, ele pensava, como eu, que tudo que existe é bom, e assim o demonstra no capítulo XVI, livro VII, das *Confissões*, com a diferença que, para ele, o mal é um desvio da vontade, ilusão própria de um século atrasado, concessão ao erro, pois que o mal nem mesmo existe, e só a primeira afirmação é verdadeira; todas as coisas são boas, ***omnia bona***, e adeus.

Adeus, ignaro. Não contes a ninguém o que te acabo de confiar, se não queres perder as orelhas. Cala-te, guarda, e agradece a boa fortuna de ter por amigo um grande homem, como eu, embora não me compreendas. Hás de compreender-me. Logo que tornar a Barbacena, dar-te-ei em termos explicados, simples, adequados ao entendimento de um asno, a verdadeira noção do grande homem. Adeus; lembrança ao meu pobre Quincas Borba. Não esqueças de lhe dar leite; leite e banhos; adeus, adeus... Teu do coração.

Quincas Borba.

Rubião mal sustinha o papel nos dedos. Passados alguns segundos, advertiu que podia ser um gracejo do

Santo Agostinho (354-430): teólogo e filósofo cristão, autor de *Confissões* e vários outros livros.

Ignaro: ignorante.

***Omnia bona* (em latim): todas as coisas são boas.**

amigo, e releu a carta; mas a segunda leitura confirmou a primeira impressão. Não havia dúvida; estava doido. Pobre Quincas Borba! Assim, as esquisitices, a frequente alteração de humor, os ímpetos sem motivo, as ternuras sem proporção, não eram mais que prenúncios da ruína total do cérebro. Morria antes de morrer*. Tão bom! Tão alegre! Tinha **impertinências**, é verdade; mas a doença explicava-as. Rubião enxugou os olhos, úmidos de comoção. Depois, veio a lembrança do possível legado, e ainda mais o afligiu, por lhe mostrar que bom amigo ia perder.

Quis ainda uma vez ler a carta, agora devagar, analisando as palavras, desconjuntando-as, para ver bem o sentido e descobrir se realmente era uma **troça** de filósofo. Aquele modo de o descompor brincando era conhecido; mas o resto confirmava a suspeita do desastre. Já quase no fim, parou **enfiado**. Dar-se-ia que, provada a alienação mental do testador, nulo ficaria o testamento, e perdidas as **deixas**? Rubião teve uma vertigem**. Estava ainda com a carta aberta nas mãos quando viu aparecer o doutor, que vinha por notícias do enfermo; o agente do correio dissera-lhe haver chegado uma carta. Era aquela?

— É esta, mas...

— Tem alguma comunicação reservada?...

— Justamente, traz uma comunicação reservada, reservadíssima; negócios pessoais. Dá licença?

Dizendo isso, Rubião meteu a carta no bolso; o médico saiu; ele respirou. Escapara ao perigo de publicar tão grave documento, por onde se podia provar o estado mental de Quincas Borba. Minutos depois, arrependeu-se, devia ter entregado a carta, sentiu remorsos, pensou em mandá-la à casa do médico. Chamou por um escravo; quando este acudiu, já ele mudara outra vez de ideia; considerou que era imprudência; o doente viria em breve — dali a dias —, perguntaria pela carta, **argui-lo-ia de indiscreto**, de delator... Remorsos fáceis, de pouca dura.

*** Observe essa forma expressiva de dizer que Quincas Borba estava perdendo a razão.**

Impertinências: implicâncias, rabugices, momentos de mau humor.

Troça: zombaria.

Enfiado: assustado.

Deixas: legados; o que foi deixado em herança.

**** O que essa reação revela sobre os planos de Rubião?**

Argui-lo-ia de indiscreto: diria que ele era indiscreto.

— Não quero nada — disse ao escravo. E outra vez pensou no legado. Calculou o algarismo. Menos de dez contos, não. Compraria um pedaço de terra, uma casa, cultivaria isso ou aquilo, ou lavraria ouro. O pior é se era menos, cinco contos... Cinco? Era pouco; mas, enfim, talvez não passasse disso. Cinco que fossem, era um arranjo menor, e antes menor que nada. Cinco contos... Pior seria se o testamento ficasse nulo. Vá, cinco contos!

11

No começo da semana seguinte, recebendo os jornais da Corte (ainda assinaturas de Quincas Borba), leu Rubião esta notícia em um deles:

Faleceu ontem o Sr. Joaquim Borba dos Santos, tendo suportado a moléstia com singular filosofia. Era homem de muito saber, e cansava-se em batalhar contra esse pessimismo amarelo e enfezado que ainda nos há de chegar aqui um dia; é a moléstia do século. A última palavra dele foi que a dor era uma ilusão, e que **Pangloss** não era tão tolo como o **inculcou** Voltaire... Já então delirava. Deixa muitos bens. O testamento está em Barbacena.

12

— Acabou de sofrer! — suspirou Rubião. Em seguida, atentando na notícia, viu que falava de um homem que tinha apreço, consideração, a quem se atribuía uma **peleja** filosófica. Nenhuma alusão a demência. Ao contrário, o final dizia que ele delirara à última hora, efeito

Pangloss: personagem do romance *Cândido*, do escritor francês Voltaire (1694-1778). Pangloss expressa um otimismo ingênuo, não se deixando abalar por nenhuma situação aflitiva.

Inculcou: deu a entender.

Peleja: disputa.

da moléstia. Ainda bem! Rubião leu novamente a carta, e a hipótese da troça pareceu outra vez mais verossímil. Concordou que ele tinha graça; com certeza, quis **debicá-lo**; foi a Santo Agostinho, como iria a Santo Ambrósio ou a Santo Hilário, e escreveu uma carta enigmática, para confundi-lo, até voltar e rir-se do logro. Pobre amigo! Estava são — são e morto. Sim, já não padecia nada. Vendo o cachorro, suspirou:

— Coitado do Quincas Borba! Se pudesse saber que o senhor morreu...

Depois, consigo:

— Agora, que já acabou a obrigação, vou dá-lo à comadre Angélica.

13

A notícia correra a cidade; o vigário, o farmacêutico da casa, o médico, todos mandaram saber se era verdadeira. O agente do correio, que a lera nas folhas, trouxe em mão própria ao Rubião uma carta que viera na mala para ele; podia ser do finado, conquanto a letra do sobrescrito fosse outra.

— Então afinal o homem espichou a canela? — disse ele, enquanto Rubião abria a carta, corria à assinatura e lia: *Brás Cubas*. Era um simples bilhete:

O meu pobre amigo Quincas Borba faleceu ontem em minha casa, onde apareceu há tempos esfrangalhado e sórdido: frutos da doença. Antes de morrer pediu-me que lhe escrevesse, que lhe desse particularmente essa notícia, e muitos agradecimentos; que o resto se faria, segundo as **praxes do foro**.

Os agradecimentos fizeram empalidecer o professor; mas as praxes do foro restituíram-lhe o sangue*.

Debicá-lo: caçoar dele.

Praxes do foro: normas legais da justiça.

*** Por que inicialmente Rubião empalideceu? O que teria pensado ele? E por que a referência às praxes do foro restituíram-lhe as cores?**

Rubião fechou a carta sem dizer nada; o agente falou de uma coisa e outra, depois saiu. Rubião ordenou a um escravo que levasse o cachorro de presente à comadre Angélica, dizendo-lhe que, como gostava de bichos, lá ia mais um; que o tratasse bem, porque ele estava acostumado a isso; finalmente que o nome do cachorro era o mesmo que o do dono, agora morto, Quincas Borba.

14

Quando o testamento foi aberto, Rubião quase caiu para trás. Adivinhais por quê. Era nomeado herdeiro universal do testador. Não cinco, nem dez, nem vinte contos, mas tudo, o capital inteiro, especificados os bens, casas na Corte, uma em Barbacena, escravos, apólices, ações do Banco do Brasil e de outras instituições, joias, dinheiro amoedado, livros — tudo finalmente passava às mãos do Rubião, sem desvios, sem deixas a nenhuma pessoa, nem esmolas, nem dívidas. Uma só condição havia no testamento, a de guardar o herdeiro consigo o seu pobre cachorro Quincas Borba, nome que lhe deu por motivo da grande afeição que lhe tinha. Exigia do dito Rubião que o tratasse como se fosse a ele próprio testador, nada poupando em seu benefício, resguardando-o de moléstia, de fugas, de roubo ou de morte que lhe quisessem dar por maldade; cuidar finalmente como se cão não fosse, mas pessoa humana. **Item**, impunha-lhe a condição, quando morresse o cachorro, de lhe dar sepultura decente em terreno próprio, que cobriria de flores e plantas cheirosas; e mais, desenterraria os ossos do dito cachorro, quando fosse tempo idôneo, e os recolheria a uma urna de madeira preciosa para depositá-los no lugar mais honrado da casa.

Item: igualmente. *Item* é um advérbio latino usado para indicar diversos itens em requerimentos, contratos, testamentos etc.

15

Tal era a cláusula. Rubião achou-a natural, posto que só tivesse pensamento para cuidar na herança. Espreitara uma deixa, e sai-lhe do testamento a massa toda dos bens. Não podia acabar de crer; foi preciso que lhe apertassem muito as mãos, com força — a força dos parabéns —, para não supor que era mentira.

— Sim, senhor, **lavre um tento** — dizia-lhe o dono da farmácia que ministrara os remédios a Quincas Borba.

Herdeiro já era muito; mas universal... Essa palavra inchava as bochechas à herança. Herdeiro de tudo, nem uma colherinha menos. E quanto seria tudo? — ia ele pensando. Casas, apólices, ações, escravos, roupa, louça, alguns quadros, que ele teria na Corte, porque era homem de muito gosto, tratava de coisas de arte com grande saber. E livros? Devia ter muitos livros, citava muitos deles. Mas em quanto andaria tudo? Cem contos? Talvez duzentos. Era possível; trezentos mesmo não havia que admirar. Trezentos contos! Trezentos! E o Rubião tinha ímpetos de dançar na rua. Depois aquietava-se; duzentos que fossem, ou cem, era um sonho que Deus Nosso Senhor lhe dava, mas um sonho comprido, para não acabar mais*.

A lembrança do cachorro pôde tomar pé no **torvelinho** de pensamentos que iam pela cabeça do nosso homem. Rubião achava que a cláusula era natural, mas desnecessária, porque ele e o cão eram dois amigos, e nada mais certo que ficarem juntos, para recordar o terceiro amigo, o extinto, o autor da felicidade de ambos. Havia, sem dúvida, umas particularidades na cláusula, uma história de urna, e não sabia que mais; mas tudo se havia de cumprir, ainda que o céu viesse abaixo... Não, com a ajuda de Deus, emendava ele. Bom cachorro! Excelente cachorro!

Rubião não esquecia que muitas vezes tentara enriquecer com empresas que morreram em flor. Supôs-se

Lavre um tento: conseguiu, acertou em cheio.

*** Observe que, aqui, Rubião se esquece por completo da promessa feita de abrir mão da herança (cf. primeiro parágrafo do capítulo 9).**

Torvelinho: redemoinho.

naquele tempo um desgraçado, um **caipora**, quando a verdade era que "mais vale quem Deus ajuda do que quem cedo madruga". Tanto não era impossível enriquecer, que estava rico.

— Impossível, o quê? — exclamou em voz alta. — Impossível é a Deus pecar. Deus não falta a quem promete.

Ia assim descendo e subindo as ruas da cidade, sem guiar para casa, sem plano, com o sangue aos pulos. De repente, surgiu-lhe esse grave problema: se iria viver no Rio de Janeiro, ou se ficaria em Barbacena. Sentia cócegas de ficar, de brilhar onde escurecia, de **quebrar a castanha na boca** aos que antes faziam pouco-caso dele, e principalmente aos que se riram da amizade do Quincas Borba. Mas logo depois vinha a imagem do Rio de Janeiro, que ele conhecia, com os seus feitiços, movimentos, teatros em toda a parte, moças bonitas, "vestidas à francesa". Resolveu que era melhor, podia subir muitas e muitas vezes à cidade natal.

16

Quincas Borba! Quincas Borba! Eh! Quincas Borba! — bradou, entrando em casa.

Nada de cachorro. Só então é que ele se lembrou de havê-lo mandado dar à comadre Angélica. Correu à casa da comadre, que era distante. De caminho acudiram-lhe todas as ideias feias, algumas extraordinárias. Uma ideia feia é que o cão tivesse fugido. Outra extraordinária é que algum inimigo, sabedor da cláusula e do presente, fosse ter com a comadre, roubasse o cachorro e o escondesse ou matasse. Nesse caso, a herança... Passou-lhe uma nuvem pelos olhos; depois começou a ver mais claro.

— Não conheço negócios de justiça — pensava ele —, mas parece que não tenho nada com isso. A cláusula supõe o cão vivo ou em casa; mas, se ele fugir ou morrer,

Caipora: azarado.

Quebrar a castanha na boca: expressão da época que significa "humilhar".

não se há de inventar um cão; logo, a intenção principal... Mas são capazes de **fazer chicana** os meus inimigos. Não cumprida a cláusula...

Aqui a testa e as costas das mãos do nosso amigo ficaram em água. Outra nuvem pelos olhos. E o coração batia-lhe rápido, rápido. A cláusula começava a parecer-lhe extravagante. Rubião pegava-se com os santos, prometia missas, dez missas... Mas lá estava a casa da comadre. Rubião picou o passo; viu alguém; era ela? Era, era ela, encostada à porta e rindo.

— Que figura que o senhor vem fazendo, meu compadre? Meio tonto, jogando com os braços.

17

— Sinhá comadre, o cachorro? — perguntou Rubião com indiferença, mas pálido.

— Entre e abanque-se — respondeu ela. — Que cachorro?

— Que cachorro? — tornou Rubião cada vez mais pálido. — O que lhe mandei. Pois não se lembra que lhe mandei um cachorro para ficar aqui alguns dias, descansando, a ver se... Em suma, um animal de muita estimação. Não é meu. Veio para... Mas não se lembra?

— Ah! Não me fale nesse bicho! — respondeu ela, precipitando as palavras.

Era pequena, tremia por qualquer coisa, e quando se **apaixonava** engrossavam-lhe as veias do pescoço. Repetiu que lhe não falasse no bicho.

— Mas que lhe fez ele, sinhá comadre?

— Que me fez? Que é que me faria o pobre animal? Não come nada, não bebe, chora que parece gente, e anda só com o olho para fora, a ver se foge.

Rubião respirou. Ela continuou a dizer os **enfadamentos** do cachorro; ele ansioso, queria vê-lo.

Fazer chicana: contestações maliciosas, sem fundamento ou base legal.

Apaixonava: excitava, empolgava.

Enfadamentos: descontentamentos.

— Está lá no fundo, no cercado grande; está sozinho para que os outros não bulam com ele. Mas o compadre vem buscá-lo? Não foi isso o que disseram. Pareceu-me ouvir que era para mim, que era dado.

— Daria cinco ou seis, se pudesse — respondeu Rubião. — Este não posso; sou apenas depositário. Mas deixe estar, prometo-lhe um filho. Creia que o recado veio torto.

Rubião ia andando; a comadre, em vez de o guiar, acompanhava-o. Lá estava o cão, dentro do cercado, deitado à distância de um **alguidar** de comida. Cães, aves, saltavam de todos os lados, cá fora; a um lado havia um galinheiro, mais longe porcos; mais longe ainda, uma vaca deitada, sonolenta, com duas galinhas ao pé, que lhe picavam a barriga, arrancando carrapato.

— Olhe o meu pavão! — dizia a comadre.

Mas Rubião tinha os olhos no Quincas Borba, que farejava impaciente, e que se atirou para ele, logo que um moleque abriu a porta do cercado. Foi uma cena de delírio; o cachorro pagava as carícias do Rubião, latindo, pulando, beijando-lhe as mãos.

— Meu Deus! Que amizade!

— Não imagina, sinhá comadre. Adeus, prometo-lhe um filho.

18

Rubião e o cachorro, entrando em casa, sentiram, ouviram a pessoa e as vozes do finado amigo. Enquanto o cachorro farejava por toda a parte, Rubião foi sentar-se na cadeira, onde estivera quando Quincas Borba referiu a morte da avó com explicações científicas. A memória dele recompôs, ainda que **de embrulho e esgarçadamente**, os argumentos do filósofo. Pela

Alguidar: tigela.

De embrulho e esgarçadamente: de forma confusa e desconexa.

primeira vez, atentou bem na alegoria das tribos famintas e compreendeu a conclusão: "Ao vencedor, as batatas!". Ouviu distintamente a voz roufenha do finado expor a situação das tribos, a luta e a razão da luta, o extermínio de uma e a vitória da outra, e murmurou baixinho:

— Ao vencedor, as batatas!

Tão simples! Tão claro! Olhou para as calças de brim surrado e o **rodaque cerzido**, e notou que até há pouco fora, por assim dizer, um exterminado, uma bolha; mas que ora não, era um vencedor. Não havia dúvida; as batatas fizeram-se para a tribo que elimina a outra a fim de transpor a montanha e ir às batatas do outro lado. Justamente o seu caso. Ia descer de Barbacena para arrancar e comer as batatas da capital. Cumpria-lhe ser duro e implacável; era poderoso e forte. E, levantando-se **de golpe**, alvoroçado, ergueu os braços, exclamando:

— Ao vencedor, as batatas!

Gostava da fórmula, achava-a engenhosa, **compendiosa** e eloquente, além de verdadeira e profunda. **Ideou** as batatas em suas várias formas, classificou-as pelo sabor, pelo aspecto, pelo poder nutritivo, fartou-se antemão do banquete da vida. Era tempo de acabar com as raízes pobres e secas, que apenas enganavam o estômago, triste comida de longos anos; agora o farto, o sólido, o perpétuo, comer até morrer, e morrer em colchas de seda, que é melhor que trapos. E voltava à afirmação de ser duro e implacável, e à fórmula da alegoria. Chegou a compor de cabeça um **sinete** para seu uso, com este lema: "Ao vencedor, as batatas".

Esqueceu o projeto do sinete; mas a fórmula viveu no espírito de Rubião, por alguns dias: "Ao vencedor, as batatas!". Não a compreenderia antes do testamento; ao contrário, vimos que a achou obscura e sem explicação. Tão certo é que a paisagem depende do ponto de vista, e que o melhor modo de apreciar o chicote é ter-lhe o cabo na mão.

Rodaque: tipo de casaco masculino da época.

Cerzido: remendado.

De golpe: de repente.

Compendiosa: resumida.

Ideou: imaginou.

Sinete: espécie de carimbo com a frase que serve de lema pessoal.

19

Não esqueça dizer que Rubião tomou a si mandar dizer uma missa por alma do finado, embora soubesse ou pressentisse que ele não era católico. Quincas Borba **não dizia pulhices** a respeito de padres, nem **desconceituava** doutrinas católicas; mas não falava nem da igreja nem dos seus servos. Por outro lado, a veneração de Humanitas fazia um pouco desconfiar ao herdeiro que essa era a religião do testador. Não obstante, mandou dizer a missa, considerando que não era ato da vontade do morto, mas prece de vivos; considerou mais que seria um escândalo na cidade se ele, nomeado herdeiro pelo defunto, deixasse de dar ao seu protetor os **sufrágios** que não se negam aos mais miseráveis e avaros deste mundo.

Se algumas pessoas deixaram de comparecer para não assistir à glória do Rubião, muitas outras foram — e não da ralé —, as quais viram a **compunção** verdadeira do antigo mestre de meninos.

20

Regulados os preliminares para a liquidação da herança, Rubião tratou de vir ao Rio de Janeiro, onde se fixaria, logo que tudo estivesse acabado. Havia que fazer em ambas as cidades; mas as coisas prometiam correr depressa.

Não dizia pulhices: não fazia troça, não zombava.

Desconceituava: difamava.

Sufrágios: atos de piedade e devoção.

Compunção: pesar.

21

Na estação de Vassouras, entraram no trem Sofia e o marido, Cristiano de Almeida e Palha. Este era um rapagão de trinta e dois anos; ela ia entre vinte e sete e vinte e oito. Vieram sentar-se nos dois bancos fronteiros ao do Rubião, acomodaram as cestinhas e embrulhos de lembranças que traziam de Vassouras, onde tinham ido passar uma semana; abotoaram o guarda-pó, trocaram algumas palavras, baixo.

Depois que o trem continuou a andar, foi que o Palha reparou na pessoa do Rubião, cujo rosto, entre tanta gente carrancuda ou aborrecida, era o único plácido e satisfeito. Cristiano foi o primeiro que travou conversa, dizendo-lhe que as viagens de estrada de ferro cansavam muito, ao que Rubião respondeu que sim; para quem estava acostumado a costa de burro, acrescentou, a estrada de ferro cansava e não tinha graça; não se podia negar, porém, que era um progresso*...

— Decerto — concordou o Palha. — Progresso e grande.

— O senhor é lavrador?

— Não, senhor.

— Mora na cidade?

— De Vassouras? Não; viemos aqui passar uma semana. Moro mesmo na Corte. Não teria jeito para lavrador, conquanto ache que é uma posição boa e honrada.

Da lavoura passaram ao gado, à escravatura e à política. Cristiano Palha maldisse o governo, que introduzira na fala do trono uma palavra relativa à **propriedade servil**; mas, com grande espanto seu, Rubião não acudiu à indignação. Era plano deste vender os escravos que o testador lhe deixara, exceto um pajem; se alguma coisa perdesse, o resto da herança cobriria o desfalque. Demais, a fala do trono, que ele também lera, mandava respeitar a propriedade atual. Que lhe importavam escravos futuros, se os não compraria? O pajem ia ser **forro**, logo que ele entrasse na posse dos bens. Palha desconversou e passou à política, às câmaras, à Guerra do Paraguai, tudo assuntos gerais, ao que Rubião aten-

*** As estradas de ferro eram recentes no Brasil. A primeira havia sido construída por Irineu Evangelista de Sousa, o Barão de Mauá, e inaugurada em 1854, poucos anos antes da época em que transcorre a ação do romance.**

Propriedade servil: propriedade de escravos.

Forro: libertado da escravidão; alforriado.

dia, mais ou menos. Sofia escutava apenas; movia tão somente os olhos, que sabia bonitos, fitando-os ora no marido, ora no interlocutor*.

— Vai ficar na Corte ou volta para Barbacena? — perguntou o Palha no fim de vinte minutos de conversação.

— Meu desejo é ficar, e fico mesmo — acudiu Rubião; — estou cansado da província; quero gozar a vida. Pode ser até que vá à Europa, mas não sei ainda.

Os olhos do Palha brilharam instantaneamente.

— Faz muito bem; eu faria o mesmo, se pudesse; por agora, não posso. Provavelmente, já lá foi?

— Nunca fui. É por isso que tive cá umas ideias, ao sair de Barbacena; ora adeus! É preciso a gente tirar a **morrinha** do corpo. Não sei ainda quando será; mas hei de...

— Tem razão. Dizem que há lá muita coisa esplêndida; não admira, são mais velhos que nós; mas lá chegaremos; e há coisas em que estamos a par deles, e até acima. A nossa Corte, não digo que possa competir com Paris ou Londres, mas é bonita, verá...

— Já vi.

— Já?

— Há muitos anos.

— Há de achá-la melhor; tem feito progressos rápidos. Depois, quando for à Europa...

— A senhora já foi à Europa? — interrompeu Rubião, dirigindo-se a Sofia.

— Não, senhor.

— Esqueceu-me apresentar-lhe minha mulher — acudiu Cristiano.

Rubião inclinou-se respeitosamente; e, voltando-se para o marido, disse-lhe sorrindo:

— Mas não me apresenta a mim?

Palha sorriu também; entendeu que nenhum deles sabia o nome um do outro, e deu-se pressa em dizer o seu.

— Cristiano de Almeida e Palha.

*** Ao longo deste capítulo, o narrador destaca várias vezes os olhos de Sofia e de Palha. Observe que, por meio desse detalhe, ele vai revelando o que se passa no interior dos personagens.**

Morrinha: aqui tem o sentido de moleza, preguiça.

— Pedro Rubião de Alvarenga; mas Rubião é como todos me chamam.

A troca dos nomes pô-los ainda mais a gosto. Sofia não interveio, porém, na conversa; afrouxou a rédea aos olhos, que se deixaram ir ao sabor de si mesmos. Rubião falava, risonho, e ouvia atento as palavras do Palha, agradecido da amizade com que o tratava um moço que ele nunca tinha visto. Chegou a dizer-lhe que bem podiam ir juntos à Europa.

— Oh! Eu não poderei ir nestes primeiros anos — respondeu o Palha.

— Também não digo já; eu não irei tão cedo. O desejo que me deu, quando saí de Barbacena, foi simples desejo, sem prazo; irei, não há dúvida, mas lá para diante, quando Deus quiser.

Palha acudiu, rápido:

— Ah! Eu, quando digo que só daqui a anos, acrescento também que a vontade de Deus pode ordenar o contrário. Quem sabe se daqui a meses? A Divina Providência é que manda o melhor.

O gesto que acompanhou essas palavras era convicto e **pio**; mas nem Sofia o viu (olhava para os pés) nem o próprio Rubião escutou as últimas palavras. O nosso amigo estava morto por dizer a causa que o trazia à capital. Tinha a boca cheia da confidência, prestes a entorná-la no ouvido do companheiro de viagem — e só por um resto de escrúpulo, já frouxo, é que ainda a retinha. E por que retê-la, se não era crime e ia ser caso público?

— Tenho de cuidar primeiro de um inventário — murmurou finalmente.

— O senhor seu pai?

— Não; um amigo. Um grande amigo, que se lembrou de fazer-me seu herdeiro universal.

— Ah!

— Universal. Creia que há amigos neste mundo; como aquele, poucos. Aquilo era ouro. E que cabeça! Que inteligência! Que instrução! Viveu doente os últi-

Pio: piedoso.

mos tempos, donde lhe veio alguma impertinência, alguns caprichos. Sabe, não? Rico e doente, sem família, tinha naturalmente exigências... Mas ouro puro, ouro de lei*. Aquilo, quando estimava, estimava de uma vez. Éramos amigos, e não me disse nada. Vai um dia, quando morreu, abriu-se o testamento, e achei-me com tudo. É verdade. Herdeiro universal! Olhe que não há uma deixa no testamento para outra pessoa. Também não tinha parente. O único parente que teria seria eu, se ele chegasse a casar com uma irmã minha, que morreu, coitada! Fiquei só amigo; mas ele soube ser amigo, não acha?

— Seguramente — afirmou o Palha.

Já os olhos deste não brilhavam, refletiam profundamente**. Rubião metera-se por um mato cerrado, onde lhe cantavam todos os passarinhos da fortuna; regalava-se em falar da herança; confessou que não sabia ainda a soma total, mas podia calcular por longe...

— O melhor é não calcular nada — atalhou Cristiano. — Nunca será menos de cem contos?

— Upa!

— Pois, daí para cima, é esperar calado. E outra coisa...

— Creio que não menos de trezentos...

— Outra coisa. Não repita o seu caso a pessoas estranhas***. Agradeço-lhe a confiança que lhe mereci, mas não se exponha ao primeiro encontro. Discrição e caras serviçais nem sempre andam juntas.

*** Rubião compara o amigo morto a "ouro puro". Observe a ironia dessa comparação, agora que Rubião era o único herdeiro de sua fortuna.**

**** Que insinuação faz o narrador nessa passagem?**

***** Como se pode entender essa advertência de Palha?**

22

Chegados à estação da Corte, despediram-se quase familiarmente. Palha ofereceu a sua casa em Santa Teresa; o ex-professor ia para a Hospedaria União, e prometeram visitar-se.

23

No dia seguinte, estava Rubião ansioso por ter ao pé de si o recente amigo da estrada de ferro, e determinou ir a Santa Teresa, à tarde; mas foi o próprio Palha que o procurou logo de manhã. Ia cumprimentá-lo, ver se estava bem ali, ou se preferia a casa dele, que ficava no alto. Rubião não aceitou a casa, mas aceitou o advogado, um contraparente do Palha, que este lhe indicou, como um dos primeiros, apesar de muito moço.

— É aproveitá-lo, enquanto ele não exige que lhe paguem a fama.

Rubião fê-lo almoçar e acompanhou-o ao escritório do advogado, apesar dos protestos do cão, que queria ir também. Tudo se ajustou.

— Vá jantar logo comigo, em Santa Teresa — disse o Palha ao despedir-se. — Não tem que hesitar, lá o espero — concluiu, retirando-se*.

24

Rubião tinha **vexame**, por causa de Sofia; não sabia haver-se com senhoras. Felizmente, lembrou-se da promessa que a si mesmo fizera de ser forte e implacável. Foi jantar. Abençoada resolução! Onde acharia iguais horas? Sofia era, em casa, muito melhor que no trem de ferro. Lá vestia a capa, embora tivesse os olhos descobertos; cá trazia à vista os olhos e o corpo, elegantemente apertado em um vestido de cambraia, mostrando as mãos, que eram bonitas, e um princípio de braço. Demais, aqui era a dona da casa, falava mais, desfazia-se em **obséquios**; Rubião desceu meio tonto.

*** O que pode explicar esse interesse de Palha por Rubião?**

Vexame: vergonha.

Obséquios: gentilezas.

25

Jantou lá muitas vezes. Era tímido e acanhado. A frequência atenuou a impressão dos primeiros dias. Mas trazia sempre guardado, e mal guardado, certo fogo particular, que ele não podia extinguir. Enquanto durou o inventário, e principalmente a denúncia dada por alguém contra o testamento, alegando que o Quincas Borba, por manifesta demência, não podia testar, o nosso Rubião distraiu-se; mas a denúncia foi destruída, e o inventário caminhou rapidamente para a conclusão. Palha festejou o acontecimento com um jantar em que tomaram parte, além dos três, o advogado, o procurador e o escrivão. Sofia tinha nesse dia os mais belos olhos do mundo.

26

"Parece que ela os compra em alguma fábrica misteriosa", pensou Rubião, descendo o morro. "Nunca os vi como hoje."*

Seguiu-se a mudança para a casa de Botafogo, uma das herdadas; foi preciso **alfaiá-la**, e ainda aqui o amigo Palha prestou grandes serviços ao Rubião, guiando-o com o gosto, com a notícia, acompanhando-o às lojas e leilões. Às vezes, como já sabemos, iam os três; porque há coisas, dizia graciosamente Sofia, que só uma senhora escolhe bem. Rubião aceitava agradecido, e demorava o mais que podia as compras, consultando sem propósito, inventando necessidades, tudo para ter mais tempo a moça ao pé de si. Essa deixava-se estar, falando, explicando, demonstrando.

*** Observe a importância que os olhos de Sofia vão ganhando na história.**

Alfaiá-la: **comprar objetos e móveis para a casa.**

27

Tudo isso passava agora pela cabeça do Rubião, depois do café, no mesmo lugar em que o deixamos sentado, a olhar para longe, muito longe*. Continuava a bater com as borlas do chambre. Afinal lembrou-se de ir ver o Quincas Borba e soltá-lo. Era a sua obrigação de todos os dias. Levantou-se e foi ao jardim, ao fundo.

28

"Mas que pecado é esse que me persegue?", pensava ele, andando. "Ela é casada, dá-se bem com o marido, o marido é meu amigo, tem-me confiança, como ninguém... Que tentações são essas?"

Parava, e as tentações paravam também. Ele, um **Santo Antão** leigo, diferençava-se do **anacoreta** em amar as sugestões do diabo, uma vez que teimassem muito. Daí a alternação dos monólogos:

— É tão bonita! E parece querer-me tanto! Se aquilo não é gostar, não sei o que seja gostar. Aperta-me a mão com tanto agrado, com tanto calor... Não posso afastar-me; ainda que eles me deixem, eu é que não resisto.

Quincas Borba sentiu-lhe os passos e começou a latir. Rubião deu-se pressa em soltá-lo; era soltar-se a si mesmo por alguns instantes daquela perseguição.

— Quincas Borba! — exclamou, abrindo-lhe a porta.

O cão atirou-se fora. Que alegria! Que entusiasmo! Que saltos em volta do amo! Chega a lamber-lhe a mão de contente, mas Rubião dá-lhe um tabefe, que lhe dói; ele recua um pouco, triste, com a cauda entre as pernas; depois o senhor dá um estalinho com os dedos, e ei-lo que volta novamente com a mesma alegria.

— Sossega! Sossega!

*** Aqui termina o *flashback* iniciado no capítulo 4. O narrador retoma agora o começo da história.**

Santo Antão (251-356): **religioso que viveu isolado dos homens numa região do Egito. Segundo a história, teria resistido a muitas tentações demoníacas durante seu isolamento.**

Anacoreta: **pessoa que vive isolada da sociedade.**

Quincas Borba vai atrás dele pelo jardim fora, contorna a casa, ora andando, ora aos saltos. Saboreia a liberdade, mas não perde o amo de vista. Aqui fareja, ali para a coçar uma orelha, acolá cata uma pulga na barriga, mas de um salto galga o espaço e o tempo perdido, e **cose-se** outra vez com os calcanhares do senhor. Parece-lhe que Rubião não pensa em outra coisa, que anda agora de um lado para outro unicamente para fazê-lo andar também e recuperar o tempo em que esteve retido. Quando Rubião estaca, ele olha para cima, à espera; naturalmente, cuida dele; é algum projeto saírem juntos ou coisa assim agradável. Não lhe lembra nunca a possibilidade de um pontapé ou de um tabefe. Tem o sentimento da confiança, e muito curta a memória das pancadas. Ao contrário, os afagos ficam-lhe impressos e fixos por mais distraídos que sejam. Gosta de ser amado. Contenta-se de crer que o é.

A vida ali não é completamente boa nem completamente má. Há um moleque que o lava todos os dias em água fria, **usança do diabo**, a que ele se não acostuma. Jean, o cozinheiro, gosta do cão, o criado espanhol não gosta nada. Rubião passa muitas horas fora de casa, mas não o trata mal, e consente que vá acima, que assista ao almoço e ao jantar, que o acompanhe à sala ou ao gabinete. Brinca às vezes com ele; **fá-lo pular**. Se chegam visitas de alguma cerimônia, manda-o levar para dentro ou para baixo e, resistindo ele sempre, o espanhol toma-o a princípio com muita delicadeza, mas vinga-se daí a pouco, arrastando-o por uma orelha ou por uma perna, atira-o ao longe e fecha-lhe todas as comunicações com a casa:

— ***Perro del infierno***!

Machucado, separado do amigo, Quincas Borba vai então deitar-se a um canto, e fica ali muito tempo, calado; agita-se um pouco, até que acha posição definitiva, e cerra os olhos. Não dorme, recolhe as ideias, combina, relembra; a figura vaga do finado amigo passa-lhe acaso ao longe, muito ao longe, aos pedaços, depois

Cose-se: fica bem junto.

Usança do diabo: costume do diabo, isto é, ruim, desagradável.

Fá-lo pular: o faz pular.

Perro del infierno **(em espanhol): cão do inferno.**

mistura-se à do amigo atual, e parecem ambas uma só pessoa; depois outras ideias...

Mas já são muitas ideias — são ideias demais; em todo caso são ideias de cachorro, poeira de ideias — menos ainda que poeira, explicará o leitor. Mas a verdade é que esse olho que se abre de quando em quando para fixar o espaço, tão expressivamente, parece traduzir alguma coisa, que brilha lá dentro, lá muito ao fundo de outra coisa que não sei como diga, para exprimir uma parte canina, que não é a cauda nem as orelhas. Pobre língua humana!

Afinal adormece. Então as imagens da vida brincam nele, em sonho, vagas, recentes, farrapo daqui, remendo dali. Quando acorda, esqueceu o mal; tem em si uma expressão, que não digo seja melancolia, para não **agravar** o leitor. Diz-se de uma paisagem que é melancólica, mas não se diz igual coisa de um cão. A razão não pode ser outra senão que a melancolia da paisagem está em nós mesmos, enquanto que atribuí-la ao cão é deixá-la fora de nós. Seja o que for, alguma coisa que não a alegria de há pouco; mas venha um assobio do cozinheiro, ou um gesto do senhor, e lá vai tudo embora, os olhos brilham, o prazer arregaça-lhe o focinho, e as pernas voam que parecem asas.

29

Rubião passou o resto da manhã alegremente. Era domingo; dois amigos vieram almoçar com ele, um rapaz de vinte e quatro anos, que **roía as primeiras aparas dos bens da mãe**, e um homem de quarenta e quatro ou quarenta e seis, que já não tinha o que roer.

Carlos Maria chamava-se o primeiro, Freitas o segundo. Rubião gostava de ambos, mas diferentemente; não era só a idade que o ligava mais ao Freitas, era também a

Agravar: ofender.

Roía as primeiras aparas dos bens da mãe: maneira irônica de dizer que ele começava a gastar os bens que tinha recebido de herança da mãe.

índole desse homem. Freitas elogiava tudo, saudava cada prato e cada vinho com uma frase particular, delicada, e saía de lá com as **algibeiras** cheias de charutos, provando assim que os preferia a quaisquer outros. Tinha-lhe sido apresentado em certo armazém da Rua Municipal, onde jantaram uma vez juntos. Contaram-lhe ali a história do homem, a sua boa e má fortuna, mas não entraram em particularidades. Rubião torceu o nariz; era naturalmente algum **náufrago**, cuja convivência não lhe traria nenhum prazer pessoal nem consideração pública. Mas o Freitas atenuou logo essa primeira impressão; era vivo, interessante, anedótico, alegre como um homem que tivesse cinquenta contos de renda. Como Rubião falasse das bonitas rosas que possuía, ele pediu-lhe licença para ir vê-las: era doido por flores. Poucos dias depois apareceu lá, disse que ia ver as belas rosas, eram poucos minutos, não se incomodasse o Rubião, se tinha que fazer. Rubião, ao contrário, gostou de ver que o homem não se esquecera da conversação, desceu ao jardim, onde ele ficara esperando, e foi mostrar-lhe as rosas. Freitas achou-as admiráveis; examinava-as com tal afinco que era preciso arrancá-lo de uma roseira para levá-lo a outra. Sabia o nome de todas, e ia apontando muitas espécies que o Rubião não tinha nem conhecia — apontando e descrevendo, assim e assim, desse tamanho (indicava o tamanho abrindo e arredondando o dedo polegar e o **índex**), e depois nomeava as pessoas que possuíam bons exemplares. Mas as do Rubião eram das melhores espécies; essa, por exemplo, era rara, e aquela também etc. O jardineiro ouvia-o com espanto. Tudo examinado, disse Rubião:

— Venha tomar alguma coisa. Que há de ser?

Freitas contentou-se com qualquer coisa. Chegando acima, achou a casa muito bem-posta. Examinou os bronzes, os quadros, os móveis, olhou para o mar.

— Sim, senhor! — disse ele. — O senhor vive como um fidalgo.

Rubião sorriu; fidalgo, ainda por comparação, é palavra que se ouve bem. Veio o criado espanhol com a

Algibeiras: bolsos.

Náufrago: alguém que perdeu sua boa posição social.

Índex: índice, o dedo indicador.

bandeja de prata, vários licores e cálices, e foi um bom momento para Rubião. Ofereceu, ele mesmo, esse ou aquele licor; recomendou afinal um que lhe deram como superior a tudo que, em tal ramo, poderia existir no mercado. Freitas sorriu incrédulo.

— Talvez seja **encarecimento** — disse ele.

Tomou o primeiro trago, saboreou-o devagar, depois o segundo, depois o terceiro.

No fim, pasmado, confessou que era um primor. Onde é que comprara aquilo? Rubião respondeu que um amigo, dono de um grande armazém de vinhos, o presenteara com uma garrafa; ele, porém, gostou tanto que já encomendara três dúzias. Não tardou que se estreitassem as relações. E o Freitas vai ali almoçar ou jantar muitas vezes — mais vezes ainda do que quer ou pode —, porque é difícil resistir a um homem tão obsequioso, tão amigo de ver caras amigas*.

30

Rubião perguntou-lhe uma vez:

— Diga-me, senhor Freitas, se me desse na cabeça ir à Europa, o senhor era capaz de acompanhar-me?

— Não.

— Por que não?

— Porque eu sou amigo livre, e bem podia ser que discordássemos logo no itinerário.

— Pois tenho pena, porque o senhor é alegre.

— Engana-se, senhor; trago esta máscara risonha, mas eu sou triste. Sou um arquiteto de ruínas. Iria primeiro às ruínas de Atenas; depois ao teatro, ver o *Pobre das ruínas*, um drama de lágrimas, depois, aos tribunais de falências, onde os homens arruinados...

E Rubião ria-se; gostava daqueles modos expansivos e francos.

Encarecimento: **exagero.**

*** Rubião torna-se amigo de Freitas porque este lhe reforça a vaidade com seu jeito bajulador e submisso. Freitas, por sua vez, aproveita a situação e usufrui dos prazeres oferecidos por Rubião.**

31

Queres o avesso disso, leitor curioso*? Vê esse outro convidado para o almoço, Carlos Maria. Se aquele tem os modos "expansivos e francos" — no bom sentido **laudatório** —, claro é que ele os tem contrários. Assim, não te custará nada vê-lo entrar na sala, lento, frio e superior, ser apresentado ao Freitas, olhando para outra parte. Freitas, que já o mandou cordialmente ao diabo por causa da demora (é perto do meio-dia), corteja-o agora rasgadamente, com grandes aleluias íntimas.

Também podes ver por ti mesmo que o nosso Rubião, se gosta mais do Freitas, tem o outro em maior consideração; esperou-o até agora, e esperá-lo-ia até amanhã. Carlos Maria é que não tem consideração a nenhum deles. Examinai-o bem; é um **galhardo** rapaz de olhos grandes e plácidos, muito senhor de si, ainda mais senhor dos outros. Olha de cima; não tem o riso jovial, mas **escarninho**. Agora, ao sentar-se à mesa, ao pegar no talher, ao abrir o guardanapo, em tudo se vê que ele está fazendo um **insigne** favor ao dono da casa — talvez dois —, o de lhe comer o almoço e o de lhe não chamar **pascácio**.

E, malgrado essa disparidade de caracteres, o almoço foi alegre. Freitas devorara, com alguma pausa é certo, e confessando a si mesmo que o almoço, se tivesse vindo à hora marcada (onze), talvez não trouxesse o mesmo sabor. Agora orçava pelos primeiros bocados que acodem à fome do náufrago. Ao cabo de uns dez minutos, pôde começar a falar, cheio de riso, multiplicando-se em gestos e olhares, desfiando um rosário de **ditos agudos** e **anedotas picarescas**. Carlos Maria ouviu a maior parte deles com seriedade, para humilhá-lo, a ponto que Rubião, que realmente achava graça no Freitas, já não ousava rir. Para o fim do almoço, Carlos Maria afrouxou um tanto a gravata

*** Observe como o narrador frequentemente se dirige ao leitor, como se estivesse conversando com ele a respeito do desenvolvimento da história.**

Laudatório: **de querer sempre agradar.**

Galhardo: **elegante.**

Escarninho: **zombeteiro. Aqui novamente os olhos do personagem revelam traços de sua personalidade arrogante.**

Insigne: **ilustre.**

Pascácio: **tolo, pateta.**

Ditos agudos: **comentários divertidos.**

Anedotas picarescas: **histórias engraçadas.**

do espírito, expandiu-se, referiu algumas aventuras amorosas de outros; Freitas, para lisonjeá-lo, pediu-lhe uma ou duas dele mesmo. Carlos Maria estourou de riso.

— Que papel quer o senhor que eu faça? — disse ele.

Freitas explicou-se; não era uma **apologia**, eram fatos, pedia-lhe fatos; não havia inconveniente, nem ninguém era capaz de supor...

— O senhor dá-se bem com a residência aqui em Botafogo? — interrompeu Carlos Maria, dirigindo-se ao dono da casa.

Freitas, interrompido, mordeu os beiços, e, pela segunda vez, mandou o moço ao diabo. **Colou-se ao espaldar**, **teso**, **grave**, olhando para um painel da parede. Rubião respondeu que se dava bem, que a praia era linda.

— A vista é bonita, mas nunca pude tolerar o mau cheiro que há aqui, em certas ocasiões — disse Carlos Maria. — Que lhe parece? — continuou, voltando-se para o Freitas.

Freitas desencostou-se e disse tudo o que pensava, que um e outro podiam ter razão; mas insistiu em que a praia, a despeito de tudo, era magnífica; **discorreu sem amuo**, nem vexame; fez até o obséquio de chamar a atenção do Carlos Maria para um pedacinho de fruta que lhe ficara na ponta do bigode.

Chegaram ao fim, era pouco mais de uma hora. Rubião, calado, recompunha mentalmente o almoço, prato a prato, via com gosto os copos e os seus resíduos de vinho, as migalhas esparsas, o aspecto final da mesa, em vésperas de café. De quando em quando dava um olhar à casaca do criado. Chegou a apanhar o rosto de Carlos Maria em flagrante prazer, quando tirava as primeiras fumaças de um dos charutos que ele mandara distribuir. Nisso entrou o criado com uma cestinha coberta por um lenço de cambraia, e uma carta, que acabavam de trazer.

Apologia: elogio, louvor.

Colou-se ao espaldar: recuou o corpo e ficou colado ao encosto da cadeira, numa atitude de desconforto e desapontamento.

Teso: duro.

Grave: sério.

Discorreu sem amuo: falou sem mau humor.

32

— Quem é que manda isto? — perguntou Rubião.

— Dona Sofia.

Rubião não conhecia a letra; era a primeira vez que ela lhe escrevia. Que podia ser? Via-se-lhe a comoção no rosto e nos dedos. Enquanto ele abria a carta, Freitas familiarmente descobria a cestinha: eram morangos. Rubião leu trêmulo essas linhas:

Mando-lhe estas frutinhas para o almoço, se chegarem a tempo; e, por ordem do Cristiano, fica intimado a vir jantar conosco, hoje, sem falta. Sua verdadeira amiga

Sofia

— Que frutas são? — perguntou Rubião, fechando a carta.

— Morangos.

— Chegaram tarde. Morangos? — repetiu ele sem saber o que dizia.

— Não é preciso corar, meu caro amigo — disse-lhe rindo o Freitas, logo que o criado saiu. — Essas coisas acontecem a quem ama...

—A quem ama? — repetiu Rubião, corando deveras. — Mas pode ler a carta, veja...

Ia mostrá-la, recuou e meteu-a no bolso. Estava fora de si, meio confuso, meio alegre; Carlos Maria **deleitou-se** em dizer-lhe que ele não podia encobrir que o **mimo** era de alguma namorada. E não achava que repreender; o amor era lei universal: se era alguma senhora casada, louvava-lhe a discrição...

— Mas pelo amor de Deus! — interrompeu o anfitrião.

— Viúva? Estamos no mesmo caso — continuou Carlos Maria; — a discrição aqui é ainda um merecimento. O maior pecado, depois do pecado, é a publicação do pecado. Eu, se fosse legislador, propu-

Deleitou-se: teve o prazer.

Mimo: presente.

nha que se queimassem todos os homens convencidos de indiscrição nessas matérias; e haviam de ir para a fogueira, como os réus da **Inquisição**, com a diferença que, em vez de **sambenito**, levariam uma capa de penas de papagaio...

Freitas não podia ter-se com riso e batia na mesa, à maneira de aplauso; Rubião, meio enfiado, acudia que não era casada nem viúva...

— Solteira então? — replicou o moço. — Um casório em breve? Vá, que é tempo. Morangos de noivado — continuou, pegando alguns entre os dedos. — Cheiram a **alcova** de donzela e a latim de padre.

Rubião não sabia mais que dissesse; afinal tornou atrás e explicou-se; eram da senhora de um seu amigo particular. Carlos Maria piscou o olho; Freitas interveio dizendo que, agora, sim senhor, estava explicado; mas que, a princípio, o mistério, o arranjo da cestinha, o ar dos próprios morangos — morangos adúlteros, disse ele, rindo —, todas essas coisas davam ao negócio um aspecto imoral e pecaminoso; mas tudo ficara acabado.

Tomaram em silêncio o café; depois passaram à sala. Rubião desfazia-se em obséquios, mas preocupado. Corridos alguns minutos, estava satisfeito com a primeira suposição dos dois convivas: a de um amor adúltero; achou até que se defendera com demasiado calor. Uma vez que não dissesse o nome de ninguém, podia ter confessado que era, em verdade, um negócio íntimo. Mas também podia acontecer que o próprio calor da negativa deixasse alguma dúvida no ânimo dos dois, alguma suspeita... Aqui sorriu consolado.

Carlos Maria consultou o relógio; eram duas horas, ia-se embora. Rubião agradeceu-lhe muito e muito o obséquio e pediu-lhe que repetisse; podiam passar alguns domingos assim em boa palestra amigável.

— Apoiado! — bradou Freitas, aproximando-se.

Tinha metido meia dúzia de charutos no bolso, e, ao sair, disse ao ouvido de Rubião:

Inquisição: tribunal católico que executava na fogueira os réus acusados de heresia.

Sambenito: vestimenta usada pelos condenados da Inquisição no momento da execução.

Alcova: quarto.

— Cá vai a lembrança do costume; seis dias de delícias, uma delícia por dia.

— Leve mais.

— Não; virei buscá-los depois*.

Rubião acompanhou-os ao portão de ferro. Quincas Borba, logo que ouviu vozes, correu do fundo do jardim e veio saudá-los, particularmente ao senhor; fez festas a Carlos Maria, quis lamber-lhe a mão; o rapaz afastou-se com repugnância. Rubião deu um pontapé no cachorro, que o fez gritar e fugir. Afinal despediram-se todos.

— O senhor para onde vai? — perguntou Carlos Maria ao Freitas.

Freitas calculou que ele iria a alguma visita para os lados de São Clemente, e quis acompanhá-lo.

— Vou até o fim da praia — disse.

— Eu volto para trás — tornou o outro.

33

Rubião viu-os ir, entrou, meteu-se na sala, e ainda uma vez leu o bilhete de Sofia. Cada palavra dessa página inesperada era um mistério; a assinatura uma **capitulação**. *Sofia* apenas; nenhum outro nome da família ou do casal. *Verdadeira amiga* era evidentemente uma metáfora. Quanto às primeiras palavras: *Mando-lhe estas frutinhas para o almoço* respiravam a candidez de uma alma boa e generosa. Rubião viu, sentiu, palpou tudo pela única força do instinto e deu por si beijando o papel — digo mal, beijando o nome, o nome dado na pia de batismo, repetido pela mãe, entregue ao marido como parte da escritura moral do casamento, e agora roubado a todas essas origens e posses para lhe ser mandado a ele, no fim de uma folha de papel... Sofia! Sofia! Sofia!

*** Observe como Freitas já se acostumou a explorar as gentilezas de Rubião.**

Capitulação: rendição.

34

— Por que veio tão tarde? — perguntou-lhe Sofia, logo que ele apareceu à porta do jardim, em Santa Teresa.

— Depois do almoço, que acabou às duas horas, estive arranjando uns papéis. Mas não é tão tarde assim — continuou Rubião, vendo o relógio. — São quatro horas e meia.

— Sempre é tarde para os amigos — replicou Sofia em ar de censura.

Rubião caiu em si; mas não teve tempo de emendar a mão. Diante dele, ao pé da casa, estavam sentadas em bancos de ferro umas quatro senhoras, caladas, olhando para ele, curiosas; eram visitas de Sofia que esperavam a vinda de um capitalista* Rubião. Sofia foi apresentá-lo a elas. Três delas eram casadas, uma solteira, ou mais que solteira. Contava trinta e nove anos, e uns olhos pretos, cansados de esperar. Era filha de um major Siqueira, que daí a alguns minutos apareceu no jardim.

— O nosso Palha já me tinha falado em Vossa Excelência** — disse o major depois de apresentado ao Rubião. — Juro que é seu amigo às direitas. Contou-me o acaso que os ligou. Geralmente, as melhores amizades são essas. Eu, em trinta e tantos, pouco antes da Maioridade***, tive um amigo, o melhor dos meus amigos daquele tempo, que conheci assim por um acaso, na botica do Bernardes, por alcunha o *João das* **Pantorrilhas**... Creio que usou delas, em rapaz, entre 1801 e 1812. O certo é que a alcunha ficou. A botica era na Rua de São José, ao desembocar na da Misericórdia... *João das Pantorrilhas*... Sabe que era um modo de engrossar a perna... Bernardes era o nome dele, João Alves Bernardes... Tinha a botica na Rua de São José. Conversava-se ali muito, à tarde e à noite. Ia a gente com o seu capote, e bengalão; alguns levavam lanterna. Eu não; levava só o meu capote... Ia-se de capote; o Bernardes — João Alves

*** Repare que Rubião começa a ser visto como um "capitalista", isto é, um milionário.**

**** O fato de Rubião ser "capitalista" faz as pessoas mudarem o modo de tratá-lo (aqui, ele é chamado por Vossa Excelência).**

***** Referência à proclamação da maioridade de dom Pedro II em 1840, possibilitando ao imperador assumir o trono com catorze anos de idade. Pela constituição, a idade mínima era dezoito anos.**

Pantorrilhas: **chumaço que se coloca sobre as barrigas das pernas, por dentro das meias, para lhes dar a aparência de gordas e bem feitas. Essa forma espanhola da palavra *panturrilha* era comum no século XIX.**

Bernardes era o nome todo dele — era filho de Maricá, mas criou-se aqui no Rio de Janeiro... *João das Pantorrilhas* era a alcunha; diziam que ele andara de pantorrilhas, em rapaz, e parece que foi um dos **petimetres** da cidade. Nunca me esqueci; *João das Pantorrilhas*... Ia-se de capote...

A alma do Rubião **bracejava** debaixo desse aguaceiro de palavras; mas estava num beco sem saída por um lado nem por outro. Tudo muralhas. Nenhuma porta aberta, nenhum corredor, e a chuva a cair. Se pudesse olhar para as moças veria, ao menos, que era objeto de curiosidade de todas, principalmente da filha do major, dona Tonica; mas não podia; escutava, e o major chovia a cântaros. Foi o Palha que lhe trouxe um guarda-chuva*. Sofia tinha ido dizer ao marido que o Rubião acabara de chegar; daí a nada estava o Palha no jardim, e saudava o amigo, dizendo-lhe que viera tarde. O major, que explicava ainda uma vez a alcunha do boticário, abandonou a presa e foi ter com as moças; depois saiu à rua.

35

As senhoras casadas eram bonitas; a mesma solteira não devia ter sido feia, aos vinte e cinco anos, mas Sofia primava entre todas elas.

Não seria tudo o que o nosso amigo sentia, mas era muito. Era daquela casta de mulheres que o tempo, como um escultor vagaroso, não acaba logo, e vai polindo ao passar dos longos dias. Essas esculturas lentas são miraculosas: Sofia **rastejava** os vinte e oito anos; estava mais bela que aos vinte e sete; era de supor que só aos trinta desse o escultor os últimos retoques, se não quisesse prolongar ainda o trabalho, por dois ou três anos.

Petimetres: indivíduos que dão muita importância à aparência, vestindo-se com apuro exagerado.

Bracejava: nadava.

*** Observe o humor da cena: o major despeja palavras como se fosse uma chuva torrencial sobre Rubião.**

Rastejava: beirava, se aproximava.

Os olhos, por exemplo, não são os mesmos da estrada de ferro, quando o nosso Rubião falava com o Palha, e eles iam sublinhando a conversação... Agora, parecem mais negros, e já não sublinham nada; compõem logo as coisas, por si mesmos, em letra vistosa e gorda, e não é uma linha nem duas, são capítulos inteiros. A boca parece mais fresca. Ombros, mãos, braços, são melhores, e ela ainda os faz ótimos por meio de atitudes e gestos escolhidos. Uma feição que a dona nunca pôde suportar — coisa que o próprio Rubião achou a princípio que destoava do resto da cara —, o excesso de sobrancelhas —, isso mesmo, sem ter diminuído, como que lhe dá ao todo um aspecto mui particular.

Traja bem; comprime a cintura e o tronco no corpinho de lã fina cor de castanha, obra simples, e traz nas orelhas duas pérolas verdadeiras — mimo que o nosso Rubião lhe deu pela Páscoa*****.

A bela dama é filha de um velho funcionário público. Casou aos vinte anos com este Cristiano de Almeida e Palha, **zangão da praça**, que então contava vinte e cinco. O marido ganhava dinheiro, era jeitoso, ativo, e tinha o faro dos negócios e das situações. Em 1864, apesar de recente no ofício, adivinhou — não se pode empregar outro termo —, adivinhou as falências bancárias.

— Nós temos coisa, mais dia menos dia; isto anda por arames. O menor brado de alarma leva tudo.

O pior é que ele despendia todo o ganho e mais. Era dado à boa **chira**; reuniões frequentes, vestidos caros e joias para a mulher, adornos de casa, mormente se eram de invenção ou adoção recente, levavam-lhe os lucros presentes e futuros. Salvo em comidas, era escasso consigo mesmo. Ia muita vez ao teatro sem gostar dele, e a bailes, em que se divertia um pouco, mas ia menos por si que para aparecer com os olhos da mulher, os olhos e os seios. Tinha essa vaidade singular; decotava a mulher sempre que podia, e até onde não podia, para mostrar aos outros as suas venturas particulares******. Era assim um rei **Candaules**, mais restrito por um lado, e, por outro, mais público.

*** Observe que Rubião já estava dando presentes caros a Sofia.**

Zangão da praça: espécie de agente financeiro muito esperto para aproveitar ocasiões de bons lucros.

Chira: comida.

**** Sofia é usada como objeto de ostentação por Palha, que a exibia para despertar a inveja dos outros (como também fazia com os bens que possuía).**

Candaules: rei lídio que, segundo a lenda, quis mostrar a outro homem a nudez de sua linda mulher.

E aqui façamos justiça à nossa dama. A princípio, cedeu sem vontade aos desejos do marido; mas tais foram as admirações colhidas, e a tal ponto o uso acomoda a gente às circunstâncias, que ela acabou gostando de ser vista, muito vista, para recreio e estímulo dos outros. Não a façamos mais santa do que é, nem menos. Para as despesas da vaidade, bastavam-lhe os olhos, que eram **ridentes**, inquietos, convidativos, e só convidativos: podemos compará-los à lanterna de uma hospedaria em que não houvesse cômodos para hóspedes. A lanterna fazia parar toda a gente, tal era a lindeza da cor e a originalidade dos emblemas; parava, olhava e andava. Para que escancarar as janelas? Escancarou-as, finalmente; mas a porta, se assim podemos chamar ao coração, essa estava trancada e retrancada*.

36

"Meu Deus! Como é bonita! Sinto-me capaz de fazer um escândalo!", pensava Rubião, à noite, ao canto de uma janela, de costas para fora, olhando para Sofia, que olhava para ele.

Cantava uma senhora. Os três maridos de fora, que ali estavam de visita, interromperam o **voltarete**, em atenção à cantora, e vieram à sala, por alguns instantes; a cantora era mulher de um deles. Palha, que a acompanhava ao piano, não via a contemplação mútua da esposa e do capitalista. Não sei se todas as outras pessoas estavam no mesmo caso. Uma delas, sim, essa sei que os via: dona Tonica, a filha do major.

"Meu Deus! Como é bonita! Sinto-me capaz de fazer um escândalo!", continuava a pensar o Rubião, encostado à janela, de costas para fora, com os olhos esquecidos na bela dama, que olhava para ele**.

Ridentes: risonhos.

*** Aqui o narrador destaca que Sofia sabia que era bela e gostava de se sentir desejada pelos outros homens, fazendo um jogo de sedução e resistência.**

Voltarete: um tipo de jogo de cartas.

**** Observe que Sofia, percebendo a atração que exercia sobre Rubião, mantém o jogo da sedução de forma disfarçada.**

37

Entende-se bem que dona Tonica observasse a contemplação dos dois. Desde que Rubião ali chegou, não cuidou ela mais que de atraí-lo. Os seus pobres olhos de trinta e nove anos, olhos sem parceiros na terra, indo já a resvalar do cansaço na desesperança, acharam em si algumas fagulhas. Volvê-los uma e muitas vezes, requebrando-os, era o longo ofício dela. Não lhe custou nada armá-los contra o capitalista.

O coração, meio desenganado, agitou-se outra vez. Alguma coisa lhe dizia que esse mineiro rico era destinado pelo céu a resolver o problema do matrimônio. Rico era ainda mais do que ela pedia; não pedia riquezas, pedia um esposo. Todas as suas campanhas fizeram-se **sem a consideração pecuniária**; nos últimos tempos ia baixando, baixando, baixando; a última foi contra um estudantinho pobre... Mas quem sabe se o céu não lhe destinava justamente um homem rico? Dona Tonica tinha fé em sua madrinha, Nossa Senhora da Conceição, e investiu a fortaleza com muita arte e valor.

"Todas as outras são casadas", pensou ela.

Não tardou em perceber que os olhos de Rubião e os de Sofia caminhavam uns para os outros; notou, porém, que os de Sofia eram menos frequentes e menos demorados, fenômeno que lhe pareceu explicável, pelas cautelas naturais da situação. Podia ser que se amassem... Essa suspeita afligiu-a; mas o desejo e a esperança mostraram-lhe que um homem, depois de um ou mais amores, podia muito bem vir a casar. A questão era captá-lo; a perspectiva de casar e ter família podia ser que acabasse de matar qualquer outra inclinação da parte dele, se alguma houvesse.

Ei-la que redobra esforços. Todas as suas graças foram chamadas a postos, e obedeceram, ainda que murchas. Gestos de ventarola, apertos de lábios, olhos oblíquos, marchas, contramarchas para mostrar bem a elegância do corpo e a cintura fina que tinha, tudo foi

Sem a consideração pecuniária: sem levar em conta a questão econômica.

empregado. Era o velho formulário em ação; nada lhe rendera até ali, mas a loteria é assim mesmo; lá vem um bilhete que resgata os perdidos*.

Agora, porém, à noite, por ocasião do canto ao piano, é que dona Tonica deu com eles embebidos um no outro. Não teve mais dúvida; não eram olhares aparentemente fortuitos, breves como até ali, era uma contemplação que eliminava o resto da sala. Dona Tonica sentiu o grasnar do velho corvo da desesperança. ***Quoth the raven: never more***.

Ainda assim continuou a luta; chegou a conseguir que Rubião viesse sentar-se ao pé dela, por alguns minutos, e tratou de dizer coisas bonitas, frases que lhe ficaram de romances, outras que a própria melancolia da situação lhe ia inspirando. Rubião ouvia e respondia, mas inquieto, quando Sofia deixava a sala, e não menos quando tornava a ela. Uma das vezes a distração foi excessiva. Dona Tonica confessava-lhe que tinha muita vontade de ver Minas, principalmente Barbacena. Que tais eram os ares?

— Os ares — repetiu maquinalmente o outro.

Olhava para Sofia, que estava então em pé, de costas para ele, falando a duas senhoras sentadas. Rubião admirou-lhe ainda uma vez a figura, o busto bem talhado, estreito embaixo, largo em cima, emergindo das cadeiras amplas, como uma grande braçada de folhas sai de dentro de um vaso. A cabeça podia então dizer-se que era como uma magnólia única, direita, espetada no centro do ramo. Era isso que Rubião mirava, quando dona Tonica lhe perguntou pelos ares de Barbacena, e ele repetiu a palavra dela, sem lhe dar sequer a mesma forma interrogativa.

*** A angústia de dona Tonica era a angústia que afligia as mulheres da época, pois a sociedade via o casamento como a única forma de realização feminina. Por isso, não se casar era uma verdadeira tragédia. E Rubião surgia como uma oportunidade única e preciosa, pois era solteiro e muito rico.**

Quoth the raven: never more **(em inglês): "Disse o corvo: nunca mais". Verso do poema *O corvo*, do norte-americano Edgar Allan Poe (1809-1849).**

38

Rubião estava **resoluto**. Nunca a alma de Sofia pareceu convidar a dele, com tamanha instância, a voarem

Resoluto: decidido.

juntas até as terras clandestinas, donde elas tornam, em geral, velhas e cansadas. Algumas não tornam. Outras param a meio caminho. Grande número não passa da beira dos telhados...

39

A lua era magnífica. No morro, entre o céu e a planície, a alma menos audaciosa era capaz de ir contra um exército inimigo e destroçá-lo. Vede o que não seria com esse exército amigo. Estava no jardim. Sofia enfiara o braço no dele, para irem ver a lua. Convidara dona Tonica, mas a pobre dama respondeu que tinha um pé dormente, que já ia, e não foi.

Os dois ficaram calados algum tempo. Pelas janelas abertas viam-se as outras pessoas conversando, e até os homens, que tinham acabado o voltarete. O jardim era pequeno; mas a voz humana tem todas as notas, e os dois podiam dizer poemas sem ser ouvidos.

Rubião lembrou-se de uma comparação velha, mui velha, apanhada em não sei que **décima** de 1850, ou qualquer outra página em prosa de todos os tempos. Chamou aos olhos de Sofia as estrelas da terra, e às estrelas os olhos do céu! Tudo isso baixinho e trêmulo.

Sofia ficou pasmada. De súbito endireitou o corpo, que até ali viera pesando no braço do Rubião. Estava tão acostumada à timidez do homem... Estrelas? Olhos? Quis dizer que não caçoasse com ela, mas não achou como dar forma à resposta, sem rejeitar uma convicção que também era sua, ou então sem animá-lo a ir adiante. Daí um longo silêncio.

— Com uma diferença — continuou Rubião. — As estrelas são ainda menos lindas que os seus olhos, e afinal nem sei mesmo o que elas sejam. Deus, que as pôs tão alto, é porque não poderão ser vistas de perto, sem

Décima: estrofe de dez versos.

perder muito da formosura... Mas os seus olhos, não; estão aqui, ao pé de mim, grandes, luminosos, mais luminosos que o céu...

Loquaz, destemido, Rubião parecia totalmente outro. Não parou ali; falou ainda muito, mas não deixou o mesmo círculo de ideias. Tinha poucas; e a situação, apesar da repentina mudança do homem, tendia antes a cerceá-las, que a inspirar-lhe novas. Sofia é que não sabia que fizesse. Trouxera ao colo um pombinho, manso e quieto, e sai-lhe um gavião — um gavião adunco e faminto.

Era preciso responder, fazê-lo parar, dizer que ia por onde ela não queria ir, e tudo isso, sem que ele se zangasse, sem que se fosse embora... Sofia procurava alguma coisa; não achava, porque esbarrava na questão, para ela insolúvel: se era melhor mostrar que entendia, ou que não entendia. Aqui lembraram-lhe os próprios gestos dela, as palavrinhas doces, as atenções particulares; concluía que, em tal situação, não podia ignorar o sentido das finezas do homem. Mas confessar que entendia, e não despedi-lo de casa, eis aí o ponto melindroso*.

Loquaz: falante.

* Surge aqui uma questão moral, pois Sofia, como mulher casada, não pode aceitar o assédio de Rubião; por outro lado, não quer ser ríspida e afastá-lo de casa, pois ela e o marido, tirando vantagem da ingenuidade de Rubião, já estavam se aproveitando da sua fortuna.

40

Em cima, as estrelas pareciam rir daquela situação **inextricável**.

Vá que a lua os visse! A lua não sabe **escarnecer**; e os poetas, que a acham saudosa, terão percebido que ela amou outrora algum astro vagabundo, que a deixou ao cabo de muitos séculos. Pode ser até que ainda se amem. Os seus eclipses (perdoe-me a astronomia) talvez não sejam mais que entrevistas amorosas. O mito de **Diana** descendo a encontrar-se com Endimião bem pode ser verdadeiro. Descer é que é demais. Que mal há em que os dois se encontrem ali mesmo no céu, como

Inextricável: complicada, difícil de ser resolvida.

Escarnecer: zombar.

Diana: deusa da caça na mitologia romana; apaixonou-se pelo pastor Endimião.

os grilos entre as folhagens cá de baixo? A noite, mãe **caritativa**, encarregava-se de velar a todos.

Depois, a lua é solitária. A solidão faz a pessoa séria. As estrelas, em **chusma**, são como as moças entre quinze e vinte anos, alegres, **palreiras**, rindo e falando a um tempo de tudo e de todos.

Não nego que são castas; mas tanto pior — terão rido do que não entendem... Castas estrelas! É assim que lhes chama **Otelo**, o terrível, e **Tristram Shandy**, o jovial. Esses extremos do coração e do espírito estão de acordo num ponto: as estrelas são castas. E elas ouviam tudo (castas estrelas!), tudo o que a boca temerária de Rubião ia entornando na alma pasmada de Sofia. O recatado de longos meses era agora (castas estrelas!) nada menos que um **libertino**. **Disséreis** que o Diabo andara a enganar a moça com as duas grandes asas de arcanjo que Deus lhe pôs; de repente, meteu-as na algibeira, e **desbarretou-se** para mostrar as duas pontas malignas, fincadas na testa*. E rindo, daquele riso oblíquo dos maus, propunha comprar-lhe não só a alma, mas a alma e o corpo... Castas estrelas!

41

— Vamos para dentro — murmurou Sofia.

Quis tirar o braço; mas o dele **reteve-lho** com força. Não; ir para quê? Estavam ali bem, muito bem... Que melhor? Ou seria que ele a estivesse aborrecendo? Sofia acudiu que não, ao contrário; mas precisava ir fazer sala às visitas... Há quanto tempo estavam ali!

— Não há dez minutos — disse o Rubião. — Que são dez minutos?

— Mas podem ter dado pela nossa ausência...

Rubião estremeceu diante desse possessivo: nossa ausência. Achou-lhe um princípio de cumplicidade.

Caritativa: **caridosa.**

Chusma: **grupo.**

Palreiras: **conversadeiras.**

Otelo: **personagem da tragédia *Otelo*, de William Shakespeare (1564-1616).**

Tristram Shandy: **personagem do romance *A vida e as opiniões do cavalheiro Tristram Shandy*, do inglês Laurence Sterne (1713-1768). Esse autor, aliás, com seus comentários irônicos e humorísticos, era um dos favoritos de Machado de Assis.**

Libertino: **homem devasso, imoral.**

Disséreis: **nessa passagem, tem o sentido de "poderia se dizer".**

Desbarretou-se: **tirou o chapéu.**

*** Isto é, o Diabo descobriu a cabeça para mostrar os chifres.**

Reteve-lho: **reteve-lhe o braço.**

Concordou que podiam dar pela nossa ausência. Tinha razão, deviam separar-se; só lhe pedia uma coisa, duas coisas: a primeira é que não esquecesse aqueles dez minutos sublimes; a segunda é que, todas as noites, às dez horas, fitasse o Cruzeiro, ele o fitaria também, e os pensamentos de ambos iriam achar-se ali juntos, íntimos entre Deus e os homens.

O convite era poético, mas só o convite. Rubião ia devorando a moça com olhos de fogo, e segurava-lhe uma das mãos para que ela não fugisse. Nem os olhos nem o gesto tinham poesia nenhuma. Sofia esteve a ponto de dizer alguma palavra áspera, mas engoliu-a logo, ao advertir que Rubião era um bom amigo da casa. Quis rir, mas não pôde; mostrou-se então **arrufada**, logo depois resignada, afinal suplicante; pediu-lhe pela alma da mãe dele, que devia estar no céu... Rubião não sabia do céu, nem da mãe, nem de nada. Que era mãe? Que era céu? Parecia dizer a cara dele.

— Ai, não me quebre os dedos! — suspirou baixinho a moça.

Aqui é que ele começou a voltar a si; afrouxou a pressão, sem soltar-lhe os dedos.

— Vá — disse ele, — mas primeiro...

Inclinava-se para beijar a mão, quando uma voz, a alguns passos, veio acordá-lo inteiramente.

42

— Olá! Estão apreciando a lua? Realmente, está deliciosa; está uma noite para namorados... Sim, deliciosa... Há muito que não vejo uma noite assim... Olhem só para baixo, os **bicos de gás**... Deliciosa! Para namorados... Os namorados gostam sempre da lua. No meu tempo, em Icaraí...

Era Siqueira, o terrível major. Rubião não sabia que dissesse; Sofia, passados os primeiros instantes, readquiriu a

Arrufada: aborrecida, contrariada.

Bicos de gás: a iluminação a gás era recente na cidade do Rio de Janeiro. Foi a companhia de gás do Barão de Mauá que trouxe essa novidade em 1854.

posse de si mesma; respondeu que, em verdade, a noite era linda; depois contou que Rubião teimava em dizer que as noites do Rio não podiam comparar-se às de Barbacena, e, a propósito disso, referia uma anedota de um padre Mendes... Não era Mendes?

— Mendes, sim; o padre Mendes — murmurou Rubião.

O major mal podia conter o assombro. Tinha visto as duas mãos presas, a cabeça do Rubião meio inclinada, o movimento rápido de ambos, quando ele entrou no jardim; e sai-lhe de tudo isso um padre Mendes... Olhou para Sofia; viu-a risonha, tranquila, impenetrável. Nenhum medo, nenhum acanhamento; falava com tal simplicidade que o major pensou ter visto mal*. Mas Rubião estragou tudo. Vexado, calado, não fez mais que tirar o relógio para ver as horas, levá-lo ao ouvido, como se lhe parecesse que não andava, depois limpá-lo com o lenço, devagar, sem olhar para um nem para outro...

— Bem, conversem, vou ver as amigas, que não podem estar sós. Os homens já acabaram o maldito voltarete?

— Já — respondeu o major, olhando curiosamente para Sofia. — Já, e até perguntaram por este senhor; por isso é que eu vim ver se o achava no jardim. Mas estavam aqui há muito tempo?

— Agora mesmo — disse Sofia.

Depois, batendo carinhosamente no ombro do major, passou do jardim à casa; não entrou pela porta da sala de visitas, mas por outra que dava para a de jantar; de maneira que, quando chegou àquela pelo interior, era como se acabasse de dar ordens para o chá.

Rubião, voltando a si, ainda não achou que dizer, e contudo urgia dizer alguma coisa. Boa ideia era a anedota do padre Mendes; o pior é que não havia padre nem anedota, e ele era incapaz de inventar nada. Pareceu-lhe bastante isto:

— O padre! O Mendes! Muito engraçado o padre Mendes!

*** Observe que Sofia tem grande facilidade para disfarçar, ao contrário de Rubião, que se mostra todo atrapalhado.**

— Conheci-o — disse o major sorrindo. — O padre Mendes? Conheci-o; morreu cônego. Esteve algum tempo em Minas?

— Creio que esteve — murmurou o outro, espantado.

— Era filho aqui de Saquarema; era um que não tinha este olho — continuou o major levando o dedo ao olho esquerdo. — Conheci-o muito, se é que é o mesmo; pode ser que seja outro.

— Pode ser.

— Morreu cônego. Era homem de bons costumes, mas amigo de ver moças bonitas, como se mira um painel de mestre; e que maior mestre que Deus? — dizia ele. — Essa dona Sofia, por exemplo, nunca ele a viu na rua que me não dissesse: Hoje vi aquela bonita senhora do Palha... Morreu cônego; era filho de Saquarema... E, na verdade, tinha bom gosto... Realmente, a mulher do nosso Palha é um primor, bela de cara e de figura; eu ainda a acho mais bem-feita que bonita... Que lhe parece?

— Parece que sim...

— E boa pessoa, excelente dona de casa — continuou o major, acendendo um charuto.

A luz do fósforo deu à cara do major uma expressão de **escárnio**, ou de outra coisa menos dura, mas não menos **adversa**. Rubião sentiu correr-lhe um frio pela espinha. Teria ouvido? Visto? Adivinhado? Estava ali um indiscreto, um mexeriqueiro? A cara do homem não explicava esse ponto; em todo caso, era mais seguro crer no pior. Aqui temos o nosso herói como alguém que, depois de **navegar cosido com a praia**, longos anos, acha-se um dia entre as ondas do alto-mar; felizmente o medo também é oficial de ideias, e deu-lhe ali uma: lisonjear o interlocutor. Não hesitou em achá-lo gracioso e interessante, e dizer-lhe que tinha uma casa às suas ordens, na praia de Botafogo, número tantos. Dava-lhe muita honra em travar relações com ele. Contava poucos amigos aqui; o Palha, a quem devia grandes obséquios; dona Sofia, que era uma senhora de rara gravida-

Escárnio: zombaria.

Adversa: desfavorável.

Navegar cosido com a praia: navegar bem próximo à praia.

de, e mais três ou quatro pessoas. Vivia só; podia ser até que se retirasse para Minas.

— Já?

— Não digo já, mas pode ser que me não demore. Sabe que uma pessoa que viveu toda a sua vida em um lugar, custa-lhe muito a acostumar-se em outro.

— Isso conforme.

— Sim, conforme... Mas é a regra.

— Regra será, mas o senhor vai ser uma exceção. A Corte é o diabo; apanha-se uma paixão como se apanha uma constipação; basta uma fresta de ar, fica-se perdido. Olhe, eu não me dava de apostar que o senhor, antes de seis meses, está casado...

"Não viu nada", pensou Rubião.

E depois, alegre:

— Pode ser, mas também em Minas há casamentos; nem lá faltam padres.

— Falta o padre Mendes — acudiu rindo o major*.

Rubião sorriu constrangido, não entendendo se a palavra do major era inocente ou maliciosa. Este é que colheu as rédeas ao assunto e tratou de outras coisas, do tempo, da cidade, do ministério, da guerra e do marechal Lopes. E vede o contraste da ocasião: esse aguaceiro, maior que o da entrada, pareceu um raio de sol ao nosso Rubião. Ei-lo que espaneja a alma ao calor do discurso infinito do major, intercalando alguma palavrinha, se pode, e sempre cabeceando com aplauso. E pensava outra vez que não, que ele não vira nada.

— Papai! Papai está aí? — disse uma voz à porta que dava para o jardim.

Era dona Tonica; vinha chamá-lo para irem embora. O chá estava na mesa, é verdade; mas não podia esperar mais, tinha dor de cabeça, disse ela ao pai, baixinho. Depois estendeu os dedos ao Rubião; este pediu-lhe que ficasse ainda alguns minutos; o estimável major...

— Perde o seu tempo — interrompeu o major; — ela é que me governa.

*** Aqui o major brinca com Rubião a respeito do tal padre Mendes, deixando-o confuso: afinal, ele acreditou ou não na história inventada por Sofia?**

Rubião ofereceu-lhe a casa com **instância**; exigiu até que lhe marcasse um dia, naquela mesma semana, mas o major acudiu que não podia dispor de dia certo; iria, logo que lhe fosse possível. A vida dele era muito trabalhosa; tinha os negócios do arsenal, que já eram muitos, e tinha mais...

— Papai! Vamos!

— Vamos. Está vendo? Não posso conversar um instante. Já te despediste? Onde está o meu chapéu?

43

Ladeira abaixo, dona Tonica foi ouvindo o resto do discurso do pai, que mudou de assunto, sem mudar de estilo — **difuso** e derramado. Ouvia sem entender. Ia metida em si mesma, absorta, remoendo a noite, recompondo os olhares de Sofia e de Rubião.

Chegaram à casa na Rua do Senado; o pai foi dormir; a filha não se deitou logo, deixou-se estar em uma cadeirinha, ao pé da cômoda, onde tinha uma imagem da Virgem. Não trazia ideias de paz nem de **candura**. Sem conhecer o amor, tinha notícia do adultério, e a pessoa de Sofia pareceu-lhe hedionda. Via nela agora um monstro, metade gente, metade cobra, e sentiu que a aborrecia, que era capaz de vingar-se exemplarmente, de dizer tudo ao marido.

"Conto-lhe tudo", ia pensando, "ou de viva voz ou por uma carta... Carta não; digo-lhe tudo um dia, em particular."

E, imaginando o colóquio, antevia o espanto do homem, depois o **agastamento**, depois os **impropérios**, as palavras duras que ele havia de dizer à mulher, miserável, indigna, **vil**... Todos esses nomes soavam bem aos ouvidos do seu desejo; ela fazia derivar por eles a própria cólera; fartava-se de a rebaixar assim, de a pôr

Instância: insistência.

Difuso: prolixo; que usa muitas palavras para dizer pouco.

Candura: inocência.

Agastamento: cólera, ira.

Impropérios: injúrias, ofensas.

Vil: desprezível.

debaixo dos pés do marido, já que o não podia fazer por si mesma... Vil, indigna, miserável...

Durou muito tempo essa explosão de raiva interior — perto de vinte minutos; mas a alma cansou, e tornou a si. A imaginação não podia mais, e a realidade próxima atraiu-lhe a vista. Olhou em volta de si, mirou a alcova de solteira, arrumadinha com arte — dessa arte engenhosa que faz da chita seda e de um retalho velho uma fita, que **recama**, enlaça, alegra o mais que pode a nudez das coisas, enfeita as paredes tristes, aprimora os **trastes** modestos e poucos. E tudo ali parecia feito para receber um noivo amado.

Onde li eu que uma tradição antiga fazia esperar a uma virgem de Israel, durante certa noite do ano, a concepção divina? Seja onde for, comparemo-la à desta outra, que só difere daquela em não ter noite fixa, mas todas, todas, todas... O vento, zunindo fora, nunca lhe trouxe o varão esperado, nem a madrugada alva e menina lhe disse em que ponto da terra é que ele mora. Era só esperar, esperar...

Agora, aquietada a imaginação e o ressentimento, mira e remira a alcova solitária; recorda as amigas do colégio e de família, as mais íntimas, casadas todas. A derradeira delas desposou aos trinta anos um oficial de Marinha, e foi ainda o que **reverdeceu** as esperanças à amiga solteira, que não pedia tanto, posto que a farda de aspirante foi a primeira coisa que lhe seduziu os olhos, aos quinze anos... Onde iam eles? Mas lá passaram cinco anos, cumpriu os trinta e nove, e os quarenta não tardam. Quarentona, solteirona; dona Tonica teve um calafrio. Olhou ainda, recordou tudo, ergueu-se de golpe, deu duas voltas e atirou-se à cama chorando...*

44

Não vades crer que a dor aqui foi mais verdadeira que a cólera; foram iguais em si mesmas, os efeitos é

Recama: enfeita.

Trastes: móveis.

Reverdeceu: fez renascer.

*** A raiva de dona Tonica contra Sofia não se devia, no fundo, ao fato de esta ser uma adúltera, mas sobretudo ao fato de ela roubar-lhe a esperança de uma eventual conquista do amor de Rubião e assim poder casar-se.**

que foram diversos. A cólera deu em nada; a humilhação debulhou-se em lágrimas legítimas. E contudo não faltaram a essa senhora ímpetos de estrangular Sofia, calcá-la aos pés, arrancar-lhe o coração aos pedaços, dizendo-lhe na cara os **nomes crus** que atribuía ao marido... Tudo imaginações! Crede-me: há tiranos de intenção. Quem sabe? Na alma desta senhora passou agora um tênue fio de **Calígula**...

45

Enquanto uma chora, outra ri; é a lei do mundo, meu rico senhor*; é a perfeição universal. Tudo chorando seria monótono, tudo rindo, cansativo; mas uma boa distribuição de lágrimas e **polcas**, soluços e **sarabandas**, acaba por trazer à alma do mundo a variedade necessária, e faz-se o equilíbrio da vida.

A outra que ri é a alma do Rubião. Escutai a cantiga alegre, brilhante, com que ele desce o morro, dizendo as coisas mais íntimas às estrelas, espécie de **rapsódia** feita de uma linguagem que ninguém nunca **alfabetou**, por ser impossível achar um sinal que lhe exprima os vocábulos. Cá embaixo, as ruas desertas parecem-lhe povoadas, o silêncio é um tumulto, e de todas as janelas debruçam-se vultos de mulher, caras bonitas e grossas sobrancelhas, todas Sofias e uma Sofia única. Uma ou outra vez, Rubião acha que foi temerário, indiscreto, recorda o caso do jardim, a resistência, o enfado da moça, e chega a arrepender-se; tem então calafrios, fica aterrado com a ideia de que podem fechar-lhe a porta e cortar inteiramente as relações; tudo porque precipitou os acontecimentos. Sim, devia esperar; a ocasião não era própria; visitas, muitas luzes, que lembrança foi aquela de falar de amores, sem cautelas, **desbragadamente**...?

Nomes crus: **ofensas.**

Calígula: **cruel imperador romano que viveu de 12 a 41 d.C.**

*** Mais uma vez o narrador dirige-se diretamente ao leitor para comentar a história.**

Polcas: **danças animadas de origem polonesa.**

Sarabandas: **movimentadas danças espanholas.**

Rapsódia: **aqui tem o sentido geral de "canto poético".**

Alfabetou: **traduziu em palavras.**

Desbragadamente: **de forma descontrolada, inconveniente.**

Achava-lhe razão: era bem feito que o despedisse logo.

— Fui um maluco! — dizia em voz alta.

Não pensava no jantar, que foi **lauto**, nem nos vinhos, que eram generosos, nem na eletricidade própria de uma sala em que há senhoras galantes; achava-se maluco, completamente maluco.

Logo depois, a mesma alma que se acusava defendia-se. Sofia parecia tê-lo animado ao que fez: os olhos frequentes, depois fixos, os modos, os requebros, a distinção de o mandar sentar ao pé de si, à mesa de jantar, de só cuidar dele, de lhe dizer melodiosamente coisas afáveis, que era tudo isso mais que **exortações** e solicitações? E a boa alma explicava a contradição da moça, depois, no jardim: era a primeira vez que ouvia tais palavras, fora do **grêmio** conjugal, e ali perto de todos, devia tremer naturalmente; demais, ele expandira-se muito, e precipitou tudo. Nenhuma graduação; devia ter ido pé ante pé, e nunca segurar-lhe as mãos com tanta força que chegasse a molestá-la. Em conclusão, achava-se grosseiro. Voltava o receio de lhe fecharem a porta; depois, tornava às consolações da esperança, à análise das ações da moça, à própria invenção do padre Mendes, mentira de cumplicidade; pensava também na estima do marido... Aqui estremeceu. A estima do marido deu-lhe remorsos. Não só merecia a confiança dele, mas acrescia certa dívida pecuniária, e umas três letras que Rubião aceitou por ele*****.

"Não posso, não devo", ia dizendo a si mesmo, "não é bonito ir adiante. Também é verdade que, a rigor, não sou autor de nada; ela é que, desde muito, me anda desafiando. Pois que desafie agora! Sim, é preciso resistir-lhe... Emprestei o dinheiro quase sem pedido, porque ele precisava muito e eu devia-lhe obséquios; as letras, sim, as letras foi ele que me pediu que assinasse, mas não me pediu mais nada. Sei que é honrado, que trabalha muito; o diabo da

Lauto: suntuoso, esplêndido.

Exortações: estímulos, incentivos.

Grêmio: intimidade.

*** Como se pode observar, Palha já deve alguns favores financeiros a Rubião.**

mulher é que fez mal em meter-se de permeio, com os lindos olhos e a figura... Que admirável figura, meu pai do céu! Hoje então estava divina. Quando o braço dela roçava no meu, à mesa, apesar da minha manga..."

Confuso, incerto, ia a cuidar na lealdade que devia ao amigo, mas a consciência partia-se em duas, uma **increpando** a outra, a outra explicando-se, e ambas desorientadas...

Deu por si na Praça da Constituição. Viera andando à toa. Pensou em ir ao teatro, mas era tarde. Então dirigiu-se ao Largo de São Francisco para meter-se em um **tílburi** e ir para Botafogo. Achou três, que vieram logo ao encontro dele, oferecendo os seus serviços e louvando principalmente o cavalo, um bom cavalo — um animal excelente.

46

O rumor das vozes e dos veículos acordou um mendigo que dormia nos degraus da igreja. O pobre-diabo sentou-se, viu o que era, depois tornou a deitar-se, mas acordado, de barriga para o ar, com os olhos fitos no céu. O céu fitava-o também, impassível como ele, mas sem as rugas do mendigo, nem os sapatos **rotos**, nem os **andrajos**, um céu claro, estrelado, sossegado, olímpico, tal qual presidiu às bodas de **Jacó** e ao suicídio de **Lucrécia**. Olhavam-se numa espécie de jogo do siso, com certo ar de majestades rivais e tranquilas, sem arrogância, nem baixeza, como se o mendigo dissesse ao céu:

— Afinal, não me hás de cair em cima.

E o céu:

— Nem tu me hás de escalar.

Increpando: acusando.

Tílburi: pequena carruagem para duas pessoas, puxada geralmente por um cavalo.

Rotos: rasgados.

Andrajos: trapos.

Jacó: patriarca hebreu cuja história é contada no Velho Testamento.

Lucrécia: lendária dama romana que teria se suicidado em 509 a.C. por ter sido violentada.

47

Rubião não era filósofo; a comparação que ali fez entre os seus cuidados e os do maltrapilho apenas lhe trouxe à alma uma sombra de inveja. Aquele malandro não pensa em nada, disse ele consigo; daqui a pouco está dormindo, enquanto eu...

— Meu amo, entre, que o animal é bom. Vamos lá em quinze minutos.

Os outros dois cocheiros diziam-lhe a mesma coisa, quase por iguais palavras:

— Meu amo, venha aqui e verá...

— Olhe o meu cavalinho...

— Faça favor; são treze minutos de viagem. Em treze minutos está em casa.

Rubião, depois de hesitar ainda, deu consigo dentro do tílburi que lhe ficava à mão, mandou tocar para Botafogo. Então lembrou-se de um velho episódio esquecido, ou foi o episódio que lhe deu inconscientemente a solução. Uma ou outra coisa, Rubião guiou o pensamento, com o fim de escapar às sensações daquela noite.

Lá iam longos anos*. Ele era então muito rapaz, e pobre. Um dia, às oito horas da manhã, saiu de casa, que era na Rua do Cano (Sete de Setembro), entrou no Largo de São Francisco de Paula; dali desceu pela Rua do Ouvidor. Ia com alguns cuidados; morava em casa de um amigo, que começava a tratá-lo como hóspede de três dias, e ele já o era de quatro semanas. Dizem que os de três dias cheiram mal; muito antes disso cheiram mal os defuntos, ao menos nesses climas quentes... Certo é que o nosso Rubião, singelo como um bom mineiro, mas desconfiado como um paulista, ia cheio de cuidados, pensando em retirar-se quanto antes. Pode crer-se que desde que saiu de casa entrou no Largo de São Francisco e desceu a Rua do Ouvidor até a dos Ourives, não viu nem ouviu coisa nenhuma.

*** Inicia-se aqui outro *flashback*, que irá até o fim deste capítulo.**

Na esquina da Rua dos Ourives deteve-o um ajuntamento de pessoas, e um **préstito** singular. Um homem, **judicialmente trajado**, lia em voz alta um papel, a sentença. Havia mais o juiz, um padre, soldados, curiosos. Mas as principais figuras eram dois pretos. Um deles, mediano, magro, tinha as mãos atadas, os olhos baixos, a cor **fula**, e levava uma corda enlaçada no pescoço; as pontas do **baraço** iam nas mãos de outro preto. Esse outro olhava para a frente e tinha a cor fixa e retinta. Sustentava com galhardia a curiosidade pública. Lido o papel, o préstito seguiu pela Rua dos Ourives adiante; vinha do **aljube** e ia para o Largo do Moura.

Rubião naturalmente ficou impressionado. Durante alguns segundos esteve como agora à escolha de um tílburi. Forças íntimas ofereciam-lhe o seu cavalo: umas que voltasse para trás ou descesse para ir aos seus negócios, outras que fosse ver enforcar o preto. Era tão raro ver um enforcado! Senhor, em vinte minutos está tudo findo! — Senhor, vamos tratar de outros negócios! E o nosso homem fechou os olhos, e deixou-se ir ao acaso. O acaso, em vez de levá-lo pela Rua do Ouvidor abaixo até à da Quitanda, torceu-lhe o caminho pela dos Ourives, atrás do préstito. Não iria ver a execução, pensou ele; era só ver a marcha do réu, a cara do carrasco, as cerimônias... Não queria ver a execução. De quando em quando, parava tudo, chegava gente às portas e janelas, e o oficial de justiça relia a sentença. Depois, o préstito continuava a andar com a mesma solenidade. Os curiosos iam narrando o crime — um assassinato em **Mataporcos**. O assassino era dado como homem frio e feroz. A notícia dessas qualidades fez bem a Rubião; deu-lhe força para encarar o réu, sem **delíquios** de piedade. Não era já a cara do crime; o terror dissimulava a perversidade. Sem reparar, deu consigo no largo da execução. Já ali havia bastante gente. Com a que vinha formou-se multidão compacta.

Préstito: **cortejo.**

Judicialmente trajado: **com roupas de oficial de justiça.**

Fula: **parda.**

Baraço: **corda usada para enforcamento.**

Aljube: **cárcere.**

Mataporcos: **antigo nome de um bairro carioca; hoje, é o bairro do Estácio.**

Delíquios: **fraquezas.**

"Voltemos", disse ele consigo.

Verdade é que o réu ainda não subira à forca; não o matariam de relance; sempre era tempo de fugir. E, dado que ficasse, por que não fecharia os olhos, como fez certo **Alípio** diante do espetáculo das feras? Note-se bem que Rubião nada sabia desse tal rapaz antigo; ignorava, não só que fechara os olhos, mas também que os abrira logo depois, devagarinho e curioso...

Eis o réu que sobe à forca. Passou pela **turba** um **frêmito**. O carrasco pôs mãos à obra. Foi aqui que o pé direito de Rubião descreveu uma curva na direção exterior, obedecendo a um sentimento de regresso; mas o esquerdo, tomado de sentimento contrário, deixou-se estar; lutaram alguns instantes... — Olhe o meu cavalo! — Veja, é um rico animal! — Não seja mau! — Não seja medroso! Rubião esteve assim alguns segundos, os que bastaram para que chegasse o momento fatal. Todos os olhos fixaram-se no mesmo ponto, como os dele. Rubião não podia entender que bicho era que lhe mordia as entranhas, nem que mãos de ferro lhe pegavam da alma e a retinham ali. O instante fatal foi realmente um instante; o réu esperneou, contraiu-se, o algoz cavalgou-o* de um modo **airoso e destro**; passou pela multidão um rumor grande, Rubião deu um grito, e não viu mais nada**.

48

— Vossa senhoria há de ter visto que o cavalinho é bom...

Rubião abriu os olhos, meio fechados, e deu com o cocheiro que sacudia ao de leve a pontinha do chicote para espertar o animal. Interiormente zangou-se com o homem, que o veio tirar de recordações antigas. Não eram belas, mas eram antigas — antigas

Alípio: **conta Santo Agostinho (354-430) que Alípio foi insistentemente convidado a assistir uma luta de gladiadores. Como não gostava desse tipo de espetáculo, disse que iria mas ficaria de olhos fechados. O barulho e o entusiasmo do público, no entanto, atraíram sua curiosidade e ele abriu os olhos. Dali a instantes, Alípio vibrava como os outros espectadores.**

Turba: **multidão.**

Frêmito: **estremecimento.**

*** Os carrascos subiam nos condenados para apressar a morte.**

Airoso e destro: **elegante e hábil.**

**** Execuções públicas não eram raras no Rio de Janeiro da época. Numa crônica do *Diário do Rio de Janeiro*, de 10 de julho de 1864, o próprio Machado revela que, de 1853 a 1862, foram executadas 363 pessoas, o que dá a média de 36 por ano, 3 por mês.**

e **enfermeiras**, porque lhe davam a beber um elixir que de todo parecia curá-lo do presente. E vai o cocheiro empurra-o e acorda-o. Iam subindo a Rua da Lapa; o cavalo, em verdade, comia o espaço como se fosse a descer.

— Este cavalo tem-me uma amizade — continuou o cocheiro — que se não acredita. Podia contar coisas extraordinárias. Há pessoas que até dizem que é mentira minha; mas não, senhor, não é. Quem não sabe que cavalo e cachorro são os animais que mais gostam da gente? Cachorro parece que inda gosta mais...

Cachorro trouxe à memória de Rubião o Quincas Borba, que lá devia estar em casa, à espera dele, ansioso. Rubião não esquecia a condição do testamento; jurava cumpri-la à risca. Convém dizer que, de envolta com o receio de vê-lo fugir, entrava o de vir a perder os bens. Não valiam afirmações do advogado; não há, dizia-lhe este, não há no testamento cláusula reversível para outrem, no caso de fuga do cachorro; os bens não podiam sair-lhe das mãos. Que lhe importava a fuga, se era até melhor, um cuidado menos? Rubião aceitava aparentemente a explicação, mas lá ficava a dúvida, o exemplo de longas demandas, a variedade das opiniões jurídicas sobre uma só matéria, a ação de algum invejoso ou inimigo e, o que resumia tudo, o terror de ficar sem nada. Daí os rigores da reclusão; daí também o remorso de ter passado a tarde e a noite sem pensar uma só vez no Quincas Borba.

"Sou um ingrato!", disse consigo.

Emendou-se logo; mais ingrato era não ter pensado no outro Quincas Borba, que lhe deixou tudo. Vai senão quando ocorreu-lhe que os dois Quincas Borbas podiam ser a mesma criatura, por efeito da entrada da alma do defunto no corpo do cachorro, menos a purgar os seus pecados que a vigiar o dono. Foi uma preta de São João d'El-Rei que lhe meteu, em criança, essa ideia de transmigração. Dizia ela que a alma cheia de pecados ia para o corpo de um bruto; chegou a jurar que conhecera um escrivão que acabou feito gambá...

Enfermeiras: aqui tem o sentido de curativas.

— Vossa senhoria não se esqueça de dizer onde é a casa — disse-lhe repentinamente o cocheiro.

— Pare.

49

O cão ladrou de dentro; mas, logo que Rubião entrou, recebeu-o com grande alegria; e, por mais importuno que fosse, Rubião desfez-se em carícias. A possibilidade de estar ali o testador dava-lhe arrepios. Subiram juntos a escada de pedra; ali ficaram por alguns instantes, à luz do lampião que Rubião mandara deixar aceso. Rubião era **mais crédulo que crente**; não tinha razões para atacar nem para defender nada: terra eternamente virgem para se lhe plantar qualquer coisa. A vida da Corte deu-lhe até uma particularidade: entre incrédulos, chegava a ser incrédulo...

Olhou para o cão, enquanto esperava que lhe abrissem a porta. O cão olhava para ele, de tal jeito que parecia estar ali dentro o próprio e defunto Quincas Borba; era o mesmo olhar meditativo do filósofo, quando examinava negócios humanos... Novo arrepio; mas o medo, que era grande, não era tão grande que lhe atasse as mãos. Rubião estendeu-as sobre a cabeça do animal, coçando-lhe as orelhas e a nuca.

— Pobre Quincas Borba! Gosta de seu senhor, não gosta? Rubião é muito amigo de Quincas Borba...

E o cão movia devagar a cabeça, para a esquerda e para a direita, ajudando a distribuição das carícias às duas orelhas pendentes; depois levantava o queixo, para que lhe coçasse embaixo, e o dono obedecia; mas então os olhos do cão, meio fechados de gosto, tinham um ar dos olhos do filósofo, na cama, contando-lhe coisas de que ele entendia pouco ou nada... Rubião fechava os seus. Abriram-lhe a porta; despediu-se do cão, mas

Mais crédulo que crente: crédulo é o que acredita de forma ingênua, sem provas ou motivações profundas; crente é aquele que tem uma sólida fé religiosa.

com tais carinhos que era o mesmo que pedir-lhe que entrasse. O criado espanhol incumbiu-se de o levar para baixo.

— Não lhe dê pancadas — recomendou Rubião.

Não lhe deu pancadas; mas só a descida era dolorosa, e o cão amigo gemeu por muito tempo no jardim. Rubião entrou, despiu-se e deitou-se. Ah! Tinha vivido um dia cheio de sensações diversas e contrárias, desde as recordações da manhã, e o almoço aos dois amigos, até aquela última ideia de **metempsicose**, passando pela lembrança do enforcado, e por uma declaração de amor não aceita, mal repelida, parece que adivinhada por outros... Misturava tudo; o espírito ia de um para outro lado como bola de borracha entre mãos de crianças. Contudo, a sensação maior era a do amor. Rubião estava admirado de si mesmo, e arrependia-se; mas o arrependimento era obra da consciência, ao passo que a imaginação não soltava por nenhum preço a figura da bela Sofia... Uma, duas, três horas... Sofia ao longe, os latidos do cão embaixo... O sono esquivo... Onde iam já as três horas? Três e meia... Enfim, depois de muito cuidar, apareceu-lhe o sono, espremeu as clássicas **papoulas**, e foi um instante; Rubião dormiu antes das quatro.

Metempsicose: teoria religiosa que admite a passagem da alma de um corpo para outro, depois da morte.

Papoulas: plantas com propriedades narcóticas.

50

Não, senhora minha*, ainda não acabou esse dia tão comprido; não sabemos o que se passou entre Sofia e o Palha, depois que todos se foram embora. Pode ser até que acheis aqui melhor sabor que no caso do enforcado.

Tende paciência; é vir agora outra vez a Santa Teresa. A sala está ainda alumiada, mas por um bico de gás; apagaram-se os outros, e ia apagar-se o último quando o Palha mandou que o criado esperasse um

*** Observe o uso da metalinguagem nesse trecho: o narrador comenta com o leitor o que está acontecendo. Aliás, a referência à leitora, do sexo feminino, revela outro interessante dado cultural da época, quando a grande maioria de quem lia ficção era formada por mulheres.**

pouco lá dentro. A mulher ia a sair, o marido deteve-a; ela estremeceu*.

— A nossa festa esteve bem bonita — disse ele.

— Esteve.

— O Siqueira é um cacete, mas paciência; é alegre. A filha não estava mal-arranjada. Viste o Ramos como devorava tudo o que se lhe pôs no prato? Tu verás que ele um dia engole a mulher.

— A mulher? — disse Sofia, sorrindo.

— É gorda, concordo; mas a primeira era muito mais gorda, e creio que não morreu, ele engoliu-a, com certeza.

Sofia, reclinada no **canapé**, ria das graças do marido. Criticaram ainda alguns episódios da tarde e da noite; depois, Sofia, acariciando os cabelos do marido, disse-lhe de repente:

— E você ainda não sabe do melhor episódio da noite.

— Que foi?

— Adivinhe.

Palha ficou algum tempo calado, olhando para a mulher, a ver se adivinhava qual tinha sido o melhor episódio da noite. Não podia acertar; acudia-lhe isso ou aquilo, nada; Sofia abanava a cabeça.

— Mas então que foi?

— Não sei; adivinha.

— Não posso. Dize logo.

— Com uma condição — acudiu ela, — não quero zangas nem barulhos...

Palha foi ficando mais sério. "Zangas? Barulhos? Que diabo podia ser?", pensava ele. Já se não ria; tinha só um resto de sorriso forçado e resignado. Olhou bem para ela e perguntou-lhe o que era.

— Você promete o que lhe disse?

— Vá lá. Que foi?

— Pois saiba que ouvi nada menos que uma declaração de amor.

Palha empalideceu. Não prometera deixar de empalidecer. Gostava da mulher, como sabemos, até o

*** O que teria provocado esse estremecimento de Sofia?**

Canapé: sofá com encosto e braços no qual podem se sentar até três pessoas.

ponto singular de publicá-la*; não podia ouvir a frio a notícia. Sofia viu a palidez e gostou da má impressão causada; para saboreá-la mais, inclinou o busto, soltou o cabelo atrás, que a incomodava um pouco, recolheu os grampos em um lenço, depois sacudiu a cabeça, respirou largo e pegou nas mãos do marido, que ficara de pé.

— É verdade, meu velho, namoraram-te a mulher.

— Mas quem foi o patife? — disse ele, impaciente.

— Mau, se vamos assim, não digo nada. Quem foi? Quer saber quem foi? Há de ouvir sossegado. Foi o Rubião.

— O Rubião?

— Nunca imaginei tanto. Parecia-me acanhado e respeitoso; fica sabendo que não é o hábito que faz o monge**. De tantos homens que aqui vêm não ouvi nunca o menor dito. Olham para mim; naturalmente, porque não sou feia... Para que estás andando assim de um lado para outro? Para, que não quero levantar a voz... Bem, assim... Vamos ao caso. Não me fez declaração positiva...

— Ah! Não? — acudiu vivamente o marido.

— Não, mas vem a dar na mesma.

E depois de contar o que se passara no jardim, desde que ali chegaram os dois, até que o major apareceu:

— Foi só isso — concluiu; — mas é bastante para ver que se ele não disse amor é porque não lhe chegou a língua, mas chegou-lhe a mão, que me apertou os dedos... Só isso, e é demais. Ainda bem que te não zangas; mas é preciso trancar-lhe a porta, ou de uma vez ou aos poucos; eu preferia logo, mas estou por tudo. Como achas melhor?

Mordendo o beiço inferior, Palha ficou a olhar para ela a modo de estúpido. Sentou-se no canapé calado. Considerava o negócio. Achava natural que as gentilezas da esposa chegassem a cativar um homem — e Rubião podia ser esse homem; mas confiava tanto no Rubião que o bilhete que Sofia mandara a este, acompanhando os morangos, foi redigido por ele mesmo; a mulher limitou-se a copiá-lo, assiná-lo e mandá-lo***. Nunca, entretanto, lhe passou pela cabeça que o amigo

*** Palha gostava de exibir a bela mulher que tinha, como foi mostrado na página 71.**

**** Com esse provérbio, Sofia logo procura deixar claro que essa é a primeira vez que sofre o assédio direto de Rubião.**

***** Fica esclarecido aqui o bilhete recebido por Rubião no capítulo 32, revelando serem ridículas as intenções imaginadas por ele a respeito de Sofia.**

chegasse a declarar amor a alguém, menos ainda a Sofia, se é que era amor deveras; podia ser gracejo de intimidade. Rubião olhava para ela muita vez é certo; parece também que Sofia, em algumas ocasiões, pagava os olhares com outros... Concessões de moça bonita! Mas, enfim, contanto que lhe ficassem os olhos, podiam ir alguns raios deles. Não havia de ter ciúmes do nervo óptico, ia pensando o marido.

Sofia levantou-se, foi pôr o lenço com os grampos em cima do piano e deu uma olhada ao espelho para ver-se com a trança caída. Quando voltou ao canapé, o marido pegou-lhe na mão, rindo:

— Parece-me que te **amofinaste** mais do que o caso merecia. Comparar os olhos de uma moça às estrelas, e as estrelas aos olhos, afinal de contas é coisa que até se pode fazer à vista de todos, em família, e em prosa ou verso para o público. A culpa é de quem tem olhos bonitos. Demais, apesar do que me contas, sabes que ele é ainda **matuto**...

— Então o diabo também é matuto, porque ele pareceu-me nada menos que o diabo. E pedir-me que a certa hora olhasse para o Cruzeiro, a fim de que as nossas almas se encontrassem?

— Isso, sim, isso já cheira a namoro — concordou Palha; — mas bem vês que é um pedido de alma cândida. É assim que as moças falam aos quinze anos; é assim que falam os tolos em todos os tempos, e os poetas também; mas ele nem é moça nem poeta.

— Creio que não; mas segurar-me nas mãos para reter-me no jardim?

Palha teve um calafrio; a ideia do contato das mãos e da força empregada para reter a mulher é que o mortificava mais. Francamente, se pudesse, era capaz de ir ter com ele e deitar-lhe as mãos ao **gasnate**. Outras ideias, porém, acudiram e dissiparam o efeito da primeira; de modo que, cuidando Sofia havê-lo irritado, viu-o dar de ombros com desprezo e responder-lhe que efetivamente era um ato de grosseria.

Amofinaste: preocupaste, aborreceste.

Matuto: caipira, simplório.

Gasnate: garganta.

— E depois, Sofia, que lembrança foi essa de convidá-lo a ir ver a lua, não me dirás?

— Chamei dona Tonica para ir conosco.

— Mas, uma vez que dona Tonica recusou, devias ter achado meios e modos de não ir ao jardim. São coisas que acodem logo. Tu é que deste ocasião...

Sofia olhou para ele, contraindo as grossas sobrancelhas; ia responder, mas calou-se. Palha continuou a desenvolver a mesma ordem de considerações; a culpa era dela, não devia ter dado ocasião...

— Mas você mesmo não me tem dito que devemos tratá-lo com atenções particulares? Seguramente que eu não iria ao jardim, se pudesse imaginar o que se passou. Mas nunca esperei que um homem tão pacato, tão não sei como, se tirasse dos seus cuidados para vir dizer-me coisas esquisitas...

— Pois daqui em diante evita a lua e o jardim — disse o marido, procurando sorrir...

— Mas, Cristiano, como queres tu que lhe fale a primeira vez que ele cá vier? Não tenho cara para tanto; olha, o melhor de tudo é acabar com as relações.

Palha atravessou uma perna sobre a outra e começou a **rufar** no sapato. Durante alguns segundos ficaram calados. Palha cuidava na proposta de acabar com as relações, não que quisesse aceitá-la, mas não sabia como responder à mulher, que mostrava tanto ressentimento e se portava com tal dignidade. Era preciso nem desaprová-la, nem aceitar a proposta, e não lhe acudia nada. Levantou-se, meteu as mãos nas algibeiras das calças e, depois de alguns passos, parou defronte de Sofia.

— Talvez nos estejamos a incomodar com um simples efeito de vinhos. Olha que ele **não mandou o seu quinhão ao vigário**; cabeça fraca, um pouco de abalo, e entornou o que tinha dentro... Sim, eu não nego que lhe possas ter causado certa impressão, como tantas outras senhoras. Há dias foi a um baile no Catete, e voltou encantado das senhoras que lá vira, de uma principalmente, a viúva Mendes...

Rufar: tamborilar, bater com os dedos com ritmo.

Não mandou o seu quinhão ao vigário: expressão da época que significa "não agiu conforme a moral e os bons costumes".

Sofia interrompeu-o:

— Por que é que não convidou essa beleza a ver o Cruzeiro?

— Não jantou lá, naturalmente, e não havia jardim nem lua. O que eu quero dizer é que o nosso amigo não estaria em si. Talvez se ache agora arrependido do que fez, envergonhado, sem saber como se há de explicar, ou se não explicará nada... É muito possível até que se ausente.

— Era melhor.

— ... Se o não chamarmos — concluiu Palha.

— Mas para que chamá-lo?

— Sofia — disse-lhe o marido, sentando-se ao pé dela. — Não quero entrar em **minudências**; digo só que não permito que alguém te falte ao respeito...

Houve uma pequena pausa; Sofia olhava para ele, esperando.

— Não permito, e ai daquele que o fizesse, assim como ai de ti se o consentires; sabes que sou de ferro a esse respeito, e que a certeza da tua amizade, ou, vá logo tudo, do amor que me tens é que me tranquiliza. Pois bem, nada me abala relativamente ao Rubião. Crê que o Rubião é nosso amigo, devo-lhe obrigações.

— Alguns presentes, algumas joias, camarotes no teatro não são motivos para que eu fite o Cruzeiro com ele.

— **Prouvera** Deus que fosse só isso! — suspirou o zangão.

— Que mais?

— Não entremos em minudências... Há outras coisas... Conversaremos depois... Mas fica certa que nada me faria recuar, se visse no que contaste alguma gravidade. Não há nenhuma. O homem é um **simplório**.

— Não.

— Não?

Sofia levantou-se; também não queria entrar em minudências. O marido pegou-lhe na mão, ela ficou de

Minudências: minúcias, detalhes.

Prouvera: tomara.

Simplório: ingênuo, meio tolo.

pé e calada. Palha, com a cabeça reclinada nas costas do sofá, olhava sorrindo, sem achar o que dizer. Ao cabo de alguns minutos, ponderou à mulher que era tarde, que ia mandar apagar tudo.

— Bem — tornou o Palha depois de breve silêncio, — escrevo-lhe amanhã que não ponha aqui os pés.

Olhou para a mulher esperando alguma recusa. Sofia coçava as sobrancelhas, e não respondeu nada. Palha repetiu a solução; e pode ser que dessa vez com sinceridade. A mulher então com ar de tédio:

— Ora, Cristiano... Quem é que te pede cartas? Já estou arrependida de haver falado nisso. Contei-te um ato de desrespeito, e disse que era melhor cortar as relações, aos poucos ou de uma vez.

— Mas como se hão de cortar as relações de uma vez?

— Fechar-lhe a porta, mas não digo tanto; basta, se queres, aos poucos...

Era uma concessão; Palha aceitou-a; mas imediatamente ficou sombrio, soltou a mão da mulher, com um gesto de desespero. Depois, agarrando-a pela cintura, disse em voz mais alta do que até então:

— Mas, meu amor, eu devo-lhe muito dinheiro.

Sofia tapou-lhe a boca e olhou assustada para o corredor.

— Está bom — disse —, acabemos com isso. Verei como ele se comporta, e tratarei de ser mais fria... Nesse caso, tu é que não deves mudar, para que não pareça que sabes o que se deu. Verei o que posso fazer.

— Você sabe, apertos do negócio, algumas faltas... É preciso tapar um buraco daqui, outro dali... O diabo! É por isso que... Mas riamos, meu bem; não vale nada. Sabes que confio em ti.

— Vamos, que é tarde.

— Vamos — repetiu o Palha, dando-lhe um beijo na face.

— Estou com muita dor de cabeça — murmurou ela. — Creio que foi do sereno, ou dessa história... Estou com muita dor de cabeça*.

*** Aqui Palha e Sofia preparam-se para um jogo. Sofia não pode dar muita confiança a Rubião, mas não deve afastá-lo de vez, enquanto Palha deve fingir que não sabe de nada, pois se aproveita da riqueza dele. Rubião passa a ser manipulado pelos dois.**

51

Banhado, barbeado, meio vestido, Palha lia os jornais, à espera do almoço, quando viu entrar a mulher no gabinete, um tanto pálida.

— Estás pior?

Sofia respondeu com um gesto dos lábios, que tanto negava como afirmava. Palha acreditou que, pelo dia adiante, passaria o incômodo; a agitação da véspera, o jantar tarde... Depois, pediu que lhe deixasse acabar de ler um artigo relativo a certo negócio da praça. Era uma briga entre dois comerciantes, a propósito de uns saques; na véspera escrevera um deles, hoje vinha a resposta do outro. Resposta completa, disse ele acabando a leitura; e explicou longamente à mulher a questão dos saques, o mecanismo da operação, a situação dos dois adversários, os boatos da praça, tudo com o vocabulário técnico. Sofia ouvia e suspirava; mas para o despotismo da profissão não há suspiros de mulher, nem cortesia de homem. Felizmente, o almoço estava na mesa.

Ficando só, a nossa amiga, que apenas tomou um caldo, lá para as duas horas, foi sentar-se à porta da casa, no jardim. Naturalmente, voltou a pensar no lance da véspera. Não estava em si nem fora de si, nem com Deus nem com o diabo. Arrependia-se de haver contado o episódio ao marido, e ao mesmo tempo irritava-se com as tentativas de explicação que esse lhe deu. No meio das reflexões, ouviu distintamente as palavras do major: "Olá! Estão apreciando a lua?", como se as folhas as tivessem guardado e repetido agora que a aragem começava a movê-las. Sofia teve um calafrio. Siqueira era indiscreto — indiscreto em farejar e indagar dos negócios alheios —; sê-lo-ia ao ponto de publicá-los? Sofia considerava-se já objeto de suspeita ou de calúnia. Formava planos. Não visitaria ninguém; ou iria para fora, para Nova Friburgo ou mais longe. A exigência do marido em receber o Rubião, como dantes, era excessiva; maiormente pela causa dada. Não querendo obedecer nem desobedecer, cuidava em deixar a cidade, pretextando o que quer que fosse.

— A culpa foi minha! — suspirou ela consigo.

A culpa eram as atenções especiais com o homem, carinhos, lembranças, obséquios familiares, e, na véspera, aqueles olhos tão longamente pregados nele. Se não fosse isso... Ia-se assim perdendo em reflexões multiplicadas. Tudo a aborrecia, plantas, móveis, uma cigarra que cantava, um rumor de vozes, na rua, outro de pratos, em casa, o andar das escravas, e até um pobre preto velho que, em frente à casa dela, trepava com dificuldade um pedaço de morro. As cautelas do preto **buliam-lhe com os nervos**.

52

Nisso passou um rapaz alto, que a **cortejou** sorrindo e vagarosamente. Sofia cortejou-o também um pouco espantada da pessoa e da ação.

"Quem é esse sujeito?", pensou ela.

Entrou a cogitar donde é que o conhecia, porque, em verdade, a cara não lhe era estranha, nem as maneiras nem os olhos plácidos e grandes. Onde é que o teria visto? Percorreu várias casas, sem acertar com a verdadeira; afinal pensou em certo baile — no mês anterior —, em casa de um advogado que fazia anos. Era isso; viu-o lá, dançaram uma quadrilha, por simples condescendência dele, que não dançava nunca; lembrava-se de lhe ter ouvido muitas palavras agradáveis, relativamente à beleza da mulher, que, dizia ele, consistia principalmente nos olhos e nos ombros. Os dela, como sabemos, eram magníficos. E quase não tratou de outro assunto — os ombros e os olhos —; a propósito de uns e outros contou várias anedotas sucedidas com ele, algumas sem interesse, mas falava tão bem! E o assunto era tão dela! É verdade; lembrava-se agora que, apenas ele a deixou, Palha veio ter com ela, sentou-se na cadeira ao lado, e disse-lhe o nome do rapaz, porque ela não ouvira bem à pessoa que lho apresentara: era Carlos Maria, o próprio do almoço do nosso Rubião.

— É a primeira figura do salão — disse-lhe o marido com orgulho de ver que se ocupara tanto tempo com ela.

— Entre os homens — explicou Sofia.

— Entre as senhoras és tu — acudiu ele mirando-se no colo da mulher, e circulando depois os olhos pela

Buliam-lhe com os nervos: deixavam-na nervosa.

Cortejou: cumprimentou.

sala, com uma expressão de posse e domínio, que a mulher já conhecia e que lhe fazia bem.

Quando acabou de recordar tudo, já iria longe o rapaz; ao menos, foi uma interrupção na série de tédios que lhe tomavam a alma. Tinha uma dor nas costas, que se calara por instantes. Voltou logo, teimosa, aborrecida; Sofia reclinou-se na cadeira e fechou os olhos. Quis ver se passava pelo sono, mas não pôde. Os pensamentos eram tão teimosos como a dor, e ainda mais ruins que ela. De quando em quando um bater de asas, rápido, quebrava o silêncio: eram as pombas de uma casa vizinha que tornavam ao pombal. Sofia a princípio abriu os olhos, umas duas vezes; depois, acostumou-se ao rumor e deixou-os fechados, a ver se dormia. Passado algum tempo, ouviu passos na rua e levantou a cabeça, supondo que era Carlos Maria que regressava; era um carteiro que lhe trazia uma carta da roça. Entregou-lha em mão. Ao sair do jardim, tropeçou o carteiro no pé de um banco e caiu de bruços, espalhando as cartas no chão. Sofia não pôde conter o riso.

53

Perdoem-lhe esse riso. Bem sei que o desassossego, a noite malpassada, o terror da opinião, tudo contrasta com esse riso inoportuno. Mas, leitora amada, talvez a senhora nunca visse cair um carteiro. Os deuses de **Homero** — e mais eram deuses — debatiam uma vez no Olimpo, gravemente, e até furiosamente. A orgulhosa **Juno**, **ciosa** dos **colóquios** de Tétis e Júpiter em favor de Aquiles, interrompe o **filho de Saturno**. Júpiter troveja e ameaça; a esposa treme de cólera. Os outros gemem e suspiram. Mas, quando **Vulcano** pega da urna de néctar, e vai coxeando servir a todos, rompe no Olimpo uma

Homero: poeta grego cuja existência é cercada de lendas; teria vivido por volta de 850 a.C.

Juno: figura da mitologia grega, assim como Tétis, Júpiter, Aquiles e Saturno, que aparecem logo a seguir no texto.

Ciosa: ciumenta.

Colóquios: conversas particulares.

Filho de Saturno: Júpiter.

Vulcano: um dos deuses gregos (era coxo).

enorme gargalhada **inextinguível**. Por quê? Senhora minha, com certeza nunca viu cair um carteiro.

Às vezes, nem é preciso que ele caia; outras vezes nem é sequer preciso que exista. Basta imaginá-lo ou recordá-lo. A sombra da sombra de uma lembrança grotesca projeta-se no meio da paixão mais aborrecível, e o sorriso vem às vezes à tona da cara, leve que seja — um nada. Deixemo-la rir e ler a sua carta da roça.

54

Quinze dias depois, estando Rubião em casa, apareceu-lhe o marido de Sofia. Vinha perguntar-lhe o que era feito dele? Onde se tinha metido que não aparecia? Estivera doente? Ou já não cuidava dos pobres? Rubião mastigava as palavras, sem acabar de compor uma frase única. No meio disso, Palha viu que havia na sala um homem mirando os quadros e abafou a voz.

— Desculpe, não vi que estava com visitas — disse ele.

— Desculpar o quê? É um amigo, como o senhor. Doutor, aqui está o meu amigo Cristiano de Almeida e Palha. Creio que já lhe falei dele. Este é o meu amigo doutor Camacho; João de Sousa Camacho.

Camacho fez um sinal de cabeça, disse uma ou duas frases e quis sair; mas Rubião acudiu que não, senhor, que ficasse. Eram ambos amigos; e depois a lua não tardava a iluminar a bela enseada de Botafogo.

A lua — outra vez a lua —, e esta frase: "Creio que já lhe falei dele", atordoaram de tal jeito o recém-chegado que não lhe foi possível proferir uma palavra durante algum tempo. Bom é acrescentar que o dono da casa também não sabia que dissesse. Estavam os três sentados, Rubião no canapé, Palha e Camacho em cadeiras defronte um do outro. Camacho, que conservara a ben-

Inextinguível: interminável.

gala na mão, pô-la verticalmente nos joelhos, batendo no nariz e olhando para o teto. Fora, rumor de carros, tropel de cavalos e algumas vozes. Eram sete horas e meia da noite, ou mais, perto de oito. O silêncio foi mais longo do que era lícito na ocasião; nem Rubião nem Palha davam por ele. Camacho é que, aborrecido, foi à janela, e exclamou dali para os dois:

— Lá vem o luar entrando!

Rubião fez um gesto, Palha outro; mas quão diferentes! Rubião era para transportar-se à janela; Palha ia a agarrá-lo pela gola. Cedia menos à divulgação possível da aventura do que à lembrança da violência com que ele pegara nas mãos da mulher para atraí-la a si. Um e outro contiveram-se; logo depois, Rubião, cruzando a perna esquerda sobre a direita, voltou-se para o Palha e perguntou-lhe:

— Sabe que vou deixá-los?

55

Tudo esperava o outro, menos isso. Daí o espanto em que se dissolveu a cólera; daí também uma sombrinha de pesar, que é o que o leitor menos espera. Deixá-los? Naturalmente ia-se embora do Rio de Janeiro; era o castigo que a si mesmo impunha, pela ação ruim que praticara em Santa Teresa; logo, vexara-se, arrependera-se. Não tinha cara de aparecer à esposa do amigo. Tal foi a primeira conclusão do Palha; mas vieram outras hipóteses. Por exemplo, a paixão podia persistir, e a saída dele era um modo de afastar-se da pessoa amada. Também podia acontecer que entrasse aí algum plano de casamento.

A última hipótese trouxe à fisionomia do Palha um elemento novo, que não sei como chame. Desapontamento? Já o elegante **Garrett** não achava outro termo

Almeida Garrett (1799-1854): escritor do Romantismo português.

para tais sensações, e nem por ser inglês o desprezava*. Vá desapontamento. Misturem-lhe o pesar da separação, não esqueçam a cólera que primeiro trovejou surdamente, e não faltará quem ache que a alma desse homem é uma colcha de retalhos. Pode ser; moralmente as **colchas inteiriças são tão raras**! O principal é que as cores se não desmintam umas às outras — quando não possam obedecer à simetria e regularidade. Era o caso do nosso homem. Tinha o aspecto baralhado à primeira vista; mas, atentando bem, por mais opostos que fossem os matizes, lá se achava a unidade moral da pessoa.

56

Mas por que é que Rubião ia deixá-los? Que razão? Que negócio?

No dia seguinte ao do caso de Santa Teresa, acordou **opresso**. Almoçou mal. Não cuidou de nada; calçou as chinelas africanas sem interesse, não mirou as **alfaias** belas, ou simplesmente ricas, que lhe enchiam a casa. Não pôde suportar as carícias do cão mais de dois minutos; tão depressa o recebeu na sala, como o mandou embora. Ele é que enganou os criados e tornou à sala; mas tal foi o tabefe que recebeu na orelha, que não repetiu os afagos: estirou-se no chão com os olhos no amigo.

Rubião estava arrependido, irritado, envergonhado. No capítulo 10 deste livro ficou escrito que os remorsos desse homem eram fáceis, mas de pouca dura; faltou explicar a natureza das ações que os podiam fazer curtos ou compridos. Lá se tratava daquela carta escrita pelo finado Quincas Borba, tão expressiva do estado mental do autor, e que ele ocultou do médico, podendo ser útil à ciência ou à justiça. Se entrega a carta, não

*** Referência à origem inglesa da palavra desapontamento (*disappointment*).**

Colchas inteiriças são tão raras: isto é, pessoas inteiramente morais são tão raras.

Opresso: oprimido, que sente certa dificuldade em respirar.

Alfaias: móveis.

teria remorsos, nem talvez legado — o pequeno legado que então esperava do enfermo. No caso presente, era uma tentativa de adultério. Certo que ele suspirava há muito, e tinha ímpetos interiores; mas foi só a animação indiscreta da moça, e a própria excitação do momento, que o levou a fazer a declaração repelida. Passados os vapores da noite, não era só vexame que sentia, mas também remorsos. A moral é uma, os pecados são diferentes.

Saltemos por cima de tudo o que ele sentiu e pensou durante os primeiros dias. Chegou a esperar alguma coisa no domingo, um bilhete como o do anterior — com morangos ou sem eles. Na segunda-feira estava determinado a ir a Minas passar uns dois meses; tinha necessidade de restaurar a alma aos ventos de Barbacena. Não contava com o doutor Camacho.

— Deixar-nos? — perguntou finalmente o Palha.

— Creio que sim; vou a Minas.

Camacho, voltando da janela, sentou-se na cadeira em que estivera antes.

— Que Minas? — disse ele, sorrindo. — Deixe-se de Minas por ora; lá irá quando for preciso, e não se demorará muito que o seja.

Palha não ficou menos admirado das palavras deste que das do outro. Donde surgira semelhante homem, com ar de dominar o Rubião? Olhou para ele; era pessoa de estatura média, rosto estreito, pouca barba, queixo comprido, orelhas de pavilhão largo e aberto. Foi tudo o que pôde observar rapidamente. Viu também que a roupa era fina, sem luxo, e que os pés não estavam mal calçados. Não examinou os olhos, nem o sorriso nem as maneiras; não chegou a reparar no princípio da calva, nem nas mãos magras e cabeludas.

57

Camacho era homem político. Formado em direito em 1844, pela Faculdade do Recife, voltara para a província natal, onde começou a advogar; mas a advocacia era um pretexto. Já na academia, escrevera um jornal político, sem partido definido, mas com muitas ideias colhidas aqui e ali, e expostas em estilo meio magro e meio inchado. Pessoa que recolheu esses primeiros frutos de Camacho fez um índice dos seus princípios e aspirações: "ordem pela liberdade, liberdade pela ordem; a autoridade não pode abusar da lei, sem esbofetear-se a si própria; a vida dos princípios é a necessidade moral das nações novas como das nações velhas; dai-me boa política, dar-vos-ei boas finanças (barão Louis); mergulhemos no **Jordão constitucional**; dai passagem aos valentes, homens do poder; eles serão os vossos sustentáculos, etc., etc."

Na província natal, essa ordem de ideias teve de ceder a outras; e o mesmo se pode dizer do estilo. Fundou ali um jornal; mas, sendo a política local menos abstrata, Camacho aparou as asas e desceu às nomeações de delegados, às obras provinciais, às gratificações, à luta com a folha adversa, e aos nomes próprios e impróprios. A adjetivação exigiu grande apuro. Nefasto, esbanjador, vergonhoso, perverso, foram os termos obrigados, enquanto atacou o governo; mas logo que, por uma mudança de presidente, passou a defendê-lo, as qualificações mudaram também: enérgico, ilustrado, justiceiro, fiel aos princípios, verdadeira glória da administração, etc., etc. Esse tiroteio durou três anos. No fim deles, a paixão política dominava a alma do jovem bacharel.

Membro da assembleia provincial, logo depois da câmara dos deputados, presidente de uma província de segunda ordem, onde, por natural mudança do destino, leu nas folhas da oposição todos os nomes que escrevera outrora, nefasto, esbanjador, vergonhoso, perverso, Camacho teve dias grandes e pequenos, andou fora e dentro da câmara, **orou**, escreveu, lutou constantemente. Acabou por vir morar na capital do império. Deputado da conciliação dos partidos, viu governar o Marquês de Paraná, e **instou** por algumas nomeações, em que foi atendido; mas, se é certo que o marquês lhe pedia conselhos e usava confiar-lhe os planos que trazia, ninguém podia afirmá-lo, porque ele, em se tratando da própria consideração, mentia sem dificuldade.

O que se pode crer é que queria ser ministro, e trabalhou por obtê-lo. Agregou-se a vários grupos, segundo lhe parecia acertado; na câmara discorria largamente sobre matérias de administração, acumulava algarismos, artigos de legislação, pedaços de relatório, trechos de autores franceses, embora mal traduzidos. Mas, entre a espiga e a mão, está o muro de que fala o

Jordão constitucional: segundo o relato bíblico, Jordão é o nome do rio onde João Batista batizava os arrependidos. Nesta passagem, é como se Camacho enfatizasse a necessidade de todos se converterem, seguirem a constituição e fazerem tudo estritamente dentro da lei.

Orou: discursou.

Instou: pediu com insistência.

poeta*; e, por mais que o nosso homem estendesse a mão do seu desejo para colhê-la, a espiga lá ficava do lado oposto, donde a arrancavam outras mãos, mais ou menos sôfregas, ou até descuidadas.

Há solteirões na política. Camacho ia entrando nessa categoria melancólica, em que todos os sonhos nupciais se evaporam com o tempo; mas não tinha a superioridade de abandoná-la. Ninguém que organizasse um gabinete se atrevia, ainda que o desejasse, a dar-lhe uma pasta. Camacho ia se sentindo cair; para simular influência, tratava familiarmente os poderosos do dia, contava em voz alta as visitas aos ministros e a outras dignidades do Estado.

Não lhe faltava que comer. A família era pequena; mulher, uma filha, que ia nos dezoito anos, um afilhado de nove, e para isso dava a advocacia. Mas trazia a política no sangue; não lia, não cuidava em outra coisa. De literatura, ciências naturais, história, filosofia, artes não se preocupava absolutamente nada. Também não conhecia grandes coisas de direito; guardava algum do que lhe dera a academia, mais a legislação posterior e práticas forenses. Com isso ia **arrazoando** e ganhando.

58

Dias antes, indo passar a noite em casa de um conselheiro, viu ali Rubião.

Falava-se da chamada dos conservadores ao poder e da dissolução da câmara. Rubião assistira à sessão em que o Ministério Itaboraí pediu os orçamentos. Tremia ainda ao contar as suas impressões, descrevia a câmara, tribunas, galerias cheias que não cabia um alfinete, o discurso de José Bonifácio, a **moção**, a votação... Toda essa narrativa nascia de uma alma simples, era claro. A desordem dos gestos, o calor da palavra tinham a elo-

*** Alusão irônica a um verso do poeta italiano Petrarca (1304-1374).**

Arrazoando: argumentando.

Moção: proposta apresentada para votação.

quência da sinceridade. Camacho escutava-o atento. Teve medo de o levar a um canto da janela e fazer-lhe considerações graves sobre a situação. Rubião opinava de cabeça, ou por palavras soltas e aprobatórias.

— Os conservadores não se demoram no poder — disse-lhe finalmente Camacho.

— Não?

— Não; eles não querem a guerra, e têm de cair por força. Veja como andei bem no programa da folha.

— Que folha?

— Conversaremos depois.

No dia seguinte, almoçaram no Hotel de la Bourse, a convite de Camacho. Este referiu ao outro que fundara, meses antes, uma folha com o único programa de continuar a guerra **a todo o transe**... Andava muito acesa a **dissensão** entre liberais; pareceu-lhe que o melhor modo de servir ao próprio partido era dar-lhe um terreno neutro e nacional.

— E isso agora serve-nos — concluiu ele — porque o governo inclina-se à paz. Já amanhã sai um artigo meu, **furibundo**.

Rubião ouvia tudo, quase sem tirar os olhos do outro, comendo rapidamente, nos intervalos em que o próprio Camacho inclinava a cabeça ao prato. Folgava de ver-se confidente político; e, para dizer tudo, a ideia de entrar em luta para colher alguma coisa depois, um lugar na câmara, por exemplo, espanejou as asas de ouro no cérebro do nosso amigo. Camacho não lhe disse mais nada; procurou-o no dia seguinte, e não o achou. Agora, pouco depois de entrar, vinha o Palha interrompê-los.

59

— Sim, mas eu preciso ir a Minas — teimou Rubião.

— Para quê? — perguntou Camacho.

A todo o transe: a todo custo.

Dissensão: divergência, desacordo.

Furibundo: furioso.

Palha fez-lhe igual pergunta. Para que iria a Minas, salvo se era negócio de pouco tempo? Ou já estava aborrecido da Corte?

— Não, aborrecido não estou; ao contrário...

Ao contrário, gostava muito dela; mas a terra natal, por menos bonita que seja — um lugarejo —, dá saudades à gente, ainda mais quando a pessoa veio de lá homem. Queria ver Barbacena. Barbacena era a primeira terra do mundo. Durante alguns minutos, Rubião pôde subtrair-se à ação dos outros. Tinha a terra natal em si mesmo: ambições, vaidades da rua, prazeres efêmeros, tudo cedia ao mineiro saudoso da província. Se a alma dele foi alguma vez **dissimulada** e escutou a voz do interesse, agora era a simples alma de um homem arrependido do gozo, e mal acomodado na própria riqueza.

Palha e Camacho olharam um para o outro... Oh! Esse olhar foi como um bilhete de visita trocado entre as duas consciências. Nenhuma disse o seu segredo, mas viram os nomes no cartão e cumprimentaram-se. Sim, era preciso impedir que o Rubião saísse: Minas podia retê-lo*. Concordaram que lá fosse, mas depois — alguns meses depois —; e talvez o Palha fosse também. Nunca vira Minas; seria excelente ocasião.

— O senhor? — perguntou Rubião.

— Sim, eu; há muito que desejo ir a Minas e a São Paulo. Olhe, há mais de ano que estivemos vai não vai... Sofia é companheira para essas viagens. Lembra-se quando nos encontramos no trem da estrada de ferro?... Vínhamos de Vassouras; mas esse projeto de Minas nunca nos deixou. Iremos os três.

Rubião agarrou-se às eleições próximas; mas aqui interveio Camacho, afirmando que não era preciso, que a serpente devia ser esmagada cá mesmo na capital; não faltaria tempo depois para ir matar saudades e receber a recompensa. Rubião agitou-se no canapé. A recompensa era, com certeza, o diploma de deputado. Visão magnífica, ambição que nunca teve, quando era um pobre-diabo... Ei-la que o toma, que lhe aguça todos os apetites de

Dissimulada: fingida.

*** Que motivos pessoais teriam Palha e Camacho para não desejarem a viagem de Rubião?**

grandeza e de glória. Entretanto ainda insistiu por poucos dias de viagem, e, para ser exato, devo jurar que o fez sem desejo de que lhe aceitassem a proposta.

A lua estava então brilhante; a enseada, vista pelas janelas, apresentava aquele aspecto sedutor que nenhum carioca pode crer que exista em outra parte do mundo. A figura de Sofia passou ao longe, na encosta do morro, e diluiu-se no luar; a última sessão da câmara, tumultuosa, ressoou aos ouvidos de Rubião... Camacho foi até a janela e voltou logo.

— Mas quantos dias? — perguntou ele.

— Isso é que não sei, mas poucos.

— Em todo o caso, amanhã conversaremos.

Camacho despediu-se. Palha ficou ainda alguns instantes para dizer-lhe que seria esquisito voltar a Minas, sem que eles liquidassem as contas... Rubião interrompeu-o. Contas? Quem lhe pedia contas?

— Bem se vê que o senhor não é homem de comércio — **redarguiu** Cristiano.

— Não sou, é verdade; mas as contas pagam-se quando se pode. Entre nós, tem sido isso. Ou, quem sabe? Seja franco; precisa de algum dinheiro?

— Não, não preciso. Obrigado. Tenho que propor um negócio, mas há de ser mais demoradamente. Vim vê-lo para não botar anúncios nos jornais: "Desapareceu um amigo, por nome Rubião, que tem um cachorro..."

Rubião gostou da **facécia**. Palha saiu e ele foi acompanhá-lo até a esquina da Rua Marquês de Abrantes. Ao despedir-se prometeu visitá-lo em Santa Teresa, antes de ir a Minas.

60

Pobre Minas! Rubião voltou para casa, sozinho, a passo lento, pensando no modo de lá não ir agora. E as

Redarguiu: respondeu.

Facécia: brincadeira.

palavras dos dois andavam-lhe no cérebro, como peixinhos de ouro em globo de vidro, abaixo, acima, **rutilantes**: "Aqui é que se deve esmagar a cabeça da cobra"; "Sofia é companheira para essas viagens". Pobre Minas!

No dia seguinte recebeu um jornal que nunca vira antes, a ***Atalaia***. O artigo editorial desancava o ministério; a conclusão, porém, estendia-se a todos os partidos e à nação inteira: "Mergulhemos no Jordão constitucional". Rubião achou-o excelente; tratou de ver onde se imprimia a folha para assiná-la. Era na Rua da Ajuda; lá foi, logo que saiu de casa; lá soube que o redator era o doutor Camacho. Correu ao escritório dele.

Mas, em caminho, na mesma rua:

— Deolindo! Deolindo! — bradou angustiadamente uma voz de mulher à porta de uma colchoaria.

Rubião ouviu o grito, voltou-se, viu o que era. Era um carro que descia e uma criança de três ou quatro anos que atravessava a rua. Os cavalos vinham quase em cima dela, por mais que o cocheiro os sofreasse. Rubião atirou-se aos cavalos e arrancou o menino ao perigo. A mãe, quando o recebeu das mãos do Rubião, não podia falar; estava pálida, trêmula. Algumas pessoas puseram-se a **altercar** com o cocheiro, mas um homem calvo, que vinha dentro, ordenou-lhe que fosse andando. O cocheiro obedeceu. Assim, quando o pai, que estava no interior da colchoaria, veio fora, já o carro dobrava a esquina de São José.

— Ia quase morrendo — disse a mãe. — Se não fosse este senhor, não sei o que seria do meu pobre filho.

Era uma novidade no quarteirão. Vizinhos entravam a ver o que sucedera ao pequeno; na rua, crianças e moleques espiavam pasmados. A criança tinha apenas um arranhão no ombro esquerdo, produzido pela queda.

— Não foi nada — disse Rubião; — em todo caso, não deixem o menino sair à rua; é muito pequenino.

— Obrigado — acudiu o pai, — mas onde está o seu chapéu?

Rutilantes: **brilhantes.**

Atalaia: **palavra que significa "torre de vigia".**

Altercar: **discutir.**

Rubião advertiu então que perdera o chapéu. Um rapazinho esfarrapado, que o apanhara, estava à porta da colchoaria, aguardando a ocasião de restituí-lo. Rubião deu-lhe uns cobres em recompensa, coisa em que o rapazinho não cuidara ao ir apanhar o chapéu. Não o apanhou senão para ter uma parte na glória e nos serviços. Entretanto aceitou os cobres, com prazer; foi talvez a primeira ideia que lhe deram da **venalidade das ações**.

— Mas, espere — tornou o colchoeiro —, o senhor feriu-se?

Com efeito, a mão do nosso amigo tinha sangue, um ferimento na palma, coisa pequena; só agora começava a senti-lo. A mãe do pequeno correu a buscar uma bacia e uma toalha, apesar de dizer o Rubião que não era nada, que não valia a pena. Veio a água; enquanto ele lavava a mão, o colchoeiro correu à farmácia próxima e trouxe um pouco de arnica. Rubião curou-se, atou o lenço na mão; a mulher do colchoeiro escovou-lhe o chapéu; e, quando ele saiu, um e outro agradeceram-lhe muito o benefício da salvação do filho. A outra gente, que estava à porta e na calçada, fez-lhe alas.

61

— Que é que tem aí na mão? — inquiriu Camacho, logo que Rubião entrou no escritório.

Rubião narrou o incidente da Rua da Ajuda. O advogado fez-lhe muitas perguntas sobre a criança, os pais, o número da casa; mas o próprio Rubião pôs termo às respostas.

— Não sabe, ao menos, o nome do pequeno?

— Ouvi chamar Deolindo. Vamos ao que importa. Venho assinar a sua folha; recebi um número, e quero contribuir para...

Venalidade das ações: ações que se fazem em troca de dinheiro.

Camacho acudiu que não precisava de assinaturas. Em assinaturas, a folha ia bem. O que ela precisava era de material tipográfico e desenvolvimento no texto; ampliar a matéria, pôr-lhe mais noticiário, variedades, tradução de algum romance para o folhetim, movimento do porto, da praça, etc. Tinha anúncios, como viu!

— Sim, senhor.

— Estou com o capital quase subscrito. Bastam dez pessoas, e já somos oito; eu e mais sete. Faltam dois. Com mais duas pessoas está completo o capital.

"Quanto será?", pensou Rubião.

Camacho batia com um canivete na beira da escrivaninha, calado, olhando **às furtadelas** para o outro. Rubião passou uma vista à sala, poucos móveis, alguns autos sobre um tamborete ao pé do advogado, estante com livros, Lobão, Pereira e Sousa, Dalloz, Ordenações do Reino, um retrato na parede, diante da escrivaninha.

— Conhece? — disse Camacho apontando para o retrato.

— Não, senhor.

— Veja se conhece.

— Não posso saber. Nunes Machado?

— Não — acudiu o ex-deputado, dando à cara um ar pesaroso. — Não pude obter um bom retrato dele. Vendem-se aí umas litografias que me não parecem boas. Não; aquele é o marquês.

— De Barbacena?

— Não, de Paraná; é o grande marquês, meu particular amigo. Tentou conciliar os partidos, e foi por isso que me achei com ele. Morreu cedo; a obra não pôde ir adiante. Hoje, se ele a quisesse, ter-me-ia contra si. Não! Nada de conciliações; guerra de morte. Havemos de destruí-los; leia a *Atalaia*, meu bom companheiro de lutas; recebê-la-á em casa...

— Não, senhor.

— Por que não?

Rubião baixou os olhos diante do nariz interrogativo do Camacho.

Às furtadelas: às escondidas.

— Não, senhor, sou firme; desejo ajudar os amigos. Receber a folha de graça...

— Mas se já lhe disse que de assinaturas vamos bem — retorquiu Camacho.

— Sim, senhor, mas não disse também que faltam duas pessoas para o capital?

— Duas, sim; temos oito.

— Quanto é o capital?

— O capital é de cinquenta contos; cinco por pessoa.

— Pois entro com cinco.

Camacho agradeceu-lhe em nome das ideias. Tinha intenção de convidá-lo para entrar com eles; era um direito adquirido pela convicção, pela fidelidade, pelo amor aos negócios públicos do seu recente amigo. Uma vez que espontaneamente se alistou, pedia-lhe que o desculpasse. Mostrou-lhe a lista dos outros: Camacho era o primeiro; entrava com a folha, o material existente, as assinaturas, e o trabalho **hercúleo**... Ia a emendar-se, mas repetiu corajosamente: trabalho hercúleo. Podia dizer que o era, sem **deslustre**, nem mentira; **esganou cobras**, em criança. Já agora era um vício; gostava da luta, morreria nela, envolvido na bandeira...

Hercúleo: que exige muita força e resistência. Adjetivo derivado de Hércules, figura da mitologia grega.

Deslustre: desonra.

Esganou cobras: metaforicamente falando, fez proezas incríveis. Alusão irônica à história de Hércules, que, ainda bebê, esganou duas cobras que subiram em seu berço.

Arruído: ostentação ruidosa, barulhenta.

Vidrilhos: contas de vidro.

62

Rubião despediu-se. No corredor passou por ele uma senhora alta, vestida de preto, com um **arruído** de seda e **vidrilhos**. Indo a descer a escada ouviu a voz do Camacho, mais alta do que até então:

— Oh! Senhora baronesa!

No primeiro degrau parou. A voz argentina da senhora começou a dizer as primeiras palavras; era uma demanda. Baronesa! E o nosso Rubião ia descendo a custo, de manso, para não parecer que ficara ouvindo.

O ar metia-lhe pelo nariz acima um aroma fino e raro, coisa de tontear, o aroma deixado por ela, Baronesa! Chegou à porta da rua; viu parado um ***coupé***; o lacaio, em pé, na calçada, o cocheiro na almofada, olhando; fardados ambos... Que novidade podia haver em tudo isso? Nenhuma. Uma senhora titular, cheirosa e rica, talvez **demandista** para matar o tédio. Mas o caso particular é que ele, Rubião, sem saber por quê, e apesar do seu próprio luxo, sentia-se o mesmo antigo professor de Barbacena...

63

Na rua, encontrou Sofia com uma senhora idosa e outra moça. Não teve olhos para ver bem as feições dessas; todo ele foi pouco para Sofia. Falaram-se acanhadamente, dois minutos apenas, e seguiram o seu caminho. Rubião parou adiante, e olhou para trás; mas as três senhoras iam andando sem voltar a cabeça. Depois do jantar, consigo:

"Irei lá hoje?"

Reflexionou muito sem adiantar nada. Ora que sim, ora que não. Achara-lhe um modo esquisito; mas lembrava-se que sorriu — pouco, mas sorriu. Pôs o caso à sorte. Se o primeiro carro que passasse viesse da direita, iria; se viesse da esquerda, não. E deixou-se estar na sala, no *pouf* central, olhando. Veio logo um tílburi da esquerda. Estava dito; não ia a Santa Teresa. Mas aqui a consciência reagiu; queria os próprios termos da proposta: um carro. Tílburi não era carro. Devia ser o que vulgarmente se chama carro, uma **caleça** inteira ou meia, ou ainda uma **vitória**. Daí a pouco vieram chegando da direita muitas caleças que voltavam de um enterro. Foi.

***Coupé*: carruagem fechada, de quatro rodas, geralmente para dois passageiros.**

Demandista: pessoa que tem o gosto ou a mania por ações judiciais.

Caleça: carruagem de quatro rodas e dois assentos, descoberta na frente.

Vitória: carruagem de quatro rodas, para dois passageiros, com cobertura dobrável e boleia, puxada por cavalos.

64

Sofia deu-lhe a mão gentilmente, sem sombra de rancor. As duas senhoras do passeio estavam com ela, em trajes caseiros; apresentou-as. A moça era prima, a velha era tia — aquela tia da roça, autora da carta que Sofia recebeu no jardim das mãos do carteiro, que logo depois deu uma queda. A tia chamava-se dona Maria Augusta; tinha uma fazendola, alguns escravos e dívidas, que lhe deixara o marido, além das saudades. A filha era Maria Benedita — nome que a vexava, por ser de velha, dizia ela; mas a mãe retorquia-lhe que as velhas foram algum dia moças e meninas, e que os nomes adequados às pessoas eram imaginações de poetas e contadores de histórias. Maria Benedita era o nome da avó dela, afilhada de Luís de Vasconcelos, o vice-rei. Que queria mais?

Contaram isso ao Rubião, sem que ela se vexasse. Sofia, ou por atenuar o caso, ou por outro motivo, acrescentou que os mais feios nomes eram lindos, segundo a pessoa. Maria Benedita era lindíssimo.

— Não lhe parece? — acudiu, voltando-se para Rubião.

— Deixa de caçoada, prima! — acudiu Maria Benedita, rindo.

Podemos crer que a velha nem Rubião entenderam o dito — a velha, porque começava a cochilar, Rubião porque afagava um cãozinho que tinham dado a Sofia, pequeno, delgado, leve, buliçoso, olhos negros, com um guizo ao pescoço. Mas, insistindo a dona da casa, ele respondeu que sim, sem saber o que era. Maria Benedita deu um muxoxo. Em verdade, não era uma beleza; não lhe pedissem olhos que fascinam, nem dessas bocas que segredam alguma coisa, ainda caladas; era natural, sem **acanho de roceira**, e tinha um **donaire** particular, que corrigia as incoerências do vestido.

Nascera na roça e gostava da roça. A roça era perto, Iguaçu. De longe em longe vinha à cidade passar

Acanho de roceira: acanhamento de caipira, de quem é da roça.

Donaire: elegância no andar.

alguns dias; mas, ao cabo dos dois primeiros, já estava ansiosa por tornar à casa. A educação foi sumária: ler, escrever, doutrina e algumas obras de agulha. Nos últimos tempos (ia em dezenove anos), Sofia apertou com ela para aprender piano; a tia consentiu; Maria Benedita veio para a casa da prima, e ali esteve uns dezoito dias. Não pôde mais; doeram-lhe as saudades da mãe e voltou para a roça, deixando **consternado** o professor, que anunciou nela, desde os primeiros dias, um grande talento musical.

— Oh! Sem dúvida, um grande talento!

Maria Benedita riu-se quando a prima lhe contou isso, e nunca mais pôde ver a sério o homem. Às vezes, no meio de uma lição, deitava a rir; Sofia contraía as sobrancelhas, **a modo de ralho**, e o pobre homem perguntava o que era, e de si mesmo explicava que havia de ser alguma lembrança de moça, e continuava a lição. Nem piano nem francês — outra lacuna, que Sofia mal podia desculpar. Dona Maria Augusta não compreendia a consternação da sobrinha. Para que francês? A sobrinha dizia-lhe que era indispensável para conversar, para ir às lojas, para ler um romance...*

— Sempre fui feliz sem francês — respondia a velha; — e os **meias-línguas** da roça são a mesma coisa: não vivem pior que os **crioulos**.

Um dia acrescentou:

— Nem por isso lhe hão de faltar noivos. Pode casar, já lhe disse que pode casar quando quiser, que eu também casei; e até deixar-me na roça, sozinha, morrer como uma besta velha...

— Mamãe!

— Não tenha pena; é só aparecer o noivo. Em aparecendo, vá com ele, e deixe-me ficar. Olha Maria José o que fez comigo? Vive lá pelo Ceará.

— Mas se o marido é juiz de direito — ponderava Sofia.

— Torto que seja! Para mim é a mesma coisa. Cá fica o frangalho da velha. Casa, Maria Benedita, casa depres-

Consternado: desolado.

A modo de ralho: como uma repreensão.

*** Falar francês e tocar piano eram requisitos indispensáveis às mulheres ricas, principalmente na cidade da corte, como era o Rio de Janeiro da época.**

Meias-línguas: pessoas que falam mal uma língua, especialmente estrangeiros que não dominam bem um idioma.

Crioulos: termo que designava os africanos não mestiços que tinham nascido no Brasil.

sa; eu morrerei com Deus. Não terei filhos, mas terei Nossa Senhora, que é mãe de todos. Casa, anda, casa!

Toda essa **rabugem** era cálculo; tinha em mira **arredar** a filha do matrimônio, excitando-lhe o terror e a piedade. Quando menos, retardar-lho. Não creio que revelasse esse pecado ao confessor, nem que chegasse a entendê-lo: era obra de um egoísmo idoso e melindroso. Dona Maria Augusta fora longamente querida; a mãe era doida por ela, o marido amou-a até o último dia com a mesma intensidade. Mortos ambos, todas as suas saudades filiais e matrimoniais foram postas na cabeça das duas filhas. Uma fugira-lhe, casando. Ameaçada da solidão, se a outra casasse também, dona Maria Augusta fazia tudo o que podia por evitar o desastre.

65

Curta foi a visita de Rubião. Às nove horas levantou-se ele discretamente, esperando qualquer palavra de Sofia, um pedido para que ficasse ainda algum tempo, que esperasse o marido que já vinha, um espanto que fosse: Já! — mas nem isso. Sofia estendeu-lhe a mão, em que ele mal pôde tocar. Contudo a moça, durante a visita, mostrou-se tão natural, tão sem **azedume**... Não teve seguramente os olhos longos e **loquazes**, como dantes; parecia até que não houvera nada, nem bem nem mal, nem morangos nem lua. Rubião tremia, não achava palavras; ela achava todas as que queria, e, se era preciso olhar para ele, fazia-o diretamente, tranquilamente*.

— Lembranças ao nosso Palha — murmurou ele de chapéu e bengala na mão.

— Obrigada! Foi fazer uma visita; parece que ouço passos; há de ser ele.

Rabugem: rabugice, mau humor.

Arredar: afastar.

Azedume: irritação.

Loquazes: aqui tem o sentido de expressivos.

* Reafirma-se o autocontrole de Sofia sobre as emoções e os sentimentos.

Não era ele; era Carlos Maria. Rubião ficou espantado de o ver ali, mas achou logo que a presença da fazendeira e da filha explicaria tudo; podia ser até que fossem aparentados.

— Ia saindo, quando o senhor entrou — disse-lhe Rubião depois de o ver sentado ao pé de dona Maria Augusta.

— Ah! — respondeu o outro, olhando para o retrato de Sofia.

Sofia foi até a porta despedir-se do Rubião; disse-lhe que o marido ficaria com pena de não estar em casa; mas que a visita era imperiosa. Negócios... Iria pedir-lhe desculpa.

— Que desculpa? — acudiu Rubião.

Parece que quis dizer ainda alguma coisa; mas o aperto de mão de Sofia e a reverência que essa lhe fez deram-lhe o sinal de despedida. Rubião inclinou--se, atravessou o jardim, ouvindo a voz de Carlos Maria, na sala:

— Vou denunciar seu marido, minha senhora; é homem de muito mau gosto.

Rubião parou.

— Por quê? — disse Sofia.

— Tem este seu retrato na sala — continuou Carlos Maria; — a senhora é muito mais bela, infinitamente mais bela que a pintura. Comparem, minhas senhoras.

66

"Como ele diz aquelas coisas tão naturalmente!", pensou Rubião, em casa, relembrando as palavras de Carlos Maria. Desfazer do retrato só para elogiar a pessoa! Note-se que o retrato é muito parecido.

67

De manhã, na cama, teve um sobressalto. O primeiro jornal que abriu foi a *Atalaia*. Leu o artigo editorial, uma correspondência e algumas notícias. De repente, deu com o seu nome.

— Que é isso?

Era o seu próprio nome impresso, rutilante, multiplicado, nada menos que uma notícia do caso da Rua da Ajuda. Depois do sobressalto, aborrecimento. Que diacho de ideia aquela de imprimir um fato particular, contado em confiança? Não quis ler nada; desde que percebeu o que era, deitou a folha ao chão e pegou em outra. Infelizmente, perdera a serenidade, lia por alto, pulava algumas linhas, não entendia outras, ou dava por si no fim de uma coluna sem saber como viera escorregando até ali.

Ao levantar-se, sentou-se na poltrona, ao pé da cama, e pegou da *Atalaia*. Lançou os olhos pela notícia: era mais de uma coluna. "Coluna e tanto para coisa tão diminuta!", pensou consigo. E, a fim de ver como é que Camacho enchera o papel, leu tudo, um pouco às pressas, vexado dos adjetivos e da descrição dramática do caso.

— Foi bem feito! — disse em voz alta. — Quem me mandou ser linguarudo?

Passou ao banho, vestiu-se, penteou-se, sem esquecer a bisbilhotice da folha, acanhado com a publicação de um negócio, que ele reputava mínimo, e ainda mais pelo encarecimento que lhe dera o escritor, como se tratasse de dizer bem ou mal em política. Ao café, pegou novamente na folha, para ler outras coisas, nomeações do governo, um assassinato em Garanhuns, meteorologia, até que a vista desastrada foi cair na notícia, e leu-a então com pausa. Aqui confessou Rubião que bem podia crer na sinceridade do escritor. O entusiasmo da linguagem explicava-se pela impressão que lhe ficou do fato; tal foi ela que lhe não permitiu ser mais sóbrio. Naturalmente é o que foi. Rubião recordou a sua entrada no escritório do Camacho, o modo por que falou; e daí tornou atrás, ao próprio ato. Estirado no gabinete, evocou a cena; o menino, o carro, os cavalos, o grito, o salto que deu, levado de um ímpeto irresistível. Agora mesmo não podia explicar o negócio; foi como se lhe tivesse passado uma sombra pelos olhos... Atirou-se à criança e aos cavalos, cego e surdo, sem atender ao próprio risco... E podia ficar ali, embaixo dos animais, esmagado pelas rodas, morto ou ferido; ferido que fosse... Podia ou não podia? Era impossível negar que a situação foi grave... A prova é que os pais e a vizinhança...

Rubião interrompeu as reflexões para ler ainda a notícia. Que era bem escrita, era. Trechos havia que releu com muita satisfação. O diabo do homem parecia ter assistido à cena. Que narração! Que viveza de estilo! Alguns pontos estavam acrescentados — confusão de memória —, mas o acréscimo não ficava mal. E certo orgulho que lhe notou ao repetir-lhe o nome? "O nosso amigo, o nosso distintíssimo amigo, o nosso valente amigo..."

Ao almoço, riu-se de si mesmo; achou-se mortificado em demasia. Afinal, que tinha que o outro desse aos seus leitores uma notícia que era verdadeira, que era interessante, dramática e — seguramente — não vulgar? Saindo, recebeu alguns cumprimentos; Freitas chamou-lhe **São Vicente de Paulo**. E o nosso amigo sorria, agradecia, diminuía-se, não era nada...

— Nada? — replicou alguém. — Dê-me muitos desses nadas. Salvar uma criança com risco da própria vida...

Rubião ia concordando, ouvindo, sorrindo; contava a cena a alguns curiosos, que a queriam da própria boca do autor. Certos ouvintes respondiam com proezas suas — um que salvara uma vez um homem, outro uma menina, prestes a afogar-se no boqueirão do Passeio, estando a tomar banho. Vinham também suicídios malogrados, por intervenção do ouvinte, que tomou a pistola ao infeliz, e fê-lo jurar... Cada gloriazinha oculta picava o ovo e punha a cabeça de fora, olho aberto, sem penas em volta da glória máxima do Rubião. Também teve invejosos, alguns que nem o conheciam, só por ouvi-lo louvar em voz alta. Rubião foi agradecer a notícia ao Camacho, não sem alguma censura pelo abuso de confiança, mas uma censura mole, ao canto da boca. Dali foi comprar uns tantos exemplares da folha para os amigos de Barbacena. Nenhuma outra transcreveu a notícia; ele, a conselho do Freitas, fê-la reimprimir nos "a pedidos" do *Jornal do Comércio*, entrelinhada*****.

68

Maria Benedita consentiu finalmente em aprender francês e piano. Durante quatro dias a prima teimou com ela, a todas as horas, de tal arte e maneira, que a mãe da moça resolveu apressar a volta à fazenda, para

São Vicente de Paulo (1581-1660): religioso francês, famoso por suas obras de caridade.

*** À medida que ouve os elogios, Rubião torna-se mais vaidoso, saboreando o fato de ser considerado um herói.**

evitar que ela acabasse aceitando. A filha resistiu muito; respondia que eram coisas supérfluas, que moça de roça não precisa de prendas da cidade. Uma noite, porém, estando ali Carlos Maria, pediu-lhe este que tocasse alguma coisa: Maria Benedita fez-se vermelha*. Sofia acudiu com uma mentira:

— Não lhe peça isso; ainda não tocou depois que veio. Diz que agora só toca para os roceiros.

— Pois faça de conta que somos roceiros — insistiu o moço.

Mas passou logo a outra coisa, ao baile da baronesa do Piauí (a mesma que o nosso amigo Rubião encontrou no escritório do Camacho), um baile esplêndido, oh! Esplêndido! A baronesa prezava-o muito, disse ele. No dia seguinte, Maria Benedita declarou à prima que estava pronta a aprender piano e francês, **rabeca** e até russo, se quisesse. A dificuldade era vencer a mãe. Essa, quando soube da resolução da filha, pôs as mãos na cabeça. Que francês? Que piano? Bradou que não, ou então que deixasse de ser sua filha; podia ficar, tocar, cantar, falar **cabinda** ou a língua do diabo que os levasse a todos. Palha é que a persuadiu finalmente; disse-lhe que, por mais supérfluas que lhe parecessem aquelas prendas, eram o mínimo dos adornos de uma educação de sala.

— Mas eu criei minha filha na roça e para a roça — interrompeu a tia.

— Para a roça? Quem sabe lá para que cria os filhos? Meu pai destinava-me a padre; é por isso que arranho algum latim. A senhora não há de viver sempre; os seus negócios andam atrapalhados. Pode acontecer que Maria Benedita fique ao desamparo... Ao desamparo, não digo; enquanto vivermos somos todos uma só pessoa. Mas não é melhor prevenir? Podia ser até que, se lhe faltássemos todos, ela vivesse à larga, só com ensinar francês e piano. Basta que os saiba para estar em condições melhores. É bonita, como a senhora foi no seu tempo; e possui raras qualidades morais. Pode

*** Por que Maria Benedita ficou tão perturbada com esse pedido?**

Rabeca: antigo instrumento musical, parecido com o violino.

Cabinda: língua falada pelos cabindas, grupo banto que vive na região de Cabinda, em Angola. Naquela época, havia muitos escravos dessa origem no Brasil.

achar marido rico. Sabe a senhora se já tenho alguém em vista, pessoa séria?

— Sim? Então ela vai aprender francês, piano e namoro?

— Que namoro? Refiro-me a um pensamento íntimo, a um plano que me parece adequado à felicidade dela e de sua mãe... Pois eu havia... Ora, tia Augusta!

Palha mostrou-se tão mortificado que a tia deixou o tom áspero pelo tom seco. Resistiu ainda; mas a noite deu-lhe bons conselhos. O estado dos seus negócios e a possibilidade de um genro abastado fizeram mais que outras razões. Os melhores genros da roça aliavam-se a outras fazendas, a famílias de representação e riqueza segura. Dois dias depois acharam um ***modus vivendi***. Maria Benedita ficaria com a prima; iriam de quando em quando à roça, e a tia também viria à capital, para vê-las. Palha chegou a dizer que, logo que o estado da praça o permitisse, arranjaria meio de liquidar-lhe os negócios e transportá-la para aqui. Mas a isso a boa senhora abanou a cabeça.

Não se pense que tudo isso foi tão fácil como aí fica escrito. Na prática, vieram os **óbices**, **amofinações**, saudades, rebeliões de Maria Benedita. Dezoito dias depois da volta da mãe à fazenda, quis ir visitá-la, e a prima acompanhou-a; estiveram lá uma semana. A mãe, dois meses depois, veio passar uns dias aqui. Sofia acostumava habilmente a prima às distrações da cidade; teatros, visitas, passeios, reuniões em casa, vestidos novos, chapéus lindos, joias*. Maria Benedita era mulher, posto que mulher esquisita; gostou de tais coisas, mas tinha para si que, logo que quisesse, podia arrebentar todos esses **liames** e andar para a roça. A roça vinha ter com ela, às vezes, em sonho ou simples devaneio. Depois dos primeiros saraus, quando voltava para casa, não eram as sensações da noite que lhe enchiam a alma, eram as saudades de Iguaçu. Cresciam-lhe mais a certas horas do dia, quando a quietação da casa e da rua era completa. Então batia as asas para a varanda da velha casa,

Modus vivendi (em latim): **forma de convivência.**

Óbices: **dificuldades, obstáculos.**

Amofinações: **aborrecimentos, amolações.**

*** Por essas descrições, temos uma ideia de como viviam os ricos no Rio de Janeiro da época.**

Liames: **atrações, coisas que podiam prendê-la.**

onde bebia café, ao pé da mãe; pensava na **escravaria**, nos móveis antigos, nas bonitas chinelas que lhe mandara o padrinho, um fazendeiro rico de São João d'El-Rei, e que lá ficaram em casa. Sofia não consentiu que ela as trouxesse.

Os mestres de francês e piano eram homens sabedores do ofício. Sofia teve modo de dizer-lhes em particular que a prima vexava-se de aprender tão tarde e pediu-lhes que não falassem nunca de tal discípula. Prometeram que sim; o de piano apenas referiu o pedido a alguns colegas da arte, que lhe acharam graça e contaram outras anedotas da clientela. O certo é que Maria Benedita aprendia com singular facilidade, estudava com afinco, quase todas as horas, a tal ponto que a mesma prima julgava acertado interrompê-la.

— Descansa, filha de Deus!

— Deixa recobrar o tempo perdido — respondia ela rindo.

Então Sofia inventava passeios, à toa, para fazê-la descansar. Ora um bairro, ora outro. Em certas ruas, Maria Benedita não perdia tempo: lia as tabuletas francesas* e perguntava pelos substantivos novos, que a prima, algumas vezes, não sabia dizer o que era, tão estritamente adequado era o seu vocabulário às coisas do vestido, da sala e do galanteio**.

Mas não era só nessas disciplinas que Maria Benedita fazia progressos rápidos. A pessoa ajustara-se ao meio, mais depressa do que fariam crer o gosto natural e a vida da roça. Já competia com a outra, embora houvesse nesta um desgarre e não sei que expressão particular que, para assim dizer, dava cor a todas as linhas e gestos da figura. Não obstante essa diferença, é certo que a outra era vista e notada ao pé dela, de tal jeito que Sofia, que começara por louvá-la em toda a parte, não a **deslouvava** agora, mas ouvia calada as admirações***. Falava bem; mas, quando calava, era por muito tempo; dizia que eram os seus **calundus**. Contradançava sem vida, que é a perfeição desse gênero de recreio; gostava

Escravaria: **grupo de escravos.**

*** A língua francesa era muito comum no Rio de Janeiro da época.**

**** Sofia, assim como a maioria, não dominava profundamente a língua francesa; sabia apenas o necessário para conversas superficiais de salão. Mas saber esse pouco era importante na vida social, era sinal de *status*.**

Deslouvava: **falava mal.**

***** Por que os elogios que Maria Benedita recebe começam a incomodar Sofia?**

Calundus: **crises de mau humor.**

muito de ver **polcar e valsar**. Sofia, imaginando que era por medo que a prima não valsava nem polcava, quis dar-lhe algumas lições em casa, sozinhas, com o marido ao piano; mas a prima recusava sempre.

— Isso é ainda um bocadinho de casca da roça — disse-lhe uma vez Sofia.

Maria Benedita sorriu de um modo tão particular que a outra não insistiu. Não foi riso de vexame, nem de despeito nem de desdém. Desdém, por quê? Contudo é certo que o riso parecia vir de cima. Não menos o é que Sofia polcava e valsava com ardor, e ninguém se pendurava melhor do ombro do parceiro: Carlos Maria, que era raro dançar, só valsava com Sofia — dois ou três giros, dizia ele; Maria Benedita contou uma noite quinze minutos.

69

Os quinze minutos foram contados no relógio do Rubião, que estava ao pé da Maria Benedita e a quem ela perguntou duas vezes que horas eram, no princípio e no fim da valsa. A própria moça inclinou-se para ver bem o ponteiro dos minutos*.

— Está com sono? — perguntou Rubião.

Maria Benedita olhou para ele de soslaio. Viu-lhe o rosto plácido, sem intenção nem riso.

— Não — respondeu. — Digo-lhe até que estou com medo que prima Sofia se lembre de ir cedo para casa.

— Não vai cedo. Já acabou a desculpa de Santa Teresa, por causa da subida. A casa fica perto daqui.

De fato, as duas moravam agora na Praia do Flamengo, e o baile era na Rua dos Arcos.

É de saber que tinham decorrido oito meses desde o princípio do capítulo anterior, e muita coisa estava

Polcar e valsar: dançar polca e valsa, danças consideradas sensuais demais porque os parceiros ficavam com os corpos quase colados.

*** O que pode ter levado a moça a querer saber a duração exata daquela dança?**

mudada. Rubião é sócio do marido de Sofia, em uma casa de importação, à Rua da Alfândega, sob a firma Palha & Cia*. Era o negócio que este ia propor-lhe naquela noite em que achou o Camacho na casa de Botafogo. Apesar de fácil, Rubião recuou algum tempo. Pediam-lhe uns bons pares de contos de réis, não entendia de comércio, não lhe tinha inclinação. Demais, os gastos particulares eram já grandes; o capital precisava do **regímen** do bom juro e alguma poupança, a ver se recobrava as cores e as carnes primitivas. O regímen que lhe indicavam não era claro: Rubião não podia compreender os algarismos do Palha, cálculos de lucros, tabelas de preço, direitos da alfândega, nada; mas a linguagem falada supria a escrita. Palha dizia coisas extraordinárias, aconselhava ao amigo que aproveitasse a ocasião para pôr o dinheiro a caminho, multiplicá-lo. Se tinha medo, era diferente; ele, Palha, faria o negócio com John Roberts, sócio que foi da casa Wilkinson, fundada em 1844, cujo chefe voltou para a Inglaterra e era agora membro do Parlamento.

Rubião não cedeu logo, pediu prazo, cinco dias. Consigo era mais livre; mas dessa vez a liberdade só servia para atordoá-lo. Computou os dinheiros despendidos, avaliou os rombos feitos no cabedal que lhe deixara o filósofo. Quincas Borba, que estava com ele no gabinete, deitado, levantou casualmente a cabeça e fitou-o. Rubião estremeceu; a suposição de que naquele Quincas Borba podia estar a alma do outro nunca se lhe varreu inteiramente do cérebro. Dessa vez chegou a ver-lhe um tom de censura nos olhos; riu-se, era tolice; cachorro não podia ser homem. Insensivelmente, porém, abaixou a mão e coçou as orelhas ao animal, para captá-lo.

Atrás dos motivos de recusa, vieram outros contrários. E se o negócio rendesse? Se realmente lhe multiplicasse o que tinha? Acrescia que a posição era respeitável e podia trazer-lhe vantagens na eleição, quando houvesse de propor-se ao Parlamento, como o velho chefe da casa Wilkinson. Outra razão mais forte ainda

*** Palha e Sofia mudaram-se de Santa Teresa para o Flamengo, um bairro mais nobre. Como se vê, a sociedade com Rubião melhorou a vida do casal. Observe ainda que a firma foi registrada com o nome de Palha em destaque.**

Regímen: o mesmo que regime.

era o receio de magoar o Palha, de parecer que lhe não confiava dinheiros, quando era certo que, dias antes, recebera parte da dívida antiga, e a outra parte restante devia ser-lhe restituída dentro de dois meses.

Nenhum desses motivos era pretexto de outro; vinham de si mesmos. Sofia só apareceu no fim, sem deixar de estar nele, desde o princípio, ideia latente, inconsciente, uma das causas últimas do ato, e a única dissimulada. Rubião abanou a cabeça para expeli-la e levantou-se. Sofia (dona astuta!) recolheu-se à inconsciência do homem, respeitosa da liberdade moral, e deixou-o resolver por si mesmo que entraria de sócio com o marido, mediante certas cláusulas de segurança. Foi assim que se fez a sociedade comercial; assim é que Rubião legalizou a assiduidade das suas visitas.

— Senhor Rubião — disse Maria Benedita depois de alguns segundos de silêncio, — não lhe parece que minha prima é bem bonita?

— Não desfazendo na senhora, acho.

— Bonita e bem-feita.

Rubião aceitou o complemento. Um e outro acompanharam com os olhos o par de valsistas, que passeava ao longo do salão. Sofia estava magnífica. Trajava de azul-escuro, mui decotada — pelas razões ditas no capítulo 35; os braços nus, cheios, com uns tons de ouro-claro, ajustavam-se às **espáduas** e aos seios, tão acostumados ao gás do salão. Diadema de **pérolas feitiças**, tão bem-acabadas, que iam de par com as duas pérolas naturais, que lhe ornavam as orelhas, e que Rubião lhe dera um dia.

Ao lado dela, Carlos Maria não ficava mal. Era um rapaz galhardo, como sabemos, e trazia os mesmos olhos plácidos do almoço do Rubião. Não tinha as **maneiras súditas**, nem as curvas reverentes dos outros rapazes; exprimia-se com a graça de um rei benévolo. Entretanto, se, à primeira vista, parecia fazer apenas um obséquio àquela senhora, não é menos certo que ia desvanecido por trazer ao lado a mais esbelta mulher da noite. Os dois sentimentos não se contradiziam; fundiam-se

Espáduas: ombros.

Pérolas feitiças: pérolas falsas.

Maneiras súditas: modos submissos.

ambos na adoração que esse moço tinha de si mesmo. Assim, o contato de Sofia era para ele como a **prosternação** de uma devota. Não se admirava de nada. Se um dia acordasse imperador, só se admiraria da demora do ministério em vir cumprimentá-lo*.

— Vou descansar um pouco — disse Sofia.

— Está cansada ou... aborrecida? — perguntou-lhe o **braceiro**.

— Oh! Cansada apenas!

Carlos Maria, arrependido de haver suposto a outra hipótese, deu-se pressa em eliminá-la.

— Sim, creio; por que é que estaria aborrecida? Mas eu afirmo que é capaz de fazer-me o sacrifício de passear ainda algum tempo. Cinco minutos?

— Cinco minutos.

— Nem mais um que seja? Pela minha parte passearia a eternidade.

Sofia abaixou a cabeça.

— Com a senhora, note bem.

Sofia deixou-se ir com os olhos no chão, sem contestar, sem concordar, sem agradecer, ao menos. Podia não ser mais que uma galanteria, e as galanterias é de uso que se agradeçam. Já lhe tinha ouvido outrora palavras análogas, dando-lhe a primazia entre as mulheres deste mundo. Deixou de as ouvir durante seis meses — quatro que ele gastou em Petrópolis, dois em que lhe não apareceu. Ultimamente é que tornou a frequentar a casa, a dizer-lhe finezas daquelas, ora em particular, ora à vista de toda a gente. Deixou-se ir; e ambos foram andando calados, calados, calados, até que ele rompeu o silêncio, notando-lhe que o mar defronte à casa dela batia com muita força, na noite anterior.

— Passou lá? — perguntou Sofia.

— Estive lá; ia pelo Catete, já tarde, e lembrou-me descer à Praia do Flamengo. A noite era clara; fiquei cerca de uma hora, entre o mar e a sua casa. A senhora aposto que nem sonhava comigo. Entretanto eu quase que ouvia a sua respiração.

Prosternação: reverência.

*** Repare na ironia desse comentário do narrador, que ressalta a vaidade de Carlos Maria.**

Braceiro: acompanhante que dá o braço.

Sofia tentou sorrir; ele continuou:

— O mar batia com força, é verdade, mas o meu coração não batia menos rijamente; com essa diferença que o mar é estúpido, bate sem saber por quê, e o meu coração sabe que batia pela senhora.

— Oh! — murmurou Sofia.

Com espanto? Com indignação? Com medo? São muitas perguntas a um tempo. Estou que a própria dama não poderia responder exatamente, tal foi o abalo que lhe trouxe a declaração do moço. Em todo caso, não foi com incredulidade. Não posso dizer mais senão que a exclamação saiu tão frouxa, tão abafada, que ele mal pôde ouvi-la. Pela sua parte, Carlos Maria disfarçou bem, ante os olhos de toda a sala; nem antes, nem durante, nem depois das palavras, mostrou no rosto a menor comoção; tinha até umas sombras de riso **cáustico**, um riso de seu uso, quando mofava de alguém; parecia ter dito um **epigrama**. Contudo mais de um olho de mulher espreitava a alma de Sofia, estudava o gesto da moça, tal ou qual acanhado, e as pálpebras teimosamente caídas.

— A senhora está perturbada — disse ele; — disfarce com o leque.

Sofia maquinalmente entrou a abanar-se e levantou os olhos. Viu que muitos outros a fitavam, e empalideceu*. Os minutos iam correndo, com a mesma brevidade dos anos; os primeiros cinco e os segundos iam longe; estavam no décimo terceiro, atrás desse iam apontando as asas de outro, e mais outro. Sofia disse ao braceiro que queria sentar-se.

— Vou deixá-la e retiro-me.

— Não — disse ela, precipitadamente.

Depois, emendou-se:

— O baile está bonito.

— Está, mas eu quero levar comigo a melhor recordação da noite. Qualquer outra palavra que ouça agora será como o coaxar das rãs, depois do canto de um lindo pássaro, um dos seus pássaros lá de casa. Onde quer que a deixe?

— Ao lado de minha prima.

Cáustico: sarcástico, irônico.

Epigrama: frase espirituosa, provocante e engraçada.

*** Sofia, que normalmente sabe controlar suas emoções, como já vimos, atrapalha-se diante de Carlos Maria. Este, por sua vez, nunca deixa transparecer o que de fato está sentindo. Ele estaria brincando com os sentimentos dela?**

70

Rubião cedeu a cadeira e acompanhou Carlos Maria, que atravessou a sala, e foi até o gabinete de entrada, onde estavam os sobretudos e uns dez homens conversando. Antes que o rapaz entrasse no gabinete, Rubião pegou-lhe do braço, familiarmente, para lhe perguntar alguma coisa — fosse o que fosse —, mas, em verdade, para retê-lo consigo e procurar sondá-lo. Começava a crer possível ou real uma ideia que o atormentava desde muitos dias. Agora, a conversação dilatada, os modos dela...

Carlos Maria não tinha notícia da longa paixão do mineiro, guardada, mortificada, não se podendo confessar a ninguém — esperando os benefícios do acaso —, contentando-se de pouco, da simples vista da pessoa, dormindo mal as noites, dando dinheiro para as operações mercantis... Que ele não tinha ciúmes do marido. Nunca a intimidade do casal lhe excitara os ódios contra o legítimo senhor. E lá iam meses e meses, sem alteração do sentimento, nem morte da esperança. Mas a possibilidade de um rival de fora veio atordoá-lo; aqui é que o ciúme trouxe ao nosso amigo uma dentada de sangue.

— Que é? — disse Carlos Maria, voltando-se.

Ao mesmo tempo entrou no gabinete, onde os dez homens tratavam de política, porque esse baile — ia-me esquecendo dizê-lo — era dado em casa de Camacho, a propósito dos anos da mulher. Quando os dois ali entraram, a conversação era geral, o assunto o mesmo, e todos falavam para todos — um turbilhão de ditos, de pareceres, de afirmações diversas... Um, que era doutrinário, conseguiu dominar os outros, que se calaram por instantes, fumando.

— Podem fazer tudo — disse o doutrinário, — mas a punição moral é certa. As dívidas dos partidos pagam-se com juros até o último real e até a última geração. Princípios não morrem; os partidos que o esquecem expiram no lodo e na **ignomínia**.

Ignomínia: desonra, infâmia.

Outro, meio calvo, não acreditava na punição moral, e dizia por quê; mas um terceiro aludiu à demissão de uns coletores, e os espíritos, meio tontos com a doutrina, tomaram pé. Os coletores não tinham outra culpa, além da opinião; e nem ao menos se podia defender o ato com o merecimento dos substitutos. Um desses trazia às costas um desfalque; outro era cunhado de um tal Marques que dera um tiro de garrucha no delegado, em São José dos Campos... E os novos tenentes-coronéis? Verdadeiros réus de polícia.

— Já se vai embora? — perguntou Rubião ao moço, quando o viu tirar o sobretudo dentre os outros.

— Já; estou com sono. Ajude-me a enfiar essa manga. Estou com sono.

— Mas ainda é cedo; fique. O nosso Camacho não deseja que os rapazes saiam; quem é que há de dançar com as moças?

Carlos Maria replicou sorrindo que era pouco dado a danças. Valsava com dona Sofia, por ser mestra no ofício; senão, nem isso. Estava com sono; preferia a cama à orquestra*. E estendeu-lhe a mão com benignidade; Rubião apertou-lha, meio incerto.

Não sabia que pensasse. O fato de sair, de a deixar no baile, em vez de esperar para acompanhá-la à carruagem, como de outras vezes... Podia ser engano dele... E pensava, recordava a noite de Santa Teresa, quando ele ousou declarar à moça o que sentia, pegando-lhe na bela mão delicada... O major interrompera-os; mas por que não insistiu ele mais tarde? Nem ela o maltratou nem o marido percebera coisa nenhuma... Aqui voltava a ideia do possível rival; é certo que se retirara com sono, mas os modos dela... Rubião ia à porta do salão, para ver Sofia, depois chegava-se a um canto, ou à mesa do voltarete, inquieto, aborrecido.

*** Os bailes nas casas particulares eram animados por conjuntos de músicos. A sofisticação do conjunto variava conforme a riqueza do dono da casa.**

71

Em casa, ao despentear-se, Sofia falou daquele sarau como de uma coisa enfadonha. Bocejava, doíam-lhe as pernas. Palha discordava; era má disposição dela. Se lhe doíam as pernas é porque dançara muito. Ao que retorquiu a mulher que, se não dançasse, teria morrido de tédio. E ia tirando os grampos, deitando-os num vaso de cristal; os cabelos caíam-lhe aos poucos sobre os ombros, mal cobertos pela camisola de cambraia. Palha, por trás dela, disse-lhe que o Carlos Maria valsava muito bem. Sofia estremeceu*; fitou-o no espelho, o rosto era plácido. Concordou que não valsava mal.

— Não, senhora, valsa muito bem.

— Você louva os outros porque sabe que ninguém é capaz de o desbancar. Anda, meu vaidoso, já te conheço.

Palha, estendendo a mão e pegando-lhe no queixo, obrigou-a a olhar para ele. Vaidoso por quê? Por que é que ele era vaidoso?

— Ai — gemeu Sofia, — não me machuques.

Palha beijou-lhe a espádua; ela sorriu, sem tédio, sem dor de cabeça, ao contrário daquela noite de Santa Teresa, em que relatou ao marido os atrevimentos do Rubião**. É que os morros serão doentios, e as praias saudáveis.

No dia seguinte, Sofia acordou cedo, ao som dos trilos da passarada de casa, que parecia dar-lhe um recado de alguém. Deixou-se estar na cama, e fechou os olhos para ver melhor.

Ver melhor o quê? Não, seguramente, os morros doentios. A praia era outra coisa. Posta à janela, dali a meia hora, Sofia contemplava as ondas que vinham morrer defronte e, ao longe, as que se levantavam e desfaziam à entrada da barra. A imaginosa dama perguntava a si mesma se aquilo era a valsa das águas, e deixava-se ir por essa torrente abaixo, sem velas nem

*** Por que o comentário do marido teria provocado esse sobressalto de Sofia?**

**** Por que nesse momento Sofia não conta ao marido que ouviu uma declaração de amor, como fez no capítulo 50? O que insinua o narrador ao dizer que, desta vez, ela não estava com dor de cabeça?**

remos. Deu consigo olhando para a rua, ao pé do mar, como procurando os sinais do homem que ali estivera, na antevéspera, alta noite... Não juro, mas cuido que achou os sinais. Ao menos, é certo que cotejou o achado com o texto da conversação:

"A noite era clara; fiquei cerca de uma hora, entre o mar e a sua casa. A senhora aposto que nem sonhava comigo. Entretanto eu quase que ouvia a sua respiração. O mar batia com força, é verdade, mas o meu coração não batia menos rijamente; com essa diferença que o mar é estúpido, bate sem saber por quê, e o meu coração sabe que batia pela senhora."

Sofia teve um calafrio, procurou esquecer o texto, mas o texto ia se repetindo: "A noite era clara...".

72

Entre duas frases, sentiu que alguém lhe punha a mão no ombro; era o marido, que acabava de tomar café e ia para a cidade. Despediram-se afetuosamente: Cristiano recomendou-lhe Maria Benedita, que acordara muito aborrecida.

— Já de pé! — exclamou Sofia.

— Quando eu desci, já a achei na sala de jantar. Acordou com a mania de ir para a roça; teve um sonho... Não sei que...

— Calundus*! — concluiu Sofia.

E com os dedos hábeis e leves concertou a gravata ao marido, puxou-lhe a gola do fraque** para diante, e despediram-se outra vez. Palha desceu e saiu; Sofia deixou-se estar à janela. Antes de dobrar a esquina, ele voltou a cabeça e, na forma do costume, disseram adeus com a mão.

*** O que pode ter acontecido no baile para deixar Maria Benedita tão mal-humorada?**

**** Observe a imitação da moda europeia em pleno calor tropical.**

73

"A noite era clara; fiquei cerca de uma hora entre o mar e a sua casa. A senhora aposto que...".

Quando Sofia pôde arrancar-se de todo à janela, o relógio de baixo batia nove horas. Zangada, arrependida, jurou a si mesma, pela alma da mãe, não pensar mais em semelhante episódio. Considerou que não valia nada; o erro foi deixar que o rapaz chegasse ao fim dos seus atrevimentos. Verdade é que, procedendo assim, evitou algum grande escândalo, porque ele era capaz de a acompanhar até a cadeira e dizer-lhe o resto ao pé de outras pessoas. E o resto repetia-se ainda uma vez na memória dela, como um trecho musical teimoso, as mesmas palavras, e a mesma voz: "A noite era clara; fiquei cerca de uma hora...".

74

Enquanto ela repetia a declaração da véspera, Carlos Maria abria os olhos, estirava os membros, e, antes de ir para o banho, vestir-se e dar um passeio a cavalo*, reconstruiu a véspera. Tinha esse costume; achava sempre nos **sucessos** do dia anterior algum fato, algum dito, alguma nota que lhe fazia bem. Aí é que o espírito se demorava; aí eram as estalagens do caminho, onde ele descavalgava, para beber vagarosamente um gole d'água fresca. Se não havia sucesso nenhum desses — ou se os havia só contrários, nem por isso as sensações eram desconfortativas —, bastava-lhe o sabor de alguma palavra que ele mesmo houvesse dito, de algum gesto que fizesse, a contemplação subjetiva, o gosto de ter sentido viver, para que a véspera não fosse um dia perdido.

*** Repare nas "ocupações" de Carlos Maria, que representa um típico jovem da classe alta da época.**

Sucessos: acontecimentos.

Na véspera figurava Sofia. Parece até que foi o principal da reconstrução, a fachada do edifício, larga e magnífica. Carlos Maria saboreou de memória toda a conversação da noite, mas, quando se lembrou da confissão de amor, sentiu-se bem e mal. Era um compromisso, um estorvo, uma obrigação; e, posto que o benefício corrigisse o tédio, o rapaz ficou entre uma e outra sensação, sem plano. Ao recordar-se da notícia que lhe deu de haver ido à Praia do Flamengo, na outra noite, não pôde **suster** o riso porque não era verdade. Nascera-lhe a ideia da própria conversação; mas nem lá foi nem pensara nisso. Afinal susteve o riso, e até se arrependeu dele; o fato de haver mentido trouxe-lhe uma sensação de inferioridade, que o abateu. Chegou a pensar em retificar o que dissera, logo que estivesse com Sofia, mas reconheceu que a emenda era pior que o soneto, e que há bonitos sonetos mentirosos*.

Depressa ergueu a alma. Viu de memória a sala, os homens, as mulheres, os leques impacientes, os bigodes despeitados, e estirou-se todo num banho de inveja e admiração. De inveja alheia, note-se bem; ele carecia desse sentimento ruim. A inveja e a admiração dos outros é que lhe davam ainda agora uma delícia íntima. A princesa do baile entregava-se-lhe. Definia assim a superioridade de Sofia, posto lhe conhecesse um defeito capital — a educação. Achava que as maneiras polidas da moça vinham da imitação adulta, após o casamento, ou pouco antes, que ainda assim não subiam muito do meio em que vivia.

75

Outras mulheres vieram ali — as que o preferiam aos demais homens no trato e na contemplação da pessoa. Se as **requestava** ou requestara todas? Não

Suster: impedir.

*** Sofia, que sabe enganar e seduzir, é enganada e seduzida por Carlos Maria. Ela está levando a sério uma declaração de amor que para ele não passa de uma brincadeira.**

Requestava: cortejava, assediava.

se sabe. Algumas, vá: é certo, porém, que se deleitava com todas elas. Tais havia de provada honestidade que folgavam de o trazer ao pé de si, para gostar o contato de um belo homem, sem a realidade nem o perigo da culpa — como o espectador que se regala das paixões de Otelo e sai do teatro com as mãos limpas da morte de **Desdêmona**.

Vinham todas rodear o leito de Carlos Maria, tecendo-lhe a mesma grinalda. Nem todas seriam moças em flor; mas a distinção supria a **juvenilidade**. Carlos Maria recebia-as, como um deus antigo devia receber, quieto no mármore, as lindas devotas e suas oferendas. No burburinho geral distinguia as vozes de todas — não todas a um tempo —, mas às três e às quatro.

A derradeira delas foi a da recente Sofia; escutou-a ainda namorado, mas sem o alvoroço do princípio, porque a lembrança das outras donas, pessoas de qualidade, diminuía agora a importância desta. Contudo, não podia negar que era mui atrativa e que valsava perfeitamente. Chegaria a amar com força? Nisso apareceu-lhe outra vez a mentira da praia. Levantou-se aborrecido da cama:

— Quem diabo me mandou dizer semelhante coisa?

Tornou a sentir o desejo de restabelecer a verdade; e dessa vez mais seriamente que da outra. Mentir, pensava ele, era para os lacaios e seus congêneres.

Daí a meia hora, trepava ao cavalo e saía de casa, que era na Rua dos Inválidos. Catete adiante, lembrou-se que a casa de Sofia era na Praia do Flamengo; nada mais natural que torcer a rédea, descer uma das ruas perpendiculares ao mar e passar pela porta da valsista. Achá-la-ia talvez à janela; vê-la-ia corar, cumprimentá-lo. Tudo isto passou pela cabeça ao rapaz, em poucos segundos; chegou a dar um jeito à rédea, mas a alma — não o cavalo —, a alma empinou; era ir muito depressa atrás dela. Deu outro jeito à rédea e continuou o passeio.

Desdêmona: Otelo e Desdêmona são personagens da tragédia *Otelo*, de Shakespeare (1564-1616). Otelo, levado por um ciúme doentio, assassina sua inocente mulher.

Juvenilidade: juventude.

76

Montava bem. Toda a gente que passava, ou estava às portas, não se fartava de mirar a postura do moço, o garbo, a tranquilidade régia com que se deixava ir. Carlos Maria — este era o ponto em que cedia à multidão — recolhia as admirações todas, por ínfimas que fossem. Para adorá-lo, todos os homens faziam parte da humanidade.

77

— Já de pé! — repetiu Sofia, ao ver a prima lendo os jornais.

Maria Benedita teve um sobressalto, mas aquietou-se logo; dormira mal, e acordou cedo. Não estava para aquelas folias até tão tarde, disse ela, mas a outra replicou logo que era preciso acostumar-se, a vida do Rio de Janeiro não era a mesma da roça, dormir com as galinhas e acordar com os galos. Depois perguntou-lhe que impressões trouxera do baile; Maria Benedita levantou os ombros com indiferença, mas verbalmente respondeu que boas. As palavras saíam-lhe poucas e moles. Sofia, entretanto, ponderou-lhe que dançara muito, salvo polcas e valsas. E por que não havia de polcar e valsar também? A prima lançou-lhe uns olhos maus.

— Não gosto.

— Qual não gosta! É medo.

— Medo?

— Falta de costume — explicou Sofia.

— Não gosto que um homem me aperte o corpo ao seu corpo, e ande comigo, assim, à vista dos outros. Tenho vexame*.

Sofia tornou-se séria; não se defendeu nem continuou, falou da roça, perguntou se era certo o que lhe

*** Para uma moça da roça, essas danças eram imorais, pois os corpos dos parceiros ficavam muito próximos. Sofia não tem como contradizer a prima e muda de assunto.**

dissera Cristiano, que ela queria ir para casa. Então a prima, que folheava os jornais à toa, respondeu animadamente que sim; não podia viver sem a mãe.

— Mas por quê? Você não estava tão contente conosco?

Maria Benedita não disse nada; passeou os olhos em um dos jornais, como se procurasse alguma notícia, trincando o beiço, trêmula, inquieta. Sofia teimou em querer saber a causa daquela mudança repentina; pegou-lhe nas mãos, achou-as frias.

— Você precisa casar — disse finalmente. — Tenho já um noivo.

Era Rubião; o Palha queria acabar por aí, casando o sócio com a prima; tudo ficava em casa, dizia ele à mulher. Esta tomou a si guiar o negócio. Acudia-lhe agora a promessa; — tinha um noivo pronto.

— Quem? — perguntou Maria Benedita.

— Uma pessoa.

Crê-lo-eis, pósteros? Sofia não pôde soltar o nome de Rubião. Já uma vez dissera ao marido havê-lo proposto, e era mentira. Agora, indo a propô-lo deveras, o nome não lhe saiu da boca. Ciúmes? Seria singular que essa mulher, que não tinha amor àquele homem, não quisesse dá-lo de noivo à prima; mas a natureza é capaz de tudo, amigo e senhor. Inventou o ciúme de Otelo e o do cavaleiro **Des Grieux**, podia inventar esse outro de uma pessoa que não quer ceder o que não quer possuir.

— Mas quem? — repetiu Maria Benedita.

— Direi depois, deixe-me arranjar as coisas — respondeu Sofia, e mudou de conversa.

Maria Benedita trocou de rosto; a boca encheu-se-lhe de riso, um riso de alegria e de esperança. Os olhos agradeceram a promessa, e disseram palavras que ninguém podia ouvir nem entender, palavras obscuras:

— Gosta de valsar; é o que é.

Gosta de valsar quem? Provavelmente a outra. Tinha valsado tanto na véspera, com o mesmo Carlos Maria,

Crê-lo-eis, pósteros?: construção que significa "acreditarão nisso, futuros leitores?".

Des Grieux: personagem do romance *Manon Lescaut*, do francês Prévost (1697-1763).

que bem se poderia achar na dança um pretexto; Maria Benedita concluía agora que era o próprio e único motivo. Conversavam muito nos intervalos, é certo, mas naturalmente era dela que falava, uma vez que a prima tinha a peito casá-la e só lhe pedia que deixasse arranjar as coisas. Talvez ele a achasse feia, ou sem graça. Uma vez, porém, que a prima queria arranjar as coisas... Tudo isso diziam os olhos **gaios** da menina.

78

Rubião é que não perdeu a suspeita assim tão facilmente. Pensou em falar a Carlos Maria, interrogá-lo, e chegou a ir à Rua dos Inválidos, no dia seguinte, três vezes; não o encontrando, mudou de parecer. Encerrou-se por alguns dias; o major Siqueira arrancou-o à solidão. Ia participar-lhe que se mudara para a Rua Dois de Dezembro. Gostou muito da casa do nosso amigo, das alfaias, do luxo, de todas as minúcias, ouros e **bambinelas**. Sobre esse assunto discorreu longamente, relembrando alguns móveis antigos. Parou de repente, para dizer que o achava aborrecido; era natural, faltava-lhe ali um complemento.

— O senhor é feliz, mas falta-lhe aqui uma coisa; falta-lhe mulher. O senhor precisa casar. Case-se, e diga que eu o engano.

Rubião lembrou-se de Santa Teresa — daquela famosa noite da conversação com Sofia —, e sentiu correr-lhe um frio pelas costas; mas a voz do major não tinha nenhum sarcasmo. Tampouco era animada de interesse. A filha estava ainda qual a deixamos no capítulo 43, com a diferença que os quarenta anos vieram. Quarentona, solteirona. Gemeu-os consigo, logo de manhã, no dia em que os completou; não pôs fita nem rosa no cabelo. Nenhuma festa; tão somente um discurso do pai, ao almoço, lembrando-lhe a vida de criança, anedotas

Gaios: alegres. Observe que Maria Benedita está triste no começo do capítulo e, no final, já se mostra alegre. O que teria provocado essa mudança?

Bambinelas: cortinas franjadas e apanhadas para o lado.

da mãe e da avó, um **dominó** de baile de máscaras, um batizado de 1848, a **solitária** de um coronel Clodomiro, várias coisas assim de mistura, para entreter as horas. Dona Tonica mal podia ouvi-lo; metida em si mesma, ia roendo o pão da solitude moral, ao passo que se arrependia dos últimos esforços empregados na busca de um marido. Quarenta anos; era tempo de parar.

Nada disso lembrava agora ao major. Era sincero; achou que a casa de Rubião não tinha alma. E repetiu, ao despedir-se:

— Case-se, e diga que eu o engano.

79

E por que não? — perguntou uma voz, depois que o major saiu.

Rubião, apavorado, olhou em volta de si; viu apenas o cachorro, parado, olhando para ele. Era tão absurdo crer que a pergunta viria do próprio Quincas Borba — ou antes, do outro Quincas Borba, cujo espírito estivesse no corpo deste —, que o nosso amigo sorriu com desdém; mas, ao mesmo tempo, executando o gesto do capítulo 49, estendeu a mão e coçou amorosamente as orelhas e a nuca do cachorro — ato próprio a dar satisfação ao possível espírito do finado.

Era assim que o nosso amigo se desdobrava, sem público, diante de si mesmo.

80

Mas a voz repetiu: "E por que não?". Sim, por que não havia de casar, continuou ele raciocinando. Mataria

Dominó: fantasia formada de uma longa túnica com capuz e mangas.

Solitária: um tipo de colar.

a paixão que o ia comendo aos poucos, sem esperança nem consolação. Demais, era a porta de um mistério. Casar, sim; casar logo e bem.

Estava ao portão quando essa ideia começou a **abotoar**; foi dali para dentro, subindo os degraus de pedra, abrindo a porta, sem consciência de nada. Ao fechar a porta é que um pulo do Quincas Borba, que o viera acompanhando, **fê-lo** dar por si. Onde ficara o major? Quis descer para vê-lo, mas advertiu a tempo que acabava de o acompanhar até a rua. As pernas tinham feito tudo; elas é que o levaram por si mesmas, direitas, lúcidas, sem tropeço, para que ficasse à cabeça tão somente a tarefa de pensar. Boas pernas! Pernas amigas; muletas naturais do espírito!

Santas pernas! Elas o levaram ainda ao canapé, estenderam-se com ele, devagarinho, enquanto o espírito trabalhava a ideia do casamento. Era um modo de fugir a Sofia; podia ser ainda mais.

Sim, podia ser também um modo de restituir à vida a unidade que perdera, com a troca do meio e da fortuna; mas essa consideração não era propriamente filha do espírito nem das pernas, mas de outra causa, que ele não distinguia bem nem mal, como a aranha. Que sabe a aranha a respeito de **Mozart**? Nada; entretanto ouve com prazer uma sonata do mestre. O gato, que nunca leu **Kant**, é talvez um animal metafísico. Em verdade, o casamento podia ser o laço da unidade perdida. Rubião sentia-se disperso; os próprios amigos de trânsito, que ele amava tanto, que o cortejavam tanto, davam-lhe à vida um aspecto de viagem, em que a língua mudasse com as cidades, ora espanhol, ora turco. Sofia contribuía para esse estado; era tão diversa de si mesma, ora isso, ora aquilo, que os dias iam passando sem acordo fixo, nem desengano perpétuo.

Rubião não tinha o que fazer; para matar os dias longos e vazios, ia às sessões do júri, à Câmara dos Deputados, à passagem dos batalhões, dava grandes passeios, fazia visitas desnecessárias, à noite, ou ia aos

Abotoar: despontar.

Fê-lo: o fez.

Mozart (1756-1791): famoso compositor austríaco.

Kant (1724-1804): importante filósofo alemão.

teatros, sem prazer. A casa era ainda um bom repouso ao espírito, com o seu luxo rutilante e os sonhos que vagavam no ar.

Ultimamente, ocupava-se muito em ler; lia romances, mas só os históricos de **Dumas pai**, ou os contemporâneos de **Feuillet**, esses com dificuldade, por não conhecer bem a língua original. Dos primeiros sobravam traduções. Arriscava-se a algum mais, se lhe achava o principal dos outros, uma sociedade fidalga e régia. Aquelas cenas da corte de França, inventadas pelo maravilhoso Dumas, e os seus nobres espadachins e aventureiros, as condessas e os duques de Feuillet, metidos em estufas ricas, todos eles com palavras mui compostas, polidas, altivas ou graciosas, faziam-lhe passar o tempo às carreiras. Quase sempre, acabava com o livro caído e os olhos no ar, pensando. Talvez algum velho marquês defunto lhe repetisse anedotas de outras eras.

81

Antes de cuidar da noiva, cuidou do casamento. Naquele dia e nos outros, compôs de cabeça as pompas matrimoniais, os **coches** — se ainda os houvesse antigos e ricos, quais ele via gravados nos livros de usos passados. Oh! Grandes e soberbos coches! Como ele gostava de ir esperar o imperador, nos dias de grande gala, à porta do paço da cidade, para ver chegar o préstito imperial, especialmente o coche de sua majestade, vastas proporções, fortes molas, finas e velhas pinturas, quatro ou cinco **parelhas** guiadas por um cocheiro grave e digno! Outros vinham, menores em grandeza, mas ainda assim tão grandes que enchiam os olhos.

Um desses outros, ou ainda algum menor, podia servir-lhe às bodas, se toda a sociedade não estivesse já nivelada pelo vulgar *coupé*. Mas, enfim, iria de *coupé*,

Dumas pai: **Alexandre Dumas (1802-1870) foi um escritor francês, autor de vários romances famosos, entre os quais *Os três mosqueteiros* e *O conde de Monte Cristo*. Foi pai de outro conhecido escritor, também chamado Alexandre Dumas, que publicou *A dama das camélias*, entre outros livros.**

Feuillet (1821-1890): **escritor francês muito lido no Brasil no século XIX.**

Coches: **carruagens.**

Parelhas: **duplas de animais.**

imaginava-o forrado magnificamente de quê? De uma fazenda que não fosse comum, que ele mesmo não distinguia, por ora; mas que daria ao veículo o ar que não tinha. Parelha rara. Cocheiro fardado de ouro! Oh! Mas um ouro nunca visto. Convidados de primeira ordem, generais, diplomatas, senadores, um ou dois ministros, muitas sumidades do comércio; e as damas, as grandes damas? Rubião nomeava-as de cabeça; via-as entrar, ele no alto da escada de um palácio, com olhar perdido por aquele tapete abaixo, elas atravessando o saguão, subindo os degraus com os seus sapatinhos de cetim, breves e leves — a princípio, poucas, depois mais e ainda mais. Carruagens após carruagens... Lá vinham os condes de Tal, um varão **guapo** e uma singular dama... "Caro amigo, aqui estamos", dir-lhe-ia o conde, no alto; e, mais tarde, a condessa: "Senhor Rubião, a festa é esplêndida..."

De repente, o **internúncio**... Sim, esquecera-se que o internúncio devia casá-los; lá estaria ele, com as suas meias roxas de monsenhor, e os grandes olhos napolitanos, em conversação com o ministro da Rússia. Os lustres de cristal e ouro alumiando os mais belos colos da cidade, casacas direitas, outras curvas ouvindo os leques que se abriam e fechavam, **dragonas** e **diademas**, a orquestra dando sinal para uma valsa. Então os braços negros, em ângulo, iam buscar os braços nus, enluvados até o cotovelo, e os pares saíam girando pela sala, cinco, sete, dez, doze, vinte pares. Ceia esplêndida. Cristais da Boêmia, louça da Hungria, vasos de Sèvres, criadagem **lesta** e fardada, com as iniciais do Rubião na gola*.

82

Esses sonhos iam e vinham. Que misterioso **Próspero** transformava assim uma ilha banal em **mascarada**

Guapo: bonito.

Internúncio: representante do Vaticano.

Dragonas: ornamentos de uniformes militares.

Diademas: ornamentos femininos.

Lesta: ativa, desembaraçada.

*** Aos poucos, Rubião vai mergulhando no mundo dos sonhos, desligando--se da realidade.**

Próspero: personagem da peça *A tempestade*, de Shakespeare (1564-1616). Ariel, citado mais adiante, é outro personagem dessa peça.

Mascarada: baile de máscaras.

sublime? "Vai, Ariel, traze aqui os teus companheiros, para que eu mostre a esse jovem casal alguns feitiços da minha feitiçaria." As palavras seriam as mesmas da comédia; a ilha é que era outra, a ilha e a mascarada. Aquela era a própria cabeça do nosso amigo; esta não se compunha de deusas nem de versos, mas de gente humana e prosa de sala. Mais rica era. Não esqueçamos que o Próspero de Shakespeare era um duque de Milão; e eis aí, talvez, por que se meteu na ilha do nosso amigo.

Em verdade, as noivas que apareciam ao lado do Rubião, naquele sonho de bodas, eram sempre **titulares**. Os nomes eram os mais sonoros e fáceis da nossa nobiliarquia. Eis aqui a explicação: poucas semanas antes, Rubião apanhou um ***Almanaque de Laemmert***, e, entrando a folheá-lo, deu com um capítulo dos titulares. Se ele sabia de alguns, estava longe de os conhecer a todos. Comprou um almanaque, e lia-o muitas vezes, deixando escorregar os olhos por ali abaixo, desde os marqueses até os barões, voltava atrás, repetia os nomes bonitos, trazia a muitos de cor. Às vezes, pegava da pena e de uma folha de papel, escolhia um título moderno ou antigo, e escrevia-o repetidamente, como se fosse o próprio dono e assinasse alguma coisa:

Marquês de Barbacena
Marquês de Barbacena
Marquês de Barbacena
Marquês de Barbacena
Marquês de Barbacena
Marquês de
Barbacena

Ia assim, até o fim da lauda, variando a letra, ora grossa, ora miúda, caída para trás, em pé, de todos os feitios. Quando acabava a folha, pegava nela, e comparava as assinaturas; deixava o papel e perdia-se no ar. Daí a **jerarquia** das noivas. O pior é que todas traziam a

Titulares: pessoas que tinham títulos de nobreza.

***Almanaque de Laemmert*:** almanaque informativo publicado no Rio de Janeiro pelos irmãos Laemmert, a partir de 1844.

Jerarquia: o mesmo que "hierarquia".

cara de Sofia: podiam parecer-se nos primeiros instantes com alguma vizinha, ou com a moça que ele cumprimentara, à tarde, na rua; podiam começar muito magras ou gordas; mas não tardavam em mudar de figura, encher ou desbastar o corpo, e sobre isso vinha rutilar o rosto da bela Sofia, com os seus mesmos olhos amotinados ou quietos. Não havia fugir, ainda casando*****? Rubião chegou a pensar na morte do Palha; foi em certo dia, ao sair da casa dele, tendo-lhe ouvido a ela uma porção de coisas bonitas e vagas. Grande foi a sensação de ventura, posto que ele repelisse logo a ideia, como um ruim agouro. Dias depois, trocadas as maneiras, tornava ele definitivamente aos seus planos. Mais de uma vez, era o próprio Palha que o acordava daqueles sonhos conjugais.

— Tem aonde ir hoje à noite?

— Não.

— Pegue lá uma entrada para o **Teatro Lírico**; camarote número oito, primeira ordem à esquerda.

Rubião chegava mais cedo, ia esperar por eles, e dava o braço a Sofia. Se ela estava de bom humor, a noite era das melhores do mundo. Se não, era um martírio, para repetir as próprias palavras dele, ao cão, um dia:

— Vim ontem de um martírio, meu pobre amigo.

— Case-se, e diga que eu o engano — latiu-lhe Quincas Borba.

— Sim, meu pobre amigo — acudiu ele pegando-lhe nas patas dianteiras e colocando-as sobre os joelhos. — Você tem razão; precisa de uma boa amiga que lhe dê cuidados que não posso ou não sei dar. Quincas Borba, você ainda se lembra do nosso Quincas Borba? Bom amigo meu, grande amigo, eu também fui amigo dele, dois grandes amigos. Se fosse vivo, seria o padrinho do meu casamento, levantaria os brindes — ao menos, o de honra, aos noivos —, e seria por um copo de ouro e diamantes, que eu lhe mandaria fazer de propósito... Grande Quincas Borba!

E o espírito de Rubião pairava sobre o abismo******.

*** Rubião está obcecado por Sofia. Não consegue tirá-la da cabeça.**

Teatro Lírico: famoso e elegante teatro carioca da época.

**** A realidade e a ilusão misturam-se cada vez mais na cabeça de Rubião. O que seria o "abismo" de que fala o narrador?**

83

Um dia, como houvesse saído mais cedo de casa e não soubesse onde passar a primeira hora, caminhou para o armazém. Desde uma semana que não ia à Praia do Flamengo, por haver Sofia entrado em um dos seus períodos de sequidão. Achou o Palha de luto; morrera a tia da mulher, dona Maria Augusta, na fazenda; a notícia chegara na antevéspera, à tarde.

— A mãe daquela mocinha?

— Justo.

Palha falou da defunta com muitos encarecimentos; depois contou a dor de Maria Benedita; estava que metia pena. Perguntou-lhe por que é que não ia ao Flamengo, logo à noite, para ajudá-los a distraí-la? Rubião prometeu ir.

— Vá, é favor que nos faz; a pobre pequena vale tudo. Não imagina que primor ali está. Boa educação, muito severa; e quanto a prendas de sociedade, se não as teve em criança, **ressarciu** o tempo perdido com rapidez extraordinária. Sofia é a mestra. E dona de casa? Isso, meu amigo, não sei se em tal idade se achará pessoa tão completa. Já agora fica conosco. Tem uma irmã, Maria José, casada com um juiz de direito, no Ceará; tem também o padrinho, em São João d'El-Rei. A defunta fazia-lhe muitos elogios; não creio que ele a mande buscar, mas ainda que mande, não a dou. Já agora é nossa. Não há de ser pelo que o padrinho lhe quiser deixar em testamento que nos desfaremos dela. Aqui ficará — concluiu, tirando com o dedo um pouco de poeira da gola do Rubião.

Rubião agradeceu. Depois, como estavam no escritório, ao fundo, olhou por entre as grades e viu entrar uns **fardos** no armazém. Perguntou o que traziam.

— São uns **morins** ingleses.

— Morins ingleses — repetiu Rubião, com indiferença.

— A propósito, sabe que a casa Morais & Cunha paga a todos os credores, integralmente?

Ressarciu: **compensou.**

Fardos: **grandes pacotes.**

Morins: **pano branco e fino, de algodão. No século XIX, o Brasil importava muito tecido da Inglaterra.**

Rubião não sabia nada, nem se a casa existia nem se eles eram credores dela; ouviu a notícia, respondeu que estimava muito, e dispôs-se a ir embora*. Mas o sócio reteve-o ainda alguns instantes. Estava alegre agora; parecia que não lhe morrera ninguém. Voltou a tratar de Maria Benedita. Tinha intenção de casá-la bem; nem ela era moça de **dar lérias a pelintras**, nem se deixava ir por fantasias tolas; era ajuizada, merecia um bom esposo, pessoa séria.

— Sim, senhor — ia dizendo Rubião.

— Olhe — murmurou de repente o sócio —, não se admire do que lhe vou dizer. Creio que você é que casa com ela.

— Eu? — acudiu Rubião, espantado. — Não, senhor. — E, em seguida, para atenuar o efeito da recusa: — Não nego que seja moça digna e perfeita, mas... por ora... não penso em casar...

— Ninguém lhe diz que seja amanhã ou depois; casamento não é coisa que se improvise. O que eu digo é que tenho cá um palpite. São coisas; palpites. Sofia nunca lhe contou esse meu palpite?

— Nunca.

— É esquisito, disse-me que lhe falara uma vez ou duas, não me lembro bem.

— Pode ser, sou muito distraído. Que queriam casar-me com a moça?

— Não, que eu tinha um palpite. Mas, deixemos isso. Demos tempo ao tempo.

— Adeus.

— Adeus; vá cedo.

84

"Com que então, Sofia queria casá-lo?", saiu pensando o Rubião; era naturalmente o processo mais

*** Apesar de ser sócio de Palha, Rubião vive totalmente alheio aos negócios, dando ao outro plena liberdade para fazer com o dinheiro o que achar melhor.**

Dar lérias a pelintras: dar atenção a malandros.

expedito para descartar-se dele. Casá-lo, fazê-lo seu primo. Rubião palmilhou muita rua, antes que chegasse a essa outra hipótese: talvez Sofia não se houvesse esquecido, mas mentisse de propósito ao marido para não dar andamento ao projeto. Nesse caso o sentimento era outro. Essa explicação pareceu-lhe lógica: a alma voltou à serenidade anterior.

85

Mas não há serenidade moral que corte uma polegada sequer às abas do tempo, quando a pessoa não tem maneira de o fazer mais curto. Ao contrário, a ânsia de ir ao Flamengo, à noite, vinha tornar as horas mais arrastadas. Era cedo, cedo para tudo, para ir à Rua do Ouvidor, para voltar a Botafogo. O doutor Camacho estava em Vassouras defendendo um réu no júri. Não havia divertimento algum público, festa nem sermão. Nada. Rubião, profundamente aborrecido, trocava as pernas, à toa, lendo as tabuletas, ou detendo-se ao simples incidente de um atropelo de carros. Em Minas, não se aborrecia tanto, por quê? Não achou solução ao enigma, uma vez que no Rio de Janeiro tinha mais em que se distrair, e que o distraía deveras; mas havia aqui horas de um tédio mortal.

Felizmente, há um deus para os **enojados**. Acudiu à memória do Rubião que o Freitas — aquele Freitas tão alegre — estava gravemente enfermo; Rubião chamou um tílburi e foi visitá-lo à Praia Formosa, onde morava. Gastou ali perto de duas horas, conversando com o doente; esse adormeceu, ele despediu-se da mãe — um caco de velha —, e à porta antes de sair:

— A senhora há de ter tido seus apertos de dinheiro — disse Rubião; e, vendo-a morder o beiço e baixar os olhos: — Não se envergonhe; necessidade aflige, mas não envergonha. Eu o que queria era que a senhora

Expedito: rápido.

Enojados: entediados.

aceitasse alguma coisa, que lhe vou deixar para acudir à despesa; pagará um dia, se puder...

Tinha aberto a carteira, tirou seis notas de vinte mil-réis, fez um bolo de todas elas e deixou-lho na mão. Abriu a porta e saiu. A velha, espantada, nem teve alma para agradecer; só ao rodar do tílburi, é que correu à janela, mas já não podia ver o benfeitor.

86

Tudo aquilo saiu tão espontaneamente ao Rubião, que ele só teve tempo de refletir depois que o tílburi começou a andar. Parece que chegou a levantar a cortina do **postigo**; a velha ia entrando; viu-lhe ainda o resto do braço. Rubião sentiu toda a vantagem de não estar inválido. Reclinou-se, desabafou o peito com um grande suspiro e olhou para a praia; logo depois inclinou-se. Na vinda, mal pudera vê-la.

— Vossa senhoria está gostando — disse-lhe o cocheiro contente com o bom freguês que tinha.

— Acho bonito.

— Nunca veio aqui?

— Creio que vim, há muitos anos, quando estive no Rio de Janeiro, pela primeira vez. Que eu sou de Minas... Pare, moço.

O cocheiro fez parar o cavalo; Rubião desceu, e disse-lhe que fosse andando devagar.

Em verdade, era curioso. Aquelas grandes braçadas de mato, brotando do lodo e postas ali ao pé da cara do Rubião, davam-lhe vontade de ir ter com elas. Tão perto da rua! Rubião nem sentia o sol. Esquecera o doente e a mãe do doente. Assim sim — dizia ele consigo —, fosse o mar todo uma coisa daquele feitio alastrado de terras e verduras, e valia a pena navegar. Para lá daquilo ficavam a Praia dos Lázaros e a de São Cristóvão. Uma pernada apenas.

Postigo: janelinha.

— Praia Formosa — murmurou ele; — bem-posto nome.

Entretanto a praia ia mudando de aspecto. Dobrava para o Saco do Alferes, vinham as casas edificadas do lado do mar. De quando em quando, não eram casas, mas canoas, encalhadas no lodo, ou em terra, fundo para o ar. Ao pé de uma dessas canoas, viu meninos brincando, em camisa e descalços, em volta de um homem que estava de barriga para baixo. Todos eles riam; um ria mais que os outros porque não acabava de fixar o pé do homem no chão. Era um pequerrucho de três anos; agarrava-se-lhe à perna e ia-a estendendo até nivelá-la com o chão, mas o homem fazia um gesto e levava pelo ar o pé e o menino.

Rubião deteve-se alguns minutos diante daquilo. O sujeito, vendo-se objeto de atenção, redobrou o esforço no brinco; perdeu a naturalidade. Os outros meninos mais idosos detiveram-se a olhar espantados. Mas Rubião não distinguia nada; via tudo confusamente. Foi ainda a pé durante largo tempo; passou o Saco do Alferes, passou a Gamboa, parou diante do Cemitério dos Ingleses, com os seus velhos sepulcros trepados pelo morro, e afinal chegou à Saúde. Viu ruas esguias, outras em ladeira, casas apinhadas ao longe e no alto dos morros, becos, muita casa antiga, algumas do tempo do rei*, comidas, **gretadas**, estripadas, o **caio** encardido e a vida lá dentro. E tudo isso lhe dava uma sensação de nostalgia... Nostalgia do farrapo, da vida escassa, **acalcanhada** e sem vexame. Mas durou pouco; o feiticeiro que andava nele transformou tudo. Era tão bom não ser pobre!

* Referência ao rei D. João VI, que ficou no Brasil de 1808 a 1821. Foi o pai de D. Pedro I.

Gretadas: rachadas.

Caio: pintura a cal.

Acalcanhada: humilhada.

87

Rubião chegou ao fim da Rua da Saúde. Ia à toa com os olhos espraiados e desatentos. Rente com ele, passou uma mulher, não bonita, nem singela, sem elegância, antes pobre que remediada, mas fresca de feições; contaria vinte e cinco anos, e levava pela mão um menino. Este atrapalhou-se nas pernas do Rubião.

— Que é isso, nhonhô? — disse a moça, puxando o filho pelo braço.

Rubião inclinara-se ao pequeno, para ampará-lo.

— Muito obrigada, desculpe — disse ela sorrindo; e cumprimentou-o.

Rubião tirou o chapéu, sorriu também. A visão da família apoderou-se dele outra vez. "Case-se e diga que eu o engano!" Parou, olhou para trás, viu ir a moça, *tique-tique*, e o menino ao pé dela, amiudando as perninhas para ajustar-se ao passo da mãe. Depois, foi andando lentamente, pensando em várias mulheres que podia escolher muito bem, para executar, a quatro mãos, a sonata conjugal, música séria, regular e clássica. Chegou a pensar na filha do major, que apenas sabia umas velhas **mazurcas**. De repente, ouvia a guitarra do pecado, tangida pelos dedos de Sofia*, que o deliciavam, que o estonteavam, a um tempo; e lá se ia toda a castidade do plano anterior. Teimava novamente, forcejava por trocar as composições; pensava na moça da Saúde, modos tão bonitos, criancinha pela mão...

88

A vista do tílburi fez-lhe lembrar o doente da Praia Formosa.

— Pobre Freitas! — suspirou.

Logo depois, pensou também no dinheiro que deixara à mãe do enfermo, e achou que fizera bem. Talvez a ideia de haver dado uma ou duas notas demais esvoaçou por alguns segundos no cérebro do nosso amigo; ele a sacudiu depressa, não sem se zangar consigo, e, para esquecê-la de todo, exclamou ainda em voz alta:

— Boa velha! Pobre velha!

Mazurcas: danças populares de origem polonesa que, no Brasil do século XIX, foram muito apreciadas nos salões da sociedade.

*** Rubião não consegue afastar a lembrança de Sofia, que está presente em todos os seus sonhos e devaneios, como uma obsessão.**

89

Como a ideia tornasse ainda, Rubião atirou-se depressa ao tílburi; entrou e sentou-se, falando ao cocheiro, para fugir a si mesmo.

— Dei uma caminhada grande; mas, sim senhor, isso aqui é bonito, é curioso; aquelas praias, aquelas ruas, é diferente dos outros bairros. Gosto disso. Hei de vir mais vezes.

O cocheiro sorriu para si de um modo tão particular que o nosso Rubião desconfiou. Não atinava com o motivo do riso; talvez lhe houvesse escapado alguma palavra que no Rio de Janeiro tivesse mau sentido, mas repetiu-as e não descobriu nada; eram todas usadas e comuns. Entretanto o cocheiro sorria ainda, com o mesmo ar do princípio, meio subserviente, meio velhaco. Rubião esteve a pique de o interrogar, mas recuou a tempo. Foi o outro que reatou a conversação.

— Vossa senhoria está então muito admirado do bairro? — disse ele. — Há de deixar que eu não acredite, sem se zangar, que não é para ofender a vossa senhoria, nem eu sou pessoa que agrave um freguês sério; mas não creio que esteja admirado do bairro.

— Por quê? — aventurou Rubião.

O cocheiro meneou a cabeça para um e outro lado, e insistiu em não crer — não porque o bairro não fosse digno de apreço, mas porque naturalmente já o conhecia muito. Rubião ratificou a primeira afirmação; tinha ido ali muitos anos antes, quando esteve da outra vez no Rio de Janeiro, mas não se lembrava de nada. E o cocheiro ria; e, à medida que o freguês ia demonstrando, ele ia ficando mais familiar, fazia negativas com o nariz, com os beiços, com a mão.

— Já sei disso — concluiu ele. — Nem eu sou homem que não veja as coisas. Vossa senhoria pensa que não vi a maneira por que olhou para aquela moça que passou ainda agora? Basta só isso para mostrar que vossa senhoria tem faro e gosta...

Rubião, lisonjeado, sorriu um pouco; mas emendou-se logo:

— Que moça?

— Que lhe dizia eu? — redarguiu o homem. — Vossa senhoria é fino, e faz muito bem; mas eu sou pessoa de segredo, e cá o carro tem servido para essas idas e vindas. Não há muitos dias trouxe um belo moço, muito bem-vestido, pessoa fina, já se sabe, negócio de rabo de saia.

— Mas eu... — interrompeu Rubião.

Mal podia conter-se; a suposição agradava-lhe; o cocheiro cuidou que ele dissimulava a culpa.

— Olhe, eu bem digo — continuou ele —, tal qual o moço da Rua dos Inválidos. Vossa senhoria pode ficar descansado; não digo nada; cá estou para outras. Então, quer que eu acredite que é por gosto que uma pessoa, que tem carro às ordens, vem andando a pé desde a Praia Formosa até aqui? Vossa senhoria veio ao lugar marcado, a pessoa não veio.

— Que pessoa? Fui ver um doente, um amigo que está para morrer.

— Tal qual o moço da Rua dos Inválidos — repetiu o homem. — Esse veio ver uma costureira da mulher, como se fosse casado...

— Da Rua dos Inválidos? — perguntou Rubião, que só agora atentava no nome da rua.

— Não digo mais nada — acudiu o cocheiro. — Era da Rua dos Inválidos, bonito, um moço de bigodes e olhos grandes, muito grandes. Oh! Eu também, se fosse mulher, era capaz de apaixonar-me por ele... Ela não sei donde era, nem diria ainda que soubesse; sei só que era um **peixão**.

E vendo que o freguês o escutava com os olhos arregalados:

— Oh! Vossa senhoria não imagina! Era de boa altura, bonito corpo, a cara meio coberta por um véu, coisa papa-fina. A gente, por ser pobre, não deixa de apreciar o que é bom.

— Mas... como foi? — murmurou Rubião.

— Ora, como foi! Ele chegou como vossa senhoria, no meu tílburi, apeou-se e entrou numa casa de **rótula**; disse que ia ver a costureira da mulher. Como eu não lhe perguntei nada, e ele tinha vindo calado toda a viagem, muito cheio de si, compreendi logo a finura. Agora, podia ser verdade, porque é mesmo uma costureira que mora na casa da Rua da Harmonia...

— Da Harmonia? — repetiu Rubião.

— Mau! Vossa senhoria está arrancando o meu segredo; mudemos de assunto; não digo mais nada.

Peixão: mulher que tem o corpo bonito; essa gíria se mantém viva ainda hoje em várias regiões do Brasil.

Rótula: janela de treliça que permite a entrada de luz.

Rubião olhava atônito para o homem, que de fato se calou por dois ou três minutos, mas logo depois continuou:

— Também não há muita coisa mais. O moço entrou; eu fiquei esperando, meia hora depois vi um vulto de mulher, ao longe, e desconfiei logo que ia para lá. Meu dito, meu feito; ela veio, veio devagar, olhando disfarçadamente para todos os lados; ao passar pela casa, não lhe digo nada, nem precisou bater; foi como nas mágicas, a rótula abriu-se por si, e ela enfiou por ali dentro. Se eu já conheço isso? Em que é que vossa senhoria quer que a gente ganhe algum cobrinho mais? O preço da tabela mal dá para comer; é preciso fazer esses ganchos.

90

"Não, não podia ser ela", refletiu Rubião, em casa, vestindo-se de preto.

Desde que chegara, não pensou em outra coisa que não fosse o caso contado pelo cocheiro do tílburi. Tentou esquecê-lo, arranjando papéis, ou lendo, ou dando estalinhos com os dedos para ver pular o Quincas Borba; mas a visão perseguia-o. Dizia-lhe a razão que há muitas senhoras de boa figura, e nada provava que a da Rua da Harmonia fosse ela; mas o bom efeito era curto. Daí a pouco, desenhava-se ao longe, cabisbaixa, vagarosa, uma pessoa, que era nem mais nem menos a própria Sofia, e andava, e entrava de repente pela porta de uma casa que se fechava logo... A visão foi tal, em certa ocasião, que o nosso amigo ficou a olhar para a parede, como se ali estivesse a rótula da Rua da Harmonia. De imaginação, fez uma série de ações: bateu, entrou, lançou a mão ao gasnate da costureira e pediu-lhe a verdade ou a vida. A pobre mulher, ameaçada da morte, confessou tudo; levou-o a ver a dama, que era outra, não era Sofia. Quando Rubião voltou a si, sentiu-se vexado.

— Não, não podia ser ela.

Vestiu o colete e foi abotoá-lo diante de uma das janelas que dava para os fundos, no momento em que uma caravana de formigas ia passando pelo peitoril. Quantas vira passar outrora. Mas dessa vez, nunca soube como, pegou de uma toalha, deu dois golpes, atropelou as tristes formigas, matando uma porção delas. Talvez alguma lhe pareceu "boa figura e bonita de corpo". Logo depois arrependeu-se do ato; e, realmente, que tinham as formigas com as suas suspeitas? Felizmente, começou a cantar uma cigarra, com tal propriedade e significação, que o nosso amigo parou no quarto botão do colete. *Sôôôô... fia, fia, fia, fia, fia, fia... Sôôôô... fia, fia, fia, fia*.

Oh! Precaução sublime e piedosa da natureza, que põe uma cigarra viva ao pé de vinte formigas mortas, para compensá-las. Essa reflexão é do leitor. Do Rubião não pode ser. Nem era capaz de aproximar as coisas e concluir delas — nem o faria agora que está a chegar ao último botão do colete, todo ouvidos, todo cigarra. Pobres formigas mortas! Ide agora ao vosso Homero gaulês, que vos pague a fama; a cigarra é que se ri, emendando o texto:

Vous marchiez? J'en suis fort aise.
*Eh bien! mourez maintenant**.

91

Soou a campainha de jantar; Rubião compôs o rosto para que os seus **habituados** (tinha sempre quatro ou cinco) não percebessem nada. Achou-os na sala de visitas, conversando, à espera; ergueram-se todos, foram apertar-lhe a mão, alvoroçadamente. Rubião teve aqui um impulso inexplicável — dar-lhes a mão a beijar. Reteve-se a tempo, espantado de si próprio**.

92

De noite, correu à Praia do Flamengo. Não pôde falar a Maria Benedita, que estava em cima, no quarto, com duas moças da vizinhança, amigas dela. Sofia veio recebê-lo à porta e levou-o para o gabinete, onde duas costureiras faziam os vestidos de luto. O marido acabava de chegar; ainda não descera.

* **O narrador faz ironia com a fábula *A cigarra e a formiga*, do francês Jean de La Fontaine (1621-1695), a quem ele chama de "Homero gaulês". Os versos em francês significam: "Vocês passeavam? Estou feliz por isso. Pois bem, morram agora!". Como se vê, o narrador machadiano muda os versos, fazendo morrer as formigas. Na fábula original, é a formiga que diz à cigarra: "Você cantava? Pois bem, agora dance!".**

Habituados: pessoas que costumeiramente frequentavam a casa de Rubião, aproveitando-se de sua generosidade e ingenuidade.

** **Os sonhos de grandeza (referidos nos capítulos 81 e 82, por exemplo) deixaram marcas profundas em Rubião. O mundo da fantasia começa a confundir-se com o real.**

— Sente-se aqui — disse ela.

Tomou conta dele; estava divina. As palavras saíram-lhe carinhosas e graves, entrecortadas de sorrisos amigos e honestos. Falou-lhe da tia, da prima, do tempo, dos criados, dos espetáculos, da falta d'água, de uma multidão de coisas diversas, vulgares ou não, mas que, passando pela boca da moça, mudavam de natureza e de aspecto. Rubião ouvia fascinado. Ela, para não estar **vadia**, ia cosendo uns **folhos**; e, quando a conversação fazia pausa, Rubião era pouco **para comer-lhe as mãos ágeis**, que pareciam brincar com a agulha.

— Sabe que estou formando uma comissão de senhoras? — perguntou ela.

— Não sabia; para quê?

— Não leu a notícia daquela epidemia numa cidade das Alagoas?

Contou-lhe haver ficado tão penalizada que resolveu logo organizar uma comissão de senhoras para pedir esmolas. A morte da tia interrompeu os primeiros passos; mas ia continuar, passada a missa do sétimo dia. E perguntou que lhe parecia.

— Parece-me bem. Não há homens na comissão?

— Há só senhoras. Os homens apenas dão dinheiro — concluiu, rindo.

Rubião, de cabeça, subscreveu logo uma quantia grossa, para obrigar os que viessem depois. Era tudo verdade. Era também verdade que a comissão ia pôr em evidência a pessoa de Sofia e dar-lhe um empurrão para cima. As senhoras escolhidas não eram da roda da nossa dama, e só uma a cumprimentava; mas, por intermédio de certa viúva, que brilhara entre 1840 e 1850 e conservava do seu tempo as saudades e o **apuro**, conseguira que todas entrassem naquela obra de caridade. Desde alguns dias não pensara em outra coisa. Às vezes, à noite, antes do chá, parecia dormir na cadeira de balanço; não dormia, fechava os olhos para considerar-se a si mesma, no meio das companheiras, pessoas de qualidade*. Compreende-se que esse fosse o assunto principal da conversação; mas

Vadia: desocupada, ociosa.

Folhos: babados.

Para comer-lhe as mãos ágeis: para acompanhar as mãos ágeis.

Apuro: requinte, elegância.

*** Sofia começa a tecer planos para conseguir entrar na alta sociedade.**

Sofia tornava de quando em quando ao presente amigo. Por que é que ele fazia fugidas tão longas, oito, dez, quinze dias e mais? Rubião respondeu que por nada, mas tão **comovido**, que uma das costureiras **bateu no pé da outra**. Daí em diante, ainda quando o silêncio era largo, cortado apenas pelo som das agulhas no **merinó**, das tesouradas, dos rasgados, uma e outra não perdiam de vista a pessoa do nosso amigo, com os olhos fisgados na dona da casa*.

Veio uma visita de pêsames — um homem, diretor de banco. Foram chamar logo o Palha, que desceu a recebê-lo. Sofia pediu licença ao Rubião, por alguns segundos; ia ver Maria Benedita.

93

Rubião, ficando só com as duas mulheres, entrou a andar de um lado para outro, abafando os passos, para não incomodar ninguém. Da sala vinha uma ou outra palavra do Palha: "Em todo o caso, pode crer...", "Nem a administração de um banco é coisa de brincadeira...", "Positivamente...". O diretor falava pouco, seco e baixo.

Uma das costureiras dobrou a costura, arrecadou apressadamente retalhos, tesouras, carretéis de linha, de retrós. Era tarde; ia-se embora.

— Dondon, espera um bocado que eu vou também.

— Não, não posso. O senhor faz favor de dizer que horas são?

— São oito e meia — respondeu Rubião.

— Jesus! É muito tarde.

Rubião, para dizer alguma coisa, perguntou-lhe por que não esperava, como a outra pedia.

— Só espero dona Sofia — acudiu Dondon com respeito; — mas o senhor sabe onde é que essa mora? Mora na Rua do Passeio. E eu vou dar com os ossos na Rua da Harmonia. Olhe que daqui à Rua da Harmonia é um estirão.

Comovido: emocionado.

Bateu no pé da outra: deu um toque no pé da outra para chamar-lhe a atenção. Por que o tom de fala de Rubião fez com que as costureiras tivessem essa reação?

Merinó: tecido feito com lã de carneiro.

*** Por que Sofia estava tão atenciosa com Rubião naquela noite?**

94

Sofia desceu logo, achou Rubião transtornado*, fugindo com os olhos. Perguntou-lhe o que era; ele respondeu que nada, dor de cabeça. Dondon saiu, o diretor do banco despedia-se; Palha agradecia-lhe a fineza, estimava-lhe a saúde. Onde estava o chapéu? Achou-o; deu-lhe também o sobretudo; e, parecendo que ele procurava outra coisa, perguntou se era a bengala.

— Não, senhor, é o guarda-chuva. Creio que é este, é este. Adeus.

— Ainda uma vez, obrigado, muito obrigado — disse o Palha. — Ponha o seu chapéu, está úmido, não faça cerimônias. Obrigado, muito obrigado — concluiu, apertando-lhe a mão nas suas, e curvado em ângulo.

Voltando ao gabinete, deu com o sócio, que teimava em sair. Instou também; disse-lhe que tomasse uma xícara de chá, que lhe passava logo; Rubião recusou tudo.

— A sua mão está fria — observou a moça ao Rubião, apertando-lha; — por que não espera? Água de melissa é muito bom. Vou buscar.

Rubião deteve-a; não era preciso; conhecia aqueles **achaques**, curavam-se com sono. Palha quis mandar vir um tílburi; mas o outro acudiu dizendo que o ar da noite lhe faria bem, e que no Catete acharia condução.

95

"Vou agarrá-la antes de chegar ao Catete", disse Rubião, subindo pela Rua do Príncipe.

Calculou que a costureira teria ido por ali. Ao longe, descobriu alguns vultos de um e outro lado; um deles pareceu-lhe de mulher. Há de ser ela, pensou; e **picou o passo**. Entende-se naturalmente que levava a cabeça

*** Por que a referência à rua da Harmonia, feita pela costureira, abalou Rubião?**

Achaques: **indisposições.**

Picou o passo: **apressou-se.**

atordoada: Rua da Harmonia, costureira, uma dama, e todas as rótulas abertas. Não admira que, fora de si, e andando rápido, desse um encontrão em certo homem que ia devagar, cabisbaixo. Nem lhe pediu desculpa; alargou o passo, vendo que a mulher também andava depressa.

96

E o homem empurrado apenas sentiu o empurrão. Caminhava absorto, mas contente, **espraiando** a alma, desabafado de cuidados e **fastos**. Era o diretor de banco, o que acabava de fazer a visita de pêsames ao Palha. Sentiu o empurrão, e não se zangou; concertou o sobretudo e a alma, e lá foi andando tranquilamente.

Convém dizer, para explicar a indiferença do homem, que ele tivera, no espaço de uma hora, comoções opostas. Fora primeiro à casa de um ministro de Estado tratar do requerimento de um irmão. O ministro, que acabava de jantar, fumava calado e pacífico. O diretor expôs atrapalhadamente o negócio, tornando atrás, saltando adiante, ligando e desligando as frases. Mal sentado, para não perder a linha do respeito, trazia na boca um sorriso constante e **venerador**; e curvava-se, pedia desculpas. O ministro fez algumas perguntas; ele, animado, deu respostas longas, extremamente longas, e acabou entregando um memorial. Depois ergueu-se, agradeceu, apertou a mão ao ministro, este acompanhou-o até a varanda. Aí fez o diretor duas cortesias — uma em cheio, antes de descer a escada, outra em vão, já embaixo, no jardim; em vez do ministro, viu só a porta de vidro fosco, e na varanda, pendente do teto, o lampião de gás. Enterrou o chapéu, e saiu. Saiu humilhado, vexado de si mesmo. Não era o negócio que o afligia, mas os cumprimentos que fez, as desculpas que pediu,

Espraiando: espairecendo.

Fastos: registros.

Venerador: respeitador.

as atitudes subalternas, um rosário de atos sem proveito. Foi assim que chegou à casa do Palha.

Em dez minutos, tinha a alma espanada e restituída a si mesma, tais foram as **mesuras** do dono da casa, os "apoiados" de cabeça, e um raio de sorriso **perene**, não contando oferecimentos de chá e charutos. O diretor fez-se então severo, superior, frio, poucas palavras; chegou a arregaçar com desdém a venta esquerda, a propósito de uma ideia do Palha, que a recolheu logo concordando que era absurda. Copiou do ministro o gesto lento. Saindo, não foram dele as cortesias, mas do dono da casa.

Estava outro, quando chegou à rua; daí o andar sossegado e satisfeito, o espraiar da alma devolvida a si própria e a indiferença com que recebeu o embate do Rubião. Lá se ia a memória dos seus rapapés; agora o que ele rumina saborosamente são os rapapés de Cristiano Palha*.

97

Quando Rubião chegou à esquina do Catete, a costureira conversava com um homem, que a esperara e que lhe deu logo depois o braço; viu-os ir ambos, conjugalmente, para o lado da Glória. Casados? Amigos? Perderam-se na primeira dobra da rua, enquanto Rubião ficou parado, recordando as palavras do cocheiro, a rótula, o moço de bigodes, a senhora de bonito corpo, a Rua da Harmonia... Rua da Harmonia; ela dissera Rua da Harmonia.

Deitou-se tarde. Parte do tempo esteve à janela, matutando, charuto aceso, sem acabar de explicar aquele negócio. Dondon era por força **a terceira nos amores**; devia ser, tinha olhos sonsos, pensava Rubião.

— Amanhã vou lá, saio mais cedo, vou esperá-la na esquina; dou-lhe cem mil-réis, duzentos, quinhentos; ela há de confessar-me tudo.

Mesuras: cortesias.

Perene: constante.

*** Humilhado pelo ministro, o diretor do banco desforra-se humilhando Palha, numa forma de compensação psicológica.**

A terceira nos amores: o narrador insinua que ela devia ser amante do homem que a esperava.

Quando cansou, olhou para o céu; lá estava o Cruzeiro... Oh! Se ela houvesse consentido em fitar o Cruzeiro! Outra teria sido a vida de ambos*. A constelação pareceu confirmar esse modo de sentir, fulgurando extraordinariamente; e Rubião quedou-se a mirá-la, a compor mil cenas lindas e namoradas — a viver do que podia ter sido. Quando a alma se fartou de amores nunca desabrochados, acudiu à mente do nosso amigo que o Cruzeiro não era só uma constelação, era também uma ordem honorífica. Daqui passou a outra série de pensamentos. Achou genial a ideia de fazer do Cruzeiro uma distinção nacional e privilegiada. Já tinha visto a **venera** ao peito de alguns servidores públicos. Era bela, mas principalmente rara.

— Tanto melhor! — disse ele em voz alta.

Era perto de duas horas quando saiu da janela; fechou-a e foi meter-se na cama, dormiu logo; acordou ao som da voz do criado espanhol, que lhe trazia um bilhete.

98

Rubião sentou-se na cama **estremunhado**, não reparou na letra do sobrescrito; abriu o bilhete, e leu:

Ficamos ontem muito inquietos, depois que o senhor saiu. Cristiano não vai lá agora, porque acordou tarde e tem de ir ao inspetor da alfândega. Mande-nos dizer se passou melhor. Lembranças de Maria Benedita e da

Sua amiga e obrigada

Sofia

— Diga ao portador que espere.

Daí a vinte minutos a resposta chegou à mão do moleque que trouxera o bilhete; foi o próprio Rubião

*** Rubião lembra-se da conversa no jardim de Sofia (capítulo 41).**

Venera: **condecoração.**

Estremunhado: **aturdido, estonteado.**

que lha entregou, perguntando-lhe como tinham passado as senhoras. Soube que bem; deu-lhe dez tostões, recomendando-lhe que, quando precisasse algum dinheiro, viesse procurá-lo. O rapaz, espantado*, arregalou os olhos e prometeu tudo.

— Adeus! — disse-lhe benevolamente o Rubião.

E ficou parado, enquanto o portador descia os poucos degraus. Indo esse a meio do jardim, ouviu bradar:

— Espera!

Voltou para acudir ao chamado; Rubião já tinha descido os degraus; foram um ao outro, e pararam, calados. Correram dois minutos sem que Rubião abrisse a boca. Afinal, perguntou alguma coisa — se as senhoras tinham passado bem. Era a mesma pergunta de há pouco; o criado confirmou a resposta. Depois, Rubião deixou vagar olhos pelo jardim. As rosas e as margaridas estavam lindas e frescas, alguns cravos desabrochavam, outras flores e folhagens, begônias e trepadeiras, todo esse pequeno mundo parecia estender os olhos invisíveis ao Rubião e bradar-lhe:

— Alma sem vigor, acaba de uma vez com o teu desejo; colhe-nos, manda-nos...

— Bem — disse finalmente Rubião —, lembranças às senhoras. Não se esqueça do que lhe disse; precisando de mim, venha cá. Guardou a carta?

— Está aqui, sim, senhor.

— É melhor metê-la no bolso; mas olhe, não machuque.

— Não machuco, não, senhor — retorquiu o criado, acomodando a carta**.

99

Saiu o moleque; Rubião ficou passeando no jardim, com as mãos nos bolsos do chambre e os olhos

*** Por que o rapaz ficou espantado com essa oferta de Rubião?**

**** Rubião começa a agir de modo estranho, espantando as pessoas.**

nas flores. Que tinha que mandasse algumas? Era um presente natural e até de obrigação para pagar uma cortesia com outra. Fez mal; correu ao portão, mas já o moleque ia longe; Rubião advertiu que o luto excluía as lembranças alegres, e ficou tranquilo.

Senão quando, ao recomeçar o passeio, viu uma carta ao pé de um canteiro. Inclinou-se, apanhou-a, leu o sobrescrito... A letra era dela, tão só dela; comparou-a com a do bilhete que recebera; era a mesma. O nome era o do diabo: Carlos Maria.

"Sim, foi isso", pensou ele ao cabo de alguns minutos, "o portador da minha carta trouxe esta, e deixou-a cair."

E mirando a carta, de um e outro lado, perguntava-lhe pelo conteúdo. Oh! O conteúdo! Que iria ali escrito dentro daquele papel homicida? Perversidade, luxúria, toda a linguagem do mal e da demência, resumidas em duas ou três linhas. Ergueu-a ante os olhos, para ver se podia ler alguma palavra; o papel era grosso; não se podia ler nada. Ao lembrar-se que o portador, dando por falta da carta, voltaria a procurá-la, meteu-a atrapalhadamente no bolso, e correu para dentro.

Em casa, tirou-a e mirou-a outra vez; as mãos hesitavam, reproduzindo o estado da consciência. Se abrisse a carta, saberia tudo. Lida e queimada, ninguém mais conheceria o texto, ao passo que ele teria acabado por uma vez com essa terrível fascinação que o fazia penar ao pé daquele abismo de **opróbrios**... Não sou eu que o digo, é ele; ele é que junta esse e outros nomes ruins, ele o que para no meio da sala, com os olhos no tapete, em cuja trama figura um turco indolente, cachimbo na boca, olhando para o **Bósforo**... Devia ser o Bósforo.

— Infernal carta! — rosnou surdamente, repetindo uma frase ouvida no teatro, semanas antes; frase esquecida, que vinha agora exprimir a analogia moral do espetáculo e do espectador.

Teve ímpetos de abri-la; era só um gesto, um ato; ninguém o via, os quadros da parede estavam quietos, indi-

Opróbrios: infâmias, desonras.

Bósforo: estreito que divide a cidade de Istambul. De um lado, está o continente europeu e do outro, o asiático.

ferentes, o turco do tapete continuava a fumar e a olhar para o Bósforo. Contudo sentia escrúpulos; a carta, posto que achada no jardim, não lhe pertencia, mas ao outro. Era como se fosse um embrulho de dinheiro; não devolveria o dinheiro ao dono? Despeitado, meteu-a outra vez no bolso. Entre mandar a carta ao destinatário e entregá-la a Sofia, adotou afinal o segundo **alvitre**; tinha a vantagem de poder ler a verdade nas feições da própria autora.

"Digo-lhe que achei uma carta, assim e assim", pensou Rubião; "e, antes de lhe dar a carta, vejo bem na cara dela se fica aterrada ou não. Talvez empalideça; então ameaço-a, falo-lhe da Rua da Harmonia; juro-lhe que estou disposto a gastar trezentos, oitocentos, mil contos, dois mil, trinta mil contos, se tanto for preciso, para estrangular o infame..."

100

Nenhum dos habituados da casa compareceu ao almoço. Rubião esperou ainda uns dez minutos, chegou a mandar um criado ao portão, a ver se vinha alguém. Ninguém; teve de almoçar sozinho.

Em geral, não podia suportar as refeições solitárias; estava tão afeito à linguagem dos amigos, às observações, que comer só era o mesmo que não comer nada. Agora, porém, era como um **Saul** que precisasse de algum **Davi**, para expelir o espírito maligno que se metera nele. Já queria mal ao portador da carta, porque a deixara cair; ignorar era um benefício. E depois a consciência vacilava — ia da entrega da carta à recusa e à guarda indefinida. Rubião tinha medo de saber; ora queria, ora não queria ler nada no rosto de Sofia. O desejo de saber tudo era, em resumo, a esperança de descobrir que não havia nada.

Davi apareceu enfim, entre o queijo e o café, na pessoa do doutor Camacho, que voltara de Vassouras,

Alvitre: **sugestão, ideia.**

Saul: **primeiro rei dos hebreus.**

Davi: **segundo rei dos hebreus.**

na véspera, à noite. Como o Davi da Escritura, trazia um jumento carregado de pães, um cântaro de vinho e um cabrito*. Deixara gravemente enfermo um deputado mineiro, que estava em Vassouras, e preparou a candidatura do Rubião, escrevendo às influências de Minas. Foi o que lhe disse aos primeiros goles de café.

— Candidato, eu?

— Pois então quem?

Camacho demonstrou que não podia haver melhor. Tinha serviços em Minas, não tinha?

— Alguns.

— Aqui os tem de grande relevância. Mantendo comigo o órgão dos princípios, tem recebido solidariamente os golpes que me dão, além dos sacrifícios que todos fazemos pelo lado pecuniário. Sobre isso, não me diga nada. Digo-lhe que hei de fazer o que puder. Demais, o senhor é a melhor solução da divergência.

— Divergência?

— Sim, o doutor Hermenegildo, de Catas-Altas, e o coronel Romualdo; dizem que ambos, em caso de vaga, querem apresentar-se; é dividir os votos...

— Seguramente; mas teimam?

— Creio que não teimarão quando eu lhes mandar daqui confirmação dos chefes, porque foi uma das coisas que me lançaram à cara, é que eu não tinha poderes; confessei que, para aquele caso imprevisto, não; mas que possuía a confiança dos chefes, os quais me aprovariam. Creia que está feito. Então que pensa? Pensa que trabalho aqui sacrificando tempo e dinheiro, e algum talento, para não valer a um amigo, que tantas provas tem dado de fidelidade aos princípios? Oh! Isso não. Hão de ouvir-me e adotar o que lhes proponho.

Rubião, comovido, fez ainda outras perguntas acerca da luta e da vitória, se eram precisas despesas já, ou carta de recomendação e pedido, e como é que se havia de ter notícia frequente do enfermo, etc. Camacho respondia a tudo; mas recomendava-lhe cautela. Em política, disse ele, uma coisa de nada desvia o curso da campanha e dá a

*** Ironicamente, Camacho é comparado a Davi, que foi acalmar o rei Saul levando-lhe pães, vinho e um cabrito.**

vitória ao adversário. Contudo, ainda que não saísse vencedor, tinha Rubião a vantagem de ficar com o seu nome **sufragado**; e o precedente contava-se por um serviço.

— Firmeza e paciência — concluiu.

E logo em seguida:

— Eu próprio que sou, senão um exemplo de paciência e firmeza? A minha província está entregue a um grupo de bandidos; não há outro nome para a gente dos Pinheiros; e além disso (digo-lhe isso com dor e em particular) tenho amigos que me intrigam, uns ganhadores, que querem ver se o partido me repele e se me tomam o lugar... Uns **biltres**! Ah! Meu caro Rubião, isso de política pode ser comparado à paixão de Nosso Senhor Jesus Cristo; não falta nada, nem o discípulo que nega, nem o discípulo que vende. Coroa de espinhos, bofetadas, madeiro, e afinal morre-se na cruz das ideias, pregado pelos cravos da inveja, da calúnia e da ingratidão...

Essa frase, caída no calor da conversa, pareceu-lhe digna de um artigo; reteve-a de memória; antes de dormir, escreveu-a em uma tira de papel. Mas, na ocasião da conversa, enquanto a repetia consigo para fixá-la, Rubião dizia que se animasse, que ele era homem para grandes campanhas. E não fugisse de caretas.

— De caretas? Seguramente que não. Nem de papões verdadeiros, se os há. Cá os espero! Que se acautelem no dia em que subirmos! Hão de pagar tudo. Ouça-me esse conselho: em política, não se perdoa nem se esquece nada. Quem fez uma, paga; creia que a vingança é um prazer — continuou sorrindo; — há muita delícia... Enfim, contados os males e os bens da política, os bens ainda são superiores. Há ingratos, mas os ingratos demitem-se, prendem-se, perseguem-se...

Rubião ouvia subjugado. Camacho impunha; faiscavam-lhe os olhos. Os **anátemas** brotavam-lhe como da boca de **Isaías**; as palmas do triunfo verdejavam-lhe nas mãos. Cada gesto parecia um princípio. Quando abria os braços, ferindo o ar, era como se desdobrasse um progra-

Sufragado: votado.

Biltres: canalhas.

Anátemas: críticas, reprovações enérgicas.

Isaías: o primeiro dos quatro grandes profetas hebreus do século VIII a.C. O *Livro de Isaías* faz parte do Velho Testamento.

ma inteiro. Ia se embriagando de esperanças, e tinha o vinho alegre. De uma vez, parou diante de Rubião:

— Vamos lá, deputado; ensaie um discurso, pedindo o encerramento da discussão: "Senhor presidente...". Vamos, diga comigo: "Senhor presidente, peço a vossa excelência...".

Rubião interrompeu-o, erguendo-se; teve uma espécie de vertigem. Via-se na câmara, entrando para prestar juramento, todos os deputados de pé; e teve um calafrio. O passo era difícil. Contudo atravessou a sala, subiu à mesa da presidência, prestou o juramento de estilo... Talvez a voz lhe fraqueasse na ocasião...

101

Foi nesse estado que o veio achar a notícia da morte do Freitas. Chorou uma lágrima às escondidas; tomou a si custear as despesas do enterro, e acompanhou o defunto, na tarde seguinte, ao cemitério. A velha mãe do finado, quando o viu entrar na sala, quis ajoelhar-se aos pés dele: Rubião abraçou-a a tempo de impedir-lhe o gesto. Esse ato do nosso amigo fez grande impressão nos convidados. Um deles veio apertar-lhe a mão; depois a um canto, baixinho, contou-lhe a injustiça da demissão que recebera, dias antes; demissão **acintosa**, por causa de intrigas...

— Imagine Vossa Excelência que aquilo é (com perdão da palavra) um covil de patifes...

Chegou a hora de sair o enterro; as despedidas da mãe foram dolorosas: beijos, soluços, exclamações, tudo de mistura, e lancinante. As mulheres não conseguiram arrancá-la dali; foram precisos dois homens e o emprego de força; ela gritava e teimava por tornar ao cadáver: "Meu filho! Meu pobre filho!".

— Um escândalo! — insistia o demitido. — O próprio ministro dizem que não gostou do ato; mas Vossa Excelência sabe, para não desmoralizar o diretor...

Acintosa: proposital.

Pan... pan... pan... — soavam os martelos surdamente, pregando o caixão.

Rubião acedeu ao pedido que lhe faziam de pegar em uma das argolas, e deixou o demitido. Fora, alguma gente parada; os vizinhos, às janelas, debruçavam-se uns sobre os outros, com os olhos cheios daquela curiosidade que a morte inspira aos vivos. Ao demais, havia o *coupé* do Rubião, que se destacava das caleças velhas. Já se falava muito daquele amigo do finado, e a presença confirmou a notícia. O defunto era agora apreciado com certa consideração.

No cemitério, não se contentou Rubião com deitar a pá de terra, ato em que foi primeiro, por solicitação de todos; esperou que os coveiros enchessem a cova com as suas grandes pás do ofício. Tinha os olhos úmidos; acabou, saiu, ladeado pelos outros, e, à porta, com uma só chapelada para a direita e para a esquerda, saudou a todas as cabeças descobertas e curvas. Ao entrar no *coupé*, ainda ouviu essas palavras, a meia voz:

— Parece que é senador ou desembargador, ou coisa assim...

102

Era noite entrada. Rubião vinha por ali abaixo, recordando o pobre-diabo que enterrara, quando, na Rua de São Cristóvão, cruzou com outro *coupé*, que levava duas **ordenanças** atrás. Era um ministro que ia para o despacho imperial. Rubião pôs a cabeça de fora, recolheu-a e ficou a ouvir os cavalos das ordenanças, tão iguaizinhos, tão distintos, apesar do estrépito dos outros animais. Era tal a tensão do espírito do nosso amigo que ainda os ouvia, quando já a distância não permitia audiência. Catrapus... catrapus... catrapus...

Ordenanças: soldados sob as ordens de superior hierárquico.

103

Ao sétimo dia da morte de dona Maria Augusta, rezou-se a missa de uso, em São Francisco de Paula; Rubião lá foi, lá viu Carlos Maria. Tanto bastou para precipitar a devolução da carta; três dias depois, meteu-a no bolso e correu ao Flamengo. Eram duas horas da tarde. Maria Benedita fora visitar as amigas da vizinhança, que a tinham acompanhado nos primeiros dias de aflição: Sofia estava só, vestida para sair.

— Mas não importa — disse ela, convidando-o a sentar-se; — fico ou saio mais tarde.

Rubião retorquiu que a demora era curta; vinha dar-lhe um papel.

— Em todo caso, sente-se; também se pode dar um papel sentado.

Estava tão bonita que ele hesitou em dizer-lhe as palavras duras que trazia de cor. O luto ia-lhe muito bem, e o vestido parecia uma luva. Sentada, via-se-lhe metade do pé, sapato raso, meia de seda, coisas todas que pediam misericórdia e perdão. Quanto à espada daquela bainha — assim chama à alma um velho autor —, parecia não ter gume nem campanhas; era uma ingênua faca de marfim. Rubião esteve a pique de **fraquear**; a primeira palavra arrastou as outras.

— Que papel? — perguntou Sofia.

— Um papel, que suponho grave — respondeu ele, contendo-se; — não se recorda ou não sabe que perdeu uma carta?

— Não.

— Costuma escrever cartas?

— Tenho escrito algumas; mas não me lembra se grave. Deixe ver.

Rubião tinha os olhos desvairados. Não disse nem fez nada. Levantou-se para sair, não saiu. Depois de alguns instantes de silêncio e inquietação, continuou sem raiva:

Fraquear: fraquejar.

— Não é segredo para a senhora que lhe quero bem. A senhora sabe disso, e não me despede nem me aceita, anima-me com os seus bonitos modos. Não me esqueci ainda de Santa Teresa nem da nossa viagem no trem de ferro, quando vínhamos os dois, com seu marido no meio. Lembra-se? Foi a minha desgraça aquela viagem; desde aquele dia a senhora me prendeu. A senhora é má, tem gênio de cobra; que mal lhe fiz eu? Vá que não goste de mim; mas podia desenganar-me logo...

— Cale-se, vem gente — interrompeu Sofia, erguendo-se também e olhando para o lado da porta.

Não vinha ninguém; entretanto podiam ouvi-lo, porque a voz do Rubião ia aquecendo e crescendo. Cresceu ainda mais. Já não pleiteava esperanças; abria e despejava a alma.

— Não me importa que ouçam — bradou ele; — podem ouvir-me; agora digo tudo, a senhora bota-me para fora e tudo acaba. Não, não se pode fazer sofrer assim um homem...

— Cale-se, pelo amor de Deus!

— Qual Deus! Ouça-me o resto, porque eu estou disposto a não guardar nada...

Desatinada, receando deveras que algum criado ouvisse, Sofia levantou a mão e tapou-lhe a boca. Ao contato daquela epiderme querida, Rubião perdeu a voz. Sofia retirou a mão e dispôs-se a deixar a sala; mas, chegando à porta, parou. Rubião caminhara até a janela, para convalescer da explosão.

104

Sofia, depois de estar alguns segundos à escuta, tornou à sala e foi sentar-se com grande rumor de saias, na **otomana** de cetim azul, compra de poucos dias. Rubião voltou-se, e deu com ela, abanando repreensiva-

Otomana: sofá largo e sem encosto.

mente a cabeça. Antes que ele falasse, Sofia pôs o dedo na boca, pedindo-lhe silêncio; depois chamou-o com a mão; Rubião obedeceu.

— Sente-se naquela cadeira — disse ela; e continuou, depois de o ver sentado. — Tenho razão para zangar-me com o senhor; não o faço porque sei que é bom, e estou que é sincero; arrependa-se do que me disse, e tudo lhe será perdoado.

Sofia bateu com o leque no lado direito do vestido para o abaixar e compor; depois levantou os braços sacudindo as pulseiras de vidro preto; finalmente, pousou-os sobre os joelhos e, abrindo e fechando as varetas do leque, aguardou a resposta. Ao contrário do que esperava, Rubião abanou a cabeça negativamente.

— Não tenho de que me arrepender — disse ele, — e prefiro que me não perdoe. A senhora ficará cá dentro, quer queira, quer não; podia mentir, mas que é que rende a mentira? A senhora é que não tem sido sincera comigo, porque me tem enganado...

Sofia retesou o busto.

— ... Não se zangue; não desejo ofendê-la; mas deixe-me dizer que a senhora é que me tem enganado e muito, e sem compaixão. Que ame a seu marido, vá; perdoava-lhe; mas que...

— Mas quê? — repetiu ela, espantada.

Rubião meteu a mão no bolso, tirou a carta, e entregou-lha. Sofia, ao ler o nome de Carlos Maria, ficou sem **pinga** de sangue; ele viu-lhe a palidez. Dominando-se logo, perguntou o que era, que queria dizer essa carta.

— A letra é sua.

— É minha. Mas que diria eu aqui dentro? — continuou tranquila. — Quem lhe deu isso?

Rubião quis referir o achado; mas entendeu ter alcançado o bastante; cortejou-a para sair.

— Perdão — disse ela, — abra o senhor mesmo a carta.

— Não tenho mais nada que fazer aqui.

— Fique, abra a carta, aqui a tem; leia tudo — dizia a moça, pegando-lhe na manga; mas Rubião puxou vio-

Pinga: pingo.

lentamente o braço, foi buscar o chapéu e saiu. Sofia, com medo dos criados, deixou-se ficar na sala.

105

Tão nervosa esteve durante os primeiros instantes que não cuidou da carta.

Afinal, virou-a de um lado para outro, sem adivinhar o conteúdo; mas, pouco a pouco, já senhora de si, lembrou-se que devia ser a circular da comissão das Alagoas. Rasgou a sobrecarta: era a circular. Como é que semelhante papel fora ter às mãos dele? E donde lhe vinha a suspeita? De si mesmo ou de fora? Correria algum boato? Foi ter com o criado que levara a circular a Carlos Maria e perguntou-lhe se a entregara. Soube que não. Quando o criado chegou à Rua dos Inválidos, não achou o papel no bolso e, com medo, não dissera nada à ama.

Sofia tornou à sala, disposta a não sair. Recolheu a carta e a sobrecarta, para mostrá-las a Rubião, a fim de que ele visse bem que não era nada; mas, provavelmente, suporia a substituição do papel. Maldito homem!, murmurou. E começou a andar à toa.

Uma revoada de memórias entrou na alma de Sofia. A imagem de Carlos Maria veio postar-se ante ela, com os seus grandes olhos de **espectro** querido e aborrecido. Sofia quis arredá-lo, mas não pôde; ele acompanhava-a de um lado para outro, sem perder o tom esbelto e másculo, nem o ar de riso sublime. Às vezes, via-o inclinar-se, articulando as mesmas palavras de certa noite de baile, que lhe custaram a ela horas de insônia, dias de esperança, até que se perderam na irrealidade. Nunca Sofia compreendera o malogro daquela aventura. O homem parecia querer-lhe deveras, e ninguém o obrigava a declará-lo tão atrevidamente, nem a passar-lhe

Espectro: fantasma.

pelas janelas, alta noite, segundo lhe ouviu. Recordou ainda outros encontros, palavras furtadas, olhos cálidos e compridos, e não chegava a entender que toda essa paixão acabasse em nada. Provavelmente, não haveria nenhuma; puro galanteio; quando muito, um modo de apurar as suas forças atrativas... Natureza de pelintra, de cínico, de fútil.

Que lhe importava o mistério? Era um sujeito fútil. Cresceu-lhe o nojo e o desdém. Chegou a rir-se dele; podia encará-lo sem remorsos. E foi andando por ali fora, vingando-se do bobo — chamava-lhe bobo —, fitando no ar os olhos de imaculada. Em verdade, era ocupar-se demais em tal assunto; começou a maldizer do Rubião, que evocara semelhante homem do esquecimento, por causa daquela triste circular... Depois, tornou às primeiras lembranças, às palavras de Carlos Maria. Se todos a achavam bela, por que não o acharia ele, que lho disse? Talvez o tivesse a seus pés, se não se houvesse mostrado tão agradecida, tão **rasteira**...

De repente, a criada, que estava na outra sala, ouvindo rumor de alguma coisa que se quebrava, correu à de visitas, e viu a ama sozinha, de pé.

— Não é nada — disse-lhe esta.

— Pareceu-me que ouvi...

— Foi aquele boneco que caiu; apanhe os cacos.

— O chinês! — exclamou a criada.

De feito, era um mandarim de porcelana, pobre-diabo que estava muito quieto, em cima de uma estante. Sofia achou-se com ele entre os dedos, sem saber como, nem desde quando; ao cuidar na sua voluntária humilhação, teve um impulso — parece que raiva de si mesma —, e deu com o boneco em terra. Pobre mandarim! Não lhe valeu ser de porcelana; não lhe valeu sequer ser dado pelo Palha*.

— Mas, minha ama, como é que o chinês...

— Vá-se embora!

Sofia recordou todo o seu proceder diante de Carlos Maria, as **aquiescências** fáceis, os perdões antecipados,

Rasteira: **submissa.**

*** O que essa atitude (de jogar a estatueta no chão) revela sobre o estado emocional de Sofia?**

Aquiescências: **concordâncias, consentimentos.**

os olhos com que o buscava, os apertos de mão tão fortes... Era isso; tinha-se-lhe lançado aos pés. Depois, o sentimento foi mudando. Apesar de tudo, era natural que ele gostasse dela, e a conformidade moral de ambos não traria o abandono de um. Talvez a culpa fosse outra. Escavou razões possíveis, algum gesto duro e frio, alguma falta de atenção para com ele; lembrou-se que, uma vez, por medo de o receber sozinha, mandou dizer que não estava em casa. Sim, podia ser isso. Carlos Maria era orgulhoso; a menor desfeita **pungia-o**. Soube que era mentira... Essa era a culpa.

106

...Ou, mais propriamente, capítulo em que o leitor, desorientado, não pode combinar as tristezas de Sofia com a anedota do cocheiro. E pergunta confuso: — Então a entrevista da Rua da Harmonia, Sofia, Carlos Maria, esse chocalho de rimas sonoras e delinquentes é tudo calúnia? Calúnia do leitor e do Rubião, não do pobre cocheiro, que não proferiu nomes, não chegou sequer a contar uma anedota verdadeira. É o que terias visto, se lesses com pausa. Sim, desgraçado, adverte bem que era inverossímil que um homem, indo a uma aventura daquelas, fizesse parar o tílburi diante da casa **pactuada**. Seria pôr uma testemunha ao crime. Há entre o céu e a terra muitas mais ruas do que sonha a tua filosofia — ruas transversais, onde o tílburi podia ficar esperando.

— Bem; o cocheiro não soube compor. Mas que interesse tinha em inventar a anedota*?

Conduzira Rubião a uma casa, onde o nosso amigo ficou quase duas horas, sem o despedir; viu-o sair, entrar no tílburi, descer logo e vir a pé, ordenando-lhe que o acompanhasse. Concluiu que era ótimo freguês;

Pungia-o: ofendia-o.

Pactuada: combinada.

*** Observe que essa pergunta seria do leitor. Neste capítulo, o narrador põe-se a conversar com o leitor sobre a história, particularmente sobre o caso contado pelo cocheiro (cap. 89), que supostamente envolveria Sofia e Carlos Maria.**

mas ainda assim não se lembrou de inventar nada. Passou, porém, uma senhora com um menino — a da Rua da Saúde —, e Rubião quedou-se a olhar para ela com vistas de amor e melancolia. Aqui é que o cocheiro o teve por **lascivo**, além de **pródigo**, e encomendou-lhe as suas prendas. Se falou em Rua da Harmonia foi por sugestão do bairro donde vinham; e, se disse que trouxera um moço da Rua dos Inválidos, é que naturalmente transportara de lá algum, na véspera — talvez o próprio Carlos Maria —, ou porque lá morasse ou porque lá tivesse a cocheira — qualquer outra circunstância que lhe ajudou a invenção, como as reminiscências do dia servem de matéria aos sonhos da noite. Nem todos os cocheiros são imaginativos. Já é muito concertar farrapos da realidade*.

Resta só a coincidência de morar na Rua da Harmonia uma das costureiras do luto. Aqui, sim, parece um propósito do acaso. Mas a culpa é da costureira; não lhe faltaria casa mais para o centro da cidade, se quisesse deixar a agulha e o marido. Ao contrário disso, ama-os sobre todas as coisas deste mundo. Não era razão para que eu cortasse o episódio ou interrompesse o livro.

107

Das reflexões de Sofia é que não há que explicar. Todas tinham o pé da verdade. Era certo e certíssimo que Carlos Maria não correspondera às primeiras esperanças — nem às segundas e terceiras —, porque as houve em quadras diversas, ainda que menos verdes e bastas. Quanto à causa disso, vimos que Sofia, à míngua de uma, atribuiu-lhe sucessivamente três**. Não chegou a pensar em alguns amores que ele porventura trouxesse e lhe tornassem **insípidos** quaisquer outros. Seria uma quarta causa, e talvez a verdadeira***.

Lascivo: que gosta dos prazeres sexuais.

Pródigo: esbanjador.

*** Vê-se, portanto, que a história contada pelo cocheiro, que tanto atormentou Rubião, foi uma mentira.**

**** Quais eram as três causas a que se refere o narrador?**

Insípidos: sem graça, desinteressantes.

***** Por que Sofia não teria pensado nessa quarta causa? O que isso significaria admitir?**

108

Durante alguns meses, Rubião deixou de ir ao Flamengo. Não foi resolução fácil de cumprir. Custou-lhe muita hesitação, muito arrependimento; mais de uma vez chegou a sair com o propósito de visitar Sofia e pedir-lhe perdão. De quê? Não sabia; mas queria ser perdoado. Em todas as tentativas desse gênero, a lembrança de Carlos Maria fazia-o recusar. De certo ponto em diante, foi o próprio lapso de tempo que o tolheu; era esquisito aparecer um dia, como um triste filho pródigo, unicamente para suplicar o calor dos belos olhos da dona da casa. Ia ao armazém visitar o Palha; esse, ao fim de cinco semanas, **reprochou-lhe** a ausência; e, passados dois meses, perguntou-lhe se era formal propósito.

— Tenho tido muito que fazer — acudiu Rubião; — esses negócios políticos tomam todo o tempo a uma pessoa. Vou lá domingo.

Sofia aparelhou-se para recebê-lo. Espiaria a ocasião de lhe dizer o que era a carta, jurando por todas as coisas santas, para que ele visse que a verdade não era contra ela. Planos perdidos; Rubião não compareceu. Veio outro domingo, vieram outros domingos... Não obstante, Sofia remeteu-lhe um dia a subscrição para as Alagoas; ele assinou cinco contos de réis.

— É muito — disse-lhe o sócio, no armazém, quando ele lhe foi levar o papel.

— Não dou menos.

— Mas olhe que pode dar muito, sem dar tanto. Parece-lhe então que essa subscrição é feita entre meia dúzia de pessoas? Anda nas mãos de muitas senhoras e de alguns homens; está nos mostradores das lojas, na Praça do Comércio etc. Assine menos.

— Como, se está escrito?

— Deste cinco pode-se fazer muito bem um três. Três contos já é uma boa assinatura. Há maiores, mas

Reprochou-lhe: censurou-lhe.

são de pessoas obrigadas pelo cargo ou pelos milhões; o Bonfim, por exemplo, assinou dez contos.

Rubião não pôde reter um risinho irônico; abanou a cabeça, e não recuou dos cinco contos. Só emendaria escrevendo o algarismo um atrás — quinze contos —, mais que o Bonfim.

— Seguramente que pode dar cinco, dez e quinze contos, tornou o Palha; mas o seu capital precisa cautelas, você está **entrando muito por ele**... Repare que já lhe rende menos.

Palha era agora o depositário dos títulos de Rubião (ações, apólices, escrituras) que estavam fechados na **burra** do armazém. Cobrava-lhe os juros, os dividendos e os aluguéis de três casas, que lhe fizera comprar algum tempo antes, a vil preço, e que lhe rendiam muito. Guardava também uma porção de moedas de ouro, porque Rubião tinha a mania de as colecionar, para a contemplação. Conhecia, mais que o dono, a soma total dos bens*, e assistia aos rombos feitos **na caravela, sem temporal, mar de leite**. Três contos bastavam, insistiu ele; e provou a sinceridade pelo fato de ser justamente marido da fundadora da comissão. Mas o Rubião não desistiu dos cinco; aproveitou a ocasião para pedir-lhe mais dez; precisava de dez contos. Palha coçou a cabeça.

— Você desculpe — disse-lhe ao cabo de alguns instantes —, mas para que é que os quer? Não está certo que vai perdê-los, ou arriscá-los, ao menos?

Rubião riu da objeção.

— Se eu estivesse certo de que os perdia, não vinha buscá-los. Pode ser arriscado, mas não é sem arriscar que se ganha. Preciso deles para um negócio, quero dizer, três negócios. Dois são empréstimos seguros, e não passam de um conto e quinhentos. Os oito contos e quinhentos são para uma empresa. Por que abana a cabeça, se não sabe de que se trata?

— Por isso mesmo. Se você me consultasse, se me dissesse que empresa e que pessoas eram, eu veria logo se podia arriscar-se; e receio muito que nada preste, a

Entrando muito por ele: isto é, está gastando muito dinheiro.

Burra: cofre.

*** A fortuna de Rubião continua inteiramente aos cuidados de Palha. Rubião não se interessa em saber como vão os negócios, vivendo alheio a tudo isso. E sua riqueza diminui cada vez mais.**

Na caravela, sem temporal, mar de leite: o narrador compara os rombos no capital de Rubião a uma caravela que, sem motivos sérios ("sem temporal"), num mar calmo ("mar de leite"), começa a apresentar buracos. Isto é, Rubião está desperdiçando sua fortuna.

não ser o dinheiro que se perder. Lembra-se das ações daquela Companhia União dos Capitais Honestos? Disse-lhe logo que esse título era enfático, um modo de **embair** a gente e dar emprego a sujeitos necessitados. Você não quis crer, e caiu. As ações estão por baixo, e já esse semestre não há dividendos.

— Pois venda justamente essas ações; contento-me com o sólido. Ou então dê-me da caixa da nossa casa... Passo logo por aqui, se você quiser, ou mande-me lá a Botafogo. Caucione umas apólices, se lhe parecer melhor...

— Não, não faço nada; não dou os dez contos — atalhou fogosamente o Palha. — Basta de ceder a tudo; o meu dever é resistir. Empréstimos seguros? Que empréstimos são esses? Não vê que lhe levam o dinheiro e não lhe pagam as dívidas? Sujeitos que vão ao ponto de jantar diariamente com o próprio credor, como um tal Carneiro que lá tenho visto. Dos outros não sei se lhe devem também; é possível que sim. Vejo que é demais. Falo-lhe por ser amigo; não dirá algum dia que não foi avisado em tempo. De que há de viver, se estragar o que possui? A nossa casa pode cair.

— Não cai — acudiu o Rubião.

— Pode cair; tudo pode cair. Eu vi cair o banqueiro **Souto**, em 1864.

Rubião remoía os conselhos do sócio, não por serem bons nem prováveis, mas por achar neles uma intenção **maviosa**, revestida de forma crua. Agradeceu-os de coração, mas rejeitou-os; precisava dos dez contos. Podia ter mais **tento**, dali em diante, e afirmava-lhe que seria menos fácil. De resto, possuía de sobra, tinha dinheiro para dar e vender...

— Para vender só — emendou o Palha.

E depois de um instante:

— Bem, agora é tarde, amanhã levo-lhe os dez contos. E por que os não há de ir buscar lá à nossa casa ao Flamengo? Que mal lhe fizemos nós? Ou que lhe fizeram elas? Porque a zanga parece ser com elas, visto que o vejo aqui. Que foi, para castigá-las? — concluiu rindo.

Embair: enganar, iludir.

Souto: conhecido banqueiro da época.

Maviosa: amigável.

Tento: atenção, cuidado.

Rubião desviou os olhos do sócio, cuja palavra lhe parecia afiada de ironia — como de pessoa que soubesse tudo, e risse dele. Quando lhos tornou, viu o mesmo semblante interrogativo, e respondeu:

— Não me fizeram nada; lá irei amanhã à noite.

— Vá jantar.

— Jantar não posso, tenho uns amigos em casa; vou de noite. — E querendo rir: — Não as castigue, que não me fizeram nada.

"Alguém o possui", refletiu Palha logo que ele saiu; "alguém, por inveja às nossas relações... Também pode ser que Sofia lhe fizesse alguma coisa para arredá-lo de casa..."

Rubião **assomou** outra vez à porta; não tivera tempo de chegar à esquina. Voltava para dizer que, precisando do dinheiro cedo, viria buscá-lo ao armazém; de noite iria então visitá-los. Precisava do dinheiro até às duas horas da tarde.

109

Nessa noite, Rubião sonhou com Sofia e Maria Benedita. Viu-as num grande terreiro, apenas vestidas de saia, costas inteiramente despidas; o marido de Sofia, armado de um **azorrague** de cinco pontas de couro, rematando em bicos de ferro, castigava-as **despiedadamente**. Elas gritavam, pediam misericórdia, torciam-se, alagadas em sangue, as carnes caíam-lhes aos bocados. Agora, por que razão Sofia era imperatriz **Eugênia**, e Maria Benedita uma **aia** sua, é o que não sei dizer com exatidão. "São sonhos, sonhos, Penseroso!", exclamava um personagem do nosso **Álvares de Azevedo**. Mas eu prefiro a reflexão do velho **Polonius**, acabando de ouvir uma fala tresloucada de **Hamlet**: "Desvario embora, lá tem seu método". Também há método* aqui, nessa

Assomou: **surgiu.**

Azorrague: **chicote.**

Despiedadamente: **impiedosamente.**

Eugênia: **mulher do imperador Luis Napoleão III, sobrinho do famoso Napoleão Bonaparte.**

Aia: **serva.**

Álvares de Azevedo (1831-1852): **poeta romântico brasileiro.**

Polonius e Hamlet: **personagens da tragédia *Hamlet*, de Shakespeare (1564-1616).**

*** Isto é, não parace tão maluca a mistura de Sofia e Eugênia na cabeça de Rubião. O que o narrador insinua com esse comentário?**

mistura de Sofia e Eugênia; e ainda há método no que se lhe seguiu, e que parece mais extravagante.

Sim, Rubião, indignado, mandou logo cessar o castigo, enforcar o Palha e recolher as vítimas. Uma delas, Sofia, aceitou um lugar na carruagem aberta que esperava pelo Rubião, e lá foram a galope, ela **garrida** e sã, ele glorioso e dominador. Os cavalos, que eram dois à saída, eram daí a pouco, oito, quatro belas parelhas. Ruas e janelas cheias de gente, flores chovendo em cima deles, aclamações... Rubião sentiu que era o imperador Luís Napoleão; o cachorro ia no carro aos pés de Sofia...*

Tudo acabou sem fim, nem fracasso. Rubião abriu os olhos; talvez alguma pulga o mordeu; qualquer coisa: "Sonhos, sonhos, Penseroso!" Ainda agora prefiro o dito de Polonius: "Desvario embora, lá tem seu método!".

110

Rubião fez os dois empréstimos e o negócio. O negócio era uma Empresa Melhoradora dos Embarques e Desembarques no Porto do Rio de Janeiro. Um dos empréstimos tinha por fim pagar certa conta atrasada de papel da *Atalaia*, dívida urgente. A folha estava ameaçada de parar.

— Perfeitamente — disse Camacho, quando Rubião lhe foi levar o dinheiro à casa. — Muito obrigado. Veja você como, por uma miséria dessa ordem, podia emudecer o nosso órgão. São os espinhos naturais da carreira. O povo não está educado; não reconhece, não apoia os que trabalham por ele, os que descem à arena todos os dias em defesa das liberdades constitucionais. Imagine que, de momento, não dispúnhamos desse dinheiro, tudo estava perdido, cada um ia para os seus negócios, e os princípios ficavam sem o seu leal expositor.

— Nunca! — protestou Rubião.

Garrida: elegante, graciosa.

*** Nos devaneios de Rubião, reaparecem as ideias de grandeza como vimos nos capítulos 81 e 82.**

— Tem razão; redobraremos de esforços. A *Atalaia* será como o **Anteu** da fábula. De cada vez que cair, erguer-se-á com mais vida.

Dito isso, Camacho mirou o maço de notas. Um conto e duzentos, não? — perguntou; e meteu-o no bolso do fraque. Continuou a dizer que estavam seguros agora, a folha ia de vento em popa. Tinha certas reformas materiais em vista; foi ainda mais longe:

— Precisamos desenvolver o programa, dar um empurrão aos correligionários, atacá-los, se for preciso...

— Como?

— Ora, como? Atacando. Atacar é um modo de dizer; corrigir. É evidente que o órgão do partido está afrouxando. Chamo órgão do partido porque a nossa folha é órgão das ideias do partido; compreende a diferença?

— Compreendo.

— Vai afrouxando — continuou Camacho, apertando um charuto entre os dedos, antes de o acender; — nós precisamos de acentuar os princípios, mas francamente, nobremente, dizendo a verdade. Creia que os chefes precisam ouvi-la a seus próprios amigos e **aderentes**. Nunca rejeitei a conciliação dos partidos, **pugnei** por ela; mas conciliação não é jogo de **empulha**. Para lhe dar um exemplo, na minha província a gente dos Pinheiros tem o apoio do governo, unicamente para me deslocar; e os meus correligionários da Corte, em vez de a combater, visto que o governo lhe dá força, que pensa que fazem? Dão também apoio aos Pinheiros.

— Têm ao menos alguma influência os Pinheiros?

— Nenhuma — respondeu Camacho, fechando violentamente a caixa de fósforos que ia a abrir. — Há um réu de polícia entre eles, e há outro que até foi aprendiz de barbeiro. Matriculou-se, é verdade, na Faculdade do Recife, creio que em 1855, por morte do padrinho que lhe deixou alguma coisa, mas tal é o escândalo da carreira desse homem que, logo depois de receber o diploma de bacharel, entrou na assembleia provincial. É uma besta; é tão bacharel como eu sou papa.

Anteu: gigante da mitologia grega. Hércules tentou matá-lo três vezes, mas o gigante recobrava as forças cada vez que tocava o solo. Afinal, Hércules o suspendeu e o sufocou no ar.

Aderentes: adeptos.

Pugnei: lutei.

Empulha: empulhação, tapeação.

Entenderam-se sobre as modificações políticas da folha. Camacho lembrou ao Rubião que a candidatura deste naufragara por causa justamente da oposição dos chefes. De alguns, emendou logo. Rubião concordou; assim lho tinha dito o amigo em tempo, e a lembrança avivou o ressentimento do desastre. Podia, devia estar na câmara. Os tais é que o não quiseram; mas haviam de ver, pensava Rubião; tinham de amargar o mal feito. Deputado, senador, ministro, vê-lo-iam tudo, com olhos tortos e espantados. A cabeça de nosso amigo, tanto que o outro lhe pôs a faísca, foi ardendo de si mesma, não por ódio, nem inveja, mas de ambição ingênua, de cordial certeza, visão antecipada e deslumbrante das grandezas. Camacho estimou achá-lo de acordo.

— A nossa gente é de igual opinião — disse ele. — Creio que não faz mal uma pequena ameaça aos amigos.

Nessa mesma noite, leu-lhe o artigo em que advertia o partido da conveniência de não ceder às **perfídias** do poder, apoiando em algumas províncias certa gente corrupta e sem valor. Eis aqui a conclusão:

"Os partidos devem ser unidos e disciplinados. Há quem pretenda (***mirabile dictu***!) que essa disciplina e união não podem ir ao ponto de rejeitar os benefícios que caem das mãos dos adversários. ***Risum teneatis***! Quem pode proferir tal blasfêmia sem que lhe tremam as carnes? Mas suponhamos que assim seja, que a oposição possa, uma ou outra vez, fechar os olhos aos desmandos do governo, à postergação das leis, aos excessos da autoridade, à perversidade e aos sofismas. ***Quid inde*?** Tais casos — aliás, raros — só podiam ser admitidos quando favorecessem os elementos bons, não os maus. Cada partido tem os seus **díscolos e sicofantas**. É interesse dos nossos adversários ver-nos afrouxar, a troco da animação dada à parte corrupta do partido. Essa é a verdade; negá-lo é provocar-nos à guerra **intestina**, isto é, à dilaceração da alma nacional... Mas não, as ideias não morrem; elas são o **lábaro** da justiça. Os vendilhões serão expulsos do

Perfídias: **deslealdades, traições.**

Mirabile dictu (em latim): **espantoso de se dizer.**

Risum teneatis (em latim): **contereis o riso.**

Quid inde? (em latim): **e daí?**

Díscolos e sicofantas: **dissidentes e caluniadores.**

Intestina: **interna.**

Lábaro: **bandeira.**

templo; ficarão os crentes e os puros, os que põem acima dos interesses mesquinhos, locais e passageiros a vitória **indefectível** dos princípios. Tudo que não for isso ter-nos-á contra si. ***Alea jacta est***".

111

Rubião aplaudiu o artigo; achava-o excelente. Talvez pouco enérgico. *Vendilhões*, por exemplo, era bem dito; mas ficava melhor *vis vendilhões*.

— Vis vendilhões? Há só um inconveniente — ponderou Camacho. — É a repetição dos vv. Vis ven... Vis vendilhões; não sente que o som fica desagradável?

— Mas lá em cima há *vés vis*...

—*Vae victis*. Mas é uma frase latina. Podemos arranjar outra coisa: vis mercadores.

— Vis mercadores é bom.

— Contudo, *mercadores* não tem a força de *vendilhões*.

— Então, por que não deixa vis vendilhões? Vis vendilhões é forte; ninguém repara no som. Olhe, eu nunca dou por isso. Gosto de energia. Vis vendilhões.

— Vis vendilhões, vis vendilhões — repetiu Camacho, à meia-voz. — Já estou achando melhor. Vis vendilhões. Aceito — concluiu emendando. E releu: "Os vis vendilhões serão expulsos do templo; ficarão os crentes e os puros, os que põem acima dos interesses mesquinhos, locais e passageiros a vitória indefectível dos princípios. Tudo que não for isso ter-nos-á contra si. *Alea jacta est*".

— Muito bem! — disse Rubião, sentindo-se algum tanto autor do artigo.

— Parece-lhe bem? — perguntou Camacho, sorrindo. — Há pessoas que ainda me acham no estilo a frescura do meu tempo de estudante. Não sei, não digo nada; a disposição, sim, é a mesma. Hei de castigá-los; havemos de castigá-los.

Indefectível: imperecível.

***Alea jacta est* (em latim): a sorte está lançada. Para impressionar os leitores e exibir erudição, Camacho recheia o artigo de expressões latinas.**

112

Aqui é que eu quisera ter dado a este livro o método de tantos outros, — velhos todos, — em que a matéria do capítulo era posta no sumário: "De como aconteceu isso assim, e mais assim". Aí está Bernardim Ribeiro; aí estão outros livros gloriosos. Das línguas estranhas, sem querer subir a Cervantes nem a Rabelais, bastavam-me Fielding e Smollett*, muitos capítulos dos quais só pelo sumário estão lidos. Pegai em ***Tom Jones***, livro IV, capítulo I, lede este título: *Contendo cinco folhas de papel*. É claro, é simples, não engana a ninguém; são cinco folhas, mais nada, quem não quer não lê, e quem quer lê; para os últimos é que o autor conclui obsequiosamente: "E agora, sem mais prefácio, vamos ao seguinte capítulo" **.

113

Se tal fosse o método deste livro, eis aqui um título que explicaria tudo: "De como Rubião, satisfeito da emenda feita no artigo, tantas frases compôs e ruminou, que acabou por escrever todos os livros que lera".

Lá haverá leitor a quem só isso não bastasse. Naturalmente, quereria toda a análise da operação mental do nosso homem, sem advertir que, para tanto, não chegariam as cinco folhas de papel de Fielding. Há um abismo entre a primeira frase de que Rubião era coautor até a autoria de todas as obras lidas por ele; é certo que o que mais lhe custou foi ir da frase ao primeiro livro; deste em diante a carreira fez-se rápida. Não importa; a análise seria ainda assim longa e fastidiosa. O melhor de tudo é deixar só isso; durante alguns minutos, Rubião se teve por autor de muitas obras alheias.

*** Referência a vários escritores antigos: o português Bernardim Ribeiro (1500-1550); o espanhol Cervantes (1547-1616); o francês Rabelais (1494-1553); o inglês Fielding (1707--1754) e o escocês Smollett (1721-1771).**

Tom Jones: **famoso romance do escritor Fielding.**

**** Outra passagem em que o autor explora a metalinguagem: o narrador põe-se a comentar a elaboração da própria narrativa.**

114

Ao contrário, não sei se o capítulo que se segue poderia estar todo no título.

115

Rubião foi mantendo o propósito de não tornar a ver Sofia; pelo menos, não ia ao Flamengo. Viu-a um dia passar de carro, com uma das damas da comissão das Alagoas; ela inclinou-se risonha, dizendo-lhe adeus com a mão. Ele retribuiu o cumprimento, tirando o chapéu, com tal ou qual alvoroço, mas não ficou parado como lhe aconteceria dantes; apenas lançou um olhar ao carro que ia andando. Também ele foi andando — e pensando no lance da carta, não compreendendo aquele gesto de mão, sem ódio nem vexame —, como se nada houvesse entre eles. Podia ser que o serviço da comissão e a companheira que levava explicassem a benevolência graciosa de Sofia; mas Rubião não cogitou dessa hipótese.

— Estará assim tão falta de brio? — perguntava ele. — Pois não se lembra da carta que achei, mandada por ela ao tal **gamenho** da Rua dos Inválidos? É muito; é demais. Parece um desafio, um modo de dizer que não faz caso, que escreverá todas as cartas que quiser. Que as escreva, mas gaste algum dinheiro em registrá-las no correio; é barato.

Achou algum **pico** em si mesmo, e riu-se. Isso e um homem que passou rasgando-lhe uma cortesia tiraram-lhe o amargor das saudades, e ele esqueceu o assunto para cuidar de outro, que o levava ao Banco do Brasil.

Ao entrar no banco esbarrou com o sócio, que saía.

Gamenho: malandro.

Pico: graça.

— Creio que vi agora dona Sofia — disse-lhe Rubião.

— Onde?

— Na Rua dos Ourives; ia de carro, com outra senhora, que não conheço. Como tem você passado?

— Viu-a, e não se lembrou de nada — observou Palha, sem responder à pergunta. — Não se lembrou que ela faz anos, quarta-feira, depois de amanhã. Não lhe peço que vá jantar, não ouso tanto, seria convidá-lo a aborrecer-se; mas uma xícara de chá bebe-se depressa. Faz-me esse favor?

Rubião não respondeu logo.

— Vou até jantar — disse finalmente. — Quarta-feira? Conte comigo. Tinha-me esquecido, confesso; mas ando com tanta coisa na cabeça... Espere por mim daqui a meia hora, no armazém.

Antes de meia hora estava lá, pedindo-lhe dois contos de réis. Palha já não resistia ao desmoronamento do capital*; e, se uma ou outra vez, dizia alguma palavrinha frouxa, agora entregou-lhe o dinheiro com indiferença. Rubião não tornou a casa sem comprar um magnífico brilhante, que, na quarta-feira, enviou a Sofia, acompanhado de um bilhete de visita e duas palavras de felicitação.

Sofia estava só, no quarto de vestir, calçando os sapatos, quando a criada lhe entregou o pacote. Era o terceiro presente do dia; a criada esperou que ela o abrisse para ver também o que era. Sofia ficou deslumbrada, quando abriu a caixa e deu com a rica joia — uma bela pedra, no centro de um colar. Esperava alguma coisa bonita; mas, depois dos últimos sucessos, mal podia crer que ele fosse tão generoso. Batia-lhe o coração.

— O portador está aí?

— Já foi. Que bonito, minha ama!

Sofia fechou a caixa e acabou de calçar-se. Deteve-se algum tempo, sentada, sozinha, recordando coisas idas, e levantou-se pensando: "Aquele homem adora-me".

Tratou de vestir-se; mas, ao passar por diante do espelho, deixou-se estar alguns instantes. Compra-

*** Rubião vai perdendo cada vez mais a sua riqueza.**

zia-se na contemplação de si mesma, das suas ricas formas, dos braços nus de cima a baixo, dos próprios olhos contempladores. Fazia vinte e nove anos, achava que era a mesma dos vinte e cinco, e não se enganava. Cingido e apertado o colete, diante do espelho, acomodou os seios com amor e deixou espraiar-se o colo magnífico. Lembrou-se então de ver como lhe ficava o brilhante; tirou o colar e pô-lo ao pescoço. Perfeito. Voltou-se da esquerda para a direita, e vice-versa, aproximou-se, afetou-se, aumentou a luz do camarim; perfeito. Fechou a joia e guardou-a. "Aquele homem adora-me", repetiu.

"Provavelmente, ele lá estará," pensou Rubião, indo jantar ao Flamengo; "duvido que tenha dado melhor presente que eu".

Carlos Maria lá estava, efetivamente, conversando, entre uma das comissárias das Alagoas e Maria Benedita. Poucos eram os convivas; houve propósito em escolher e limitar. Não estava ali o major Siqueira, nem a filha nem as senhoras e os homens que Rubião conheceu naquele outro jantar de Santa Teresa. Da comissão das Alagoas viam-se algumas damas; via-se mais o diretor do banco — o da visita ao ministro —, com a senhora e as filhas, outro personagem bancário, um comerciante inglês, um deputado, um desembargador, um conselheiro, alguns capitalistas, e pouco mais*.

Posto que evidentemente gloriosa, Sofia esqueceu por um instante os outros quando viu Rubião entrar na sala e caminhar para ela. Ou mudança, ou descostume, achou-lhe outro ar, passo firme, cabeça levantada, o avesso, em suma, do antigo gesto encolhido e diminuto. Sofia apertou-lhe a mão com força e sussurrou um agradecimento. À mesa fê-lo sentar ao pé de si, tendo do outro lado a presidente da comissão. Rubião olhava superiormente para tudo. A qualidade dos convivas não lhe produziu impressão, nem o ar cerimonioso, nem o luxo da mesa; nada disso o deslumbrou. O mesmo cuidado particular de Sofia, embora

*** Os convidados pertencem agora a um círculo social mais alto que os de outros tempos. À medida que enriquecem, Palha e Sofia vão trocando de amigos.**

lhe fosse agradável, não o tonteava, como outrora. E da parte dela era mais apurada a atenção, e os olhos excepcionalmente meigos e serviçais. Rubião procurou Carlos Maria; lá estava entre as mesmas moças da sala — Maria Benedita e a comissária das Alagoas. Verificou que só se ocupava com elas, não olhava para Sofia, nem essa para ele.

"Talvez disfarcem", pensou.

Pareceu-lhe, ao levantarem-se da mesa, que trocavam um olhar; mas o movimento geral da reunião podia iludi-lo, e Rubião **não fez maior cabedal** da observação. Sofia dera-se pressa em tomar-lhe o braço. De caminho, disse-lhe ela:

— Tenho esperado pelo senhor desde aquele dia, e nunca mais veio aqui. Era meu direito exigi-lo, para explicar-me. Logo falaremos.

Rubião foi daí a pouco para o gabinete dos fumantes. Ouviu calado, com os olhos **erradios**. Quando os outros saíram, Rubião deixou-se estar só, meio reclinado em um sofá de couro, sem pensar. A imaginação é que fazia o seu ofício, um tanto pachorrenta, agora — talvez porque ele tivesse comido muito. Lá fora iam entrando os convidados da noite; enchia-se a casa, crescia o burburinho da conversação, sem que o nosso amigo descesse dos seus belos sonhos. O próprio som do piano, que fez calar todos os rumores, não o atraiu à terra. Mas um farfalhar de sedas, entrando no gabinete, fê-lo erguer-se de golpe, acordado.

— Aí está — disse Sofia —, recolhe-se aqui para fugir ao aborrecimento; nem quer ouvir boa música. Pensei que tivesse ido embora. Vim ter com o senhor.

E sem mais demora, porque não podia perder um minuto, referiu-lhe o que sabemos da carta achada no jardim de Botafogo; lembrou-lhe que, antes de a abrir, pedira-lhe que ele mesmo a abrisse e lesse. Que melhor prova de inocência? A palavra saía-lhe rápida, séria, digna e comovida. Ocasião houve em que os olhos se lhe tornaram úmidos; ela enxugou-os e ficaram vermelhos.

Não fez maior cabedal: não deu maior importância.

Erradios: desnorteados, vagos.

Rubião pegou-lhe na mão, e viu ainda uma lágrima — uma pequena lágrima — escorregar até o canto da boca. Jurou então que sim, acreditava em tudo. Que ideia aquela de chorar? Sofia enxugou ainda os olhos, e estendeu-lhe a mão agradecida.

— Até já — disse ela.

O piano continuava; Rubião notou-lhe essa circunstância. Enquanto ouviam tocar, não viriam ter com eles.

— Mas eu é que não posso estar ausente tanto tempo — acudiu Sofia. — Demais, tenho ordens que dar. Até já.

— Olhe, escute — insistiu Rubião.

Sofia parou.

— Escute; deixe-me dizer-lhe, e não sei se pela última vez...

— Pela última vez?

— Quem sabe? Pode ser que última. Importa-me pouco que esse homem viva ou não, mas posso achá-lo aqui alguma vez, e não me sinto disposto a brigar.

— Há de encontrá-lo todos os dias. Cristiano ainda lhe não disse o que há? Vai casar com Maria Benedita.

Rubião deu um passo para trás.

— Casam-se — continuou ela. — O fato é de admirar porque surgiu quando menos contávamos com isso; ou eram muito fingidos, ou foi coisa que lhes deu de repente. Casam-se. Maria Benedita contou-me uma história, que me foi confirmada por outra pessoa; mas, afinal, a história é sempre a mesma. Gostaram um do outro, e adeus. Casam-se, brevemente. Quando ele falou a Cristiano, Cristiano respondeu que dependia de mim... Como se fosse mãe dela! Consenti logo, e desejo que sejam felizes. Ele parece bom rapaz; ela é excelente criatura; hão de ser felizes, por força. É bom negócio, sabe? Ele está de posse de todos os bens do pai e da mãe. Maria Benedita não tem nada, em dinheiro; mas tem a educação que lhe dei. Há de lembrar-se que, quando veio para minha companhia, era um bicho do mato; não sabia quase nada; fui eu que a eduquei. Minha tia merecia tudo, e ela também. Pois é verdade, casam-se muito breve. Não os viu hoje sempre juntos? Não há ainda participação oficial; mas os íntimos da família podem saber.

Para quem tinha tanta pressa, eis aí um discurso demasiado comprido. Sofia deu por isso um pouco tarde; repetiu a Rubião que até logo, que fosse para a sala. O piano acabara; ouvia-se um burburinho discreto de aplauso e conversação.

116

Iam casar? Mas como é então que?... Maria Benedita — era Maria Benedita que casava com Carlos Maria; mas então Carlos Maria... Compreendia agora; era tudo engano, confusão; o que parecia ser com uma pessoa era com outra, e aí está como a gente pode chegar à calúnia e ao crime.

Assim reflexionava Rubião, saindo para a sala de jantar, onde os copeiros **adereçavam** a mesa da ceia. E continuou, andando ao comprido da sala: "Ora vejam! E o Palha queria justamente casar-me com a prima, mal sabendo que o destino lhe guardava outro noivo. Não é feio rapaz; é muito mais bonito que ela. Ao pé de Sofia, Maria Benedita vale pouco ou nada; mas a simpatia é assim mesmo... Casam-se, e breve... Será de estrondo o casamento? Deve ser; o Palha vive agora um pouco melhor..." — e Rubião lançava os olhos aos móveis, porcelanas, cristais, reposteiros. "Há de ser de estrondo. E depois o noivo é rico...". Rubião pensou na carruagem e nos cavalos que levaria; tinha visto uma parelha soberba, no Engenho Velho, dias antes, que estava mesmo ao pintar. Ia fazer a encomenda de outra assim, fosse por que preço; tinha também de presentear a noiva. Ao pensar nela, viu-a entrar na sala.

— Prima Sofia onde está? — perguntou ela ao Rubião.

— Não sei; esteve aqui há pouco.

E, como a visse disposta a ir adiante, pediu-lhe uma palavra, e que se não zangasse. Maria Benedita esperou; ele, sem hesitação, deu-lhe os parabéns. Sabia que ia casar... Maria Benedita ficou muito vermelha e murmurou que não divulgasse nada. Não havia então nenhum criado ali; Rubião pegou-lhe na mão e fechou-a entre as suas.

— Eu sou da casa — disse; — a senhora merece ser feliz, e espero que seja.

Adereçavam: arrumavam.

Um pouco assustada, Maria Benedita puxou a mão e libertou-a; mas, para o não aborrecer, sorriu. Não era preciso tanto; ele estava encantado. Sabemos que a moça não era bonita. Pois estava linda, à força da felicidade. A natureza parecia haver posto nela as suas mais finas ideias. Sorrindo igualmente, Rubião continuou:

— Foi sua prima que me disse; recomendou-me segredo. Não direi nada antes do tempo. Mas que tem que diga à senhora? A senhora é boa e merece tudo. Não é preciso esconder os olhos; casar não é vergonha. Vamos lá; levante a cabeça e ria.

Maria Benedita pôs nele os olhos radiantes.

— Isso! — aplaudiu Rubião. — Que mal há em confessar-se a um amigo? Deixe-me dizer-lhe a verdade; creio que a senhora será feliz, mas admito que ele ainda será mais feliz. Não? Verá se não é verdade; ele mesmo lhe há de dizer o que sentir, e, se for sincero, a senhora reconhecerá que eu estou apenas profetizando. Bem sei que não tem balança para medir os sentimentos; enfim, o que eu quero dizer é que a senhora é uma linda e boa criatura... Vá, vá-se embora; se não, fico dizendo verdades, e a senhora está corando muito.

De fato, Maria Benedita corava de gosto, ouvindo a linguagem de Rubião. Em casa, achara aquiescência*, nada mais. O próprio Carlos Maria não era assim terno; gostava dela com **circunspecção**. Falava-lhe da felicidade conjugal como de uma taxa que ia receber do destino — pagamento devido, integral e certo. Também não era preciso que a tratasse de outro modo para que ela o adorasse sobre todas as coisas deste mundo. Rubião repetiu a despedida, e ficou a olhar para ela, como para uma filha. Viu-a ir assim, atravessar a sala, viva e satisfeita — tão diversa do que achara em outros tempos —, a desaparecer por uma das portas. Não pôde reter esta palavra:

— Linda e boa criatura!

*** Maria Benedita ressente-se da frieza com que era tratada. Por isso, alegrou-se com as palavras carinhosas de Rubião.**

Circunspecção: ponderação, sem entusiasmo.

117

A história do casamento de Maria Benedita é curta; e, posto Sofia a ache vulgar, vale a pena dizê-la*. Fique desde já admitido que, se não fosse a epidemia das Alagoas, talvez não chegasse a haver casamento; donde se conclui que as catástrofes são úteis, e até necessárias. Sobejam exemplos; mas basta um contozinho que ouvi em criança, e que aqui lhes dou em duas linhas. Era uma vez uma choupana que ardia na estrada; a dona — um triste **molambo de mulher** — chorava o seu desastre, a poucos passos, sentada no chão. Senão quando, indo a passar um homem ébrio, viu o incêndio, viu a mulher, perguntou- lhe se a casa era dela.

— É minha, sim, meu senhor; é tudo o que eu possuía neste mundo.

— Dá-me então licença que acenda ali o meu charuto?

O padre que me contou isso certamente emendou o texto original; não é preciso estar embriagado para acender um charuto nas misérias alheias**. Bom padre Chagas! — Chamava-se Chagas. — Padre mais que bom, que assim me incutiste por muitos anos essa ideia consoladora, de que ninguém, em seu juízo, faz render o mal dos outros; não contando o respeito que aquele bêbado tinha ao princípio da propriedade, a ponto de não acender o charuto sem pedir licença à dona das ruínas. Tudo ideias consoladoras. Bom padre Chagas!

*** Por que Sofia achava vulgar a história desse casamento? O narrador insinua alguma coisa com esse comentário? Observe que aqui tem início um *flashback* que vai até o fim do capítulo 120.**

Molambo de mulher: **mulher esfarrapada.**

**** Essa anedota, no fundo um caso de humor negro, tem relação com a história de Rubião? A felicidade de uns pode nascer da infelicidade de outros?**

118

Adeus, padre Chagas! Vou à história do casamento. Que Maria Benedita gostava de Carlos Maria é coisa vista ou pressentida desde aquele baile da Rua dos Arcos, em que ele e Sofia valsaram tanto. Vimo-la na manhã seguinte, pronta a ir para a roça; a prima apazigou-a com a promessa de que lhe estava arranjando um noivo*. Maria Benedita cuidou que era o valsista da véspera, e ficou esperando. Não lhe confessou nada — por vergonha, a princípio —, e depois, por lhe não fazer perder o efeito da novidade, quando Sofia houvesse de descobrir o nome da pessoa. Se confessasse desde logo, podia acontecer também que a outra afrouxasse na tarefa, e lá se perdia a causa. Não façamos caso disso; são pequenos cálculos de moça.

Sobreveio a epidemia das Alagoas. Sofia organizou a comissão, que trouxe novas relações à família Palha. Incluída entre as senhoras que formavam uma das subcomissões, Maria Benedita trabalhou com todas, mas granjeou em especial a estima de uma delas. Dona Fernanda, esposa de um deputado. Dona Fernanda tinha pouco mais de trinta anos, era jovial, expansiva, corada e robusta; nascera em Porto Alegre, casara com um bacharel das Alagoas, deputado agora por outra província, e, segundo corria, prestes a ser ministro de Estado. A naturalidade do marido foi o pretexto para metê-la na comissão; e bem acertado foi, porque ela pedia como quem manda, não tinha acanhamento nem admitia recusa. Carlos Maria, que era seu primo, foi visitá-la logo que ela chegou ao Rio de Janeiro. Achou-a mais formosa ainda que em 1865, último ano em que a vira, e talvez fosse verdade; concluiu que o ar do Sul era feito para enrijar as pessoas, duplicar-lhes as graças, e prometeu ir lá acabar os seus dias.

— Vamos para lá, que lhe arranjarei casamento — disse ela. — Conheço uma moça de Pelotas que é um ***bijou***, e só casa com moço da Corte.

— Comigo, naturalmente?

— Da Corte e de olhos grandes. Olhe que não estou brincando. É uma **guasca** de primeira ordem. Tenho aqui o retrato dela.

Dona Fernanda abriu o álbum e mostrou o retrato da pessoa.

*** Referência ao que foi narrado no capítulo 77.**

Bijou (em francês): **joia.**

Guasca: **gaúcha.**

— Não é feia — concordou ele.

— Só?

— Sim, é bonita.

— Onde é que você bota os seus chinelos velhos, primo?

Carlos Maria sorriu sem responder; não gostou da expressão. Quis passar a outro assunto, mas dona Fernanda tornou ao casamento da amiga de Pelotas. Mirava o retrato, coloria-o de palavras, dizendo como eram os olhos, os cabelos, a tez; e depois fez uma pequena biografia de Sonora. Tinha esse bonito nome. O padre que a batizou hesitou em dar-lho, apesar do respeito e influência do pai da menina, rico estancieiro; mas, afinal, cedeu, considerando que as virtudes da pessoa podiam levar o nome ao rol dos santos.

— Crê que ela vá ao rol dos santos? — perguntou Carlos Maria.

— Se casar com você, creio.

— Não me explica nada; casando com o diabo sucederá a mesma coisa, e com mais certeza, por causa do martírio. Santa Sonora, não é feio nome, responde bem ao sentido. Santa Sonora... Em todo caso, prima...

— Você tem raça de judeu*; cale-se — interrompeu ela. — Recusa então a minha guasca? — continuou, indo pôr o álbum no seu lugar.

— Não recuso; deixe-me ir indo com o meu celibato, que é meio caminho do céu.

Dona Fernanda soltou uma gargalhada.

— Deus de misericórdia! Você acredita mesmo que vai para o céu?

— Já cá estou, há vinte minutos. Pois que é esta sala, tranquila, fresca, tão longe da gente que anda lá fora? Aqui conversamos os dois, sem ouvir blasfêmias, sem aturar espíritos aleijados, **tísicos**, **escrofulosos**, insuportáveis, o próprio inferno, em suma. Aqui é o céu, ou um pedaço do céu; uma vez que nós cabemos nele, vale pelo infinito. Conversamos de Santa Sonora, de São Carlos Maria e de Santa Fernanda, que, para contrastar

*** A forma preconceituosa de falar de judeus era comum nesse período e aparece em livros de vários autores.**

Tísicos: tuberculosos pulmonares.

Escrofulosos: que sofrem de tuberculose das glândulas linfáticas.

com São Gonçalo, fez-se casamenteira das moças. Onde é que há outro céu como este?

— Em Pelotas.

— Pelotas fica tão longe! — suspirou ele, estendendo as pernas e pondo os olhos no lustre da sala.

— Está bom, é só a primeira investida; darei outras, até você acabar de querer.

Carlos Maria sorriu e olhou para as borlas caídas do cordão de seda que ela trazia à cintura, atado por um laço frouxo; ou para ver as borlas, ou para notar a gentileza do corpo. Viu bem, ainda uma vez, que a prima era uma bela criatura. A plástica levou-lhe os olhos, o respeito os desviou; mas não foi só a amizade que o fez demorar ainda ali e o trouxe novamente àquela casa. Carlos Maria amava a conversação das mulheres, tanto quanto, em geral, aborrecia a dos homens. Achava os homens declamadores, grosseiros, cansativos, pesados, frívolos, chulos, triviais. As mulheres, ao contrário, não eram grosseiras, nem declamadoras, nem pesadas. A vaidade nelas ficava bem, e alguns defeitos não lhes iam mal; tinham, ao demais, a graça e a meiguice do sexo. "Das mais insignificantes", pensava ele, "há sempre alguma coisa que extrair". Quando as achava insípidas ou estúpidas, tinha para si que eram homens mal-acabados.

Entretanto as relações de dona Fernanda e Maria Benedita iam se estreitando. Esta, além de acanhada, andava triste por aquele tempo; foi justamente a disparidade de caráter e de situação que as prendeu uma à outra. Dona Fernanda possuía, em larga escala, a qualidade da simpatia; amava os fracos e os tristes, pela necessidade de os fazer **ledos** e corajosos. Contavam-se dela muitos atos de piedade e dedicação.

— A senhora que tem? — perguntou ela um dia à amiguinha. — Quase nunca ri, anda sempre com os olhos espantados, pensando...

Maria Benedita respondeu que não tinha nada, que era o seu modo; e sorria dizendo isso, por simples

Ledos: **alegres.**

condescendência. Aludiu à perda da mãe como uma das causas de suas melancolias. Dona Fernanda entrou a levá-la a toda parte, a trazê-la para jantar, a dar-lhe lugar no camarote, se ia ao teatro; e, graças a isso e ao seu gênio galhofeiro, sacudiu da alma da moça os corvos aborrecidos que lá **avoejavam**. Costume e afeição depressa as fizeram íntimas. Não obstante, Maria Benedita continuou a calar o seu mistério.

"Seja qual for o mistério" — pensou um dia dona Fernanda —, "acho que o melhor é casá-la com o Carlos Maria; a Sonora que espere".

— Você precisa casar, Maria Benedita — disse-lhe dali a dois dias, de manhã, na chácara, em Matacavalos; Maria Benedita tinha ido ao teatro com ela e passara lá a noite. — Não quero estremecimentos; precisa casar e há de casar... Desde anteontem que estou para lhe dizer isso, mas essas coisas conversadas em sala ou na rua não têm força. Aqui na chácara é diferente. E, se você tem ânimo de trepar comigo um pedaço do morro, então é que ficaremos bem. Vamos?

— Está fazendo calor...

— É mais poético, menina. Ah! Carioca sem sangue! Vocês só têm água nas veias. Pois fiquemos aqui neste banco. Sente-se; assim, eu fico aqui ao pé armada para tudo. Casa ou morre. Não me replique. Você não é feliz — continuou mudando o tom; — por mais que faça, eu vejo que você passa a vida sem gosto. Venha cá, diga-me com franqueza, tem inclinação a alguém? Se tem, confesse, que eu mando procurar a pessoa.

— Não tenho.

— Não? Pois é justamente o que nos serve. Não precisa pôr **escritos** no coração; conheço um bom inquilino...

Maria Benedita voltou-se de todo para ela, com os lábios entreabertos e os olhos escancarados. Parecia recear da proposta ou ansiar por ela. Dona Fernanda, não atinando com o verdadeiro estado da amiga, pegou-lhe na mão primeiro e pediu que lhe dissesse tudo. De força que amava a alguém, era claro, via-se-lhe nos olhos,

Avoejavam: voavam.

Escritos: placas.

cumpria confessá-lo, instava, rogava — intimaria, se preciso fosse. A mão de Maria Benedita esfriara, os olhos cavavam o chão, e, por alguns instantes, nenhuma delas disse nada.

— Vamos, fale — repetiu dona Fernanda.

— Não tenho que dizer.

Dona Fernanda fazia gestos de incredulidade; apertava-a cada vez mais, passou-lhe a mão pela cintura e ligou-a muito a si; disse-lhe baixinho, dentro do ouvido, que era como se fosse sua própria mãe. E beijava-a na face, na orelha, na nuca, encostava-lhe a cabeça ao ombro, acarinhava-a com a outra mão. Tudo, tudo, queria saber tudo. Se o namorado estava na lua, mandaria buscá-lo à lua — fosse onde fosse —, exceto no cemitério, mas, se estivesse no cemitério, dar-lhe-ia outro muito melhor, que faria esquecer o primeiro em poucos dias. Maria Benedita ouvia agitada, palpitante, não sabendo por onde escapasse — prestes a dizer, e calando a tempo, como se defendesse o seu pudor. Não negava, não confessava; mas, como também não sorria, e tremia de comoção, era fácil adivinhar meia verdade, ao menos.

— Mas então não sou sua amiga, não tem confiança em mim? Faça de conta que sou sua mãe.

Maria Benedita pouco mais resistiu; gastara as forças e sentia a necessidade de revelar alguma coisa. Dona Fernanda escutou-a comovida. O sol vinha já lambendo as cercanias do banco, não tardou que lhes trepasse aos sapatos, à barra dos vestidos e aos joelhos; mas nenhuma deu por ele. O amor as absorvia; a exposição de uma tinha para a outra um enlevo raro. Era uma paixão não sabida, não compartida, não adivinhada; paixão que ia perdendo de índole e de espécie para se converter em adoração pura. A princípio, quando ela via a pessoa amada, passava por dois estados mui diversos — um que não podia definir, alvoroço, tonteira, pancadas no coração, quase um desmaio; o segundo era de contemplação. Agora era quase que só esse. Tinha chorado muito, consigo, perdera noites e noites de saudades; pagou caro a ambição das suas esperanças. Mas não perderia nunca a certeza de que ele era superior a todos os demais homens, um ente divino, que, ainda não fazendo caso dela, mereceria sempre ser adorado.

— Bem — disse dona Fernanda, quando a amiga se calou de todo. — Vamos ao essencial que é não ficar penando à toa. Não, queridinha, isso de adorar a um homem que não faz caso da gente é poesia. Deixe-se de poesia. Olhe que só você perde no negócio, porque ele casa com outra, os anos passam, a paixão monta na garupa deles, e um dia, quando você menos pensar, acorda sem amor nem marido. E quem é esse bárbaro?

— Isso não digo — respondeu Maria Benedita, levantando-se do banco.

— Pois não diga — acudiu dona Fernanda, pegando-lhe nos pulsos e fazendo-a sentar nos seus joelhos. — A questão principal é casar; não podendo ser com esse, será com outro.

— Não, não caso.

— Só com ele?

— Nem sei se com ele — respondeu Maria Benedita, depois de alguns instantes. — Gosto dele, como gosto de Deus, que está no céu.

— Virgem Santíssima! Que blasfêmia! Duas blasfêmias, menina; a primeira é que não se deve amar a ninguém como a Deus; a segunda é que um marido, ainda sendo mau, sempre é melhor que o melhor dos sonhos*.

119

"Um marido, ainda mau, é sempre melhor que o melhor dos sonhos." A máxima não era idealista: Maria Benedita protestou contra ela. Pois não era melhor sonhar que chorar? Os sonhos acabam ou alteram-se, enquanto os maus maridos podem viver muito.

— A senhora diz isso — concluiu Maria Benedita — porque Deus lhe destinou um anjo... Olhe, lá vem ele.

— Deixe estar que há de ter também o seu anjo; conheço um magnífico para você; todos os anjos me procuram.

Teófilo, marido de dona Fernanda, que as vira à distância, veio ter com elas; trazia na mão um diário amarrotado. Não saudou a hóspede; foi direto à mulher.

— Você quer saber o que me fizeram, Nanã? — disse ele com os dentes cerrados. — Saiu hoje o meu discurso do dia 5. Veja esta frase: eu tinha dito "Na

*** Maria Benedita expressa uma visão romântica do amor, enquanto Fernanda tem uma visão mais prática e realista da vida.**

dúvida, abstém-te, é o conselho do sábio". E puseram: "Na dívida abstém-te...". É insuportável! Nota que se tratava justamente de um crédito do Ministério da Marinha, alegando-se no debate que muitas despesas estavam feitas. De modo que pode parecer **chulice** da minha parte; é como se aconselhasse o calote. Em todo caso, é disparate.

— Mas você não leu as provas?

— Li, mas o autor é o menos apto para as ler bem. "Na dívida abstém-te" — continuou ele com os olhos na folha. E bufando: — Isso só com...

Estava consternado. Era homem de talento, de gravidade e de trabalho; mas, naquele instante, todas as grandes obras, os mais temerosos problemas, as batalhas mais decisivas, as revoluções mais profundas, o sol e a lua, e todas as constelações, e todas as **alimárias**, e todas as gerações humanas, valiam menos do que a troca de um *u* por um *i*. Maria Benedita olhava para ele sem entendê-lo. Cuidava padecer a maior tristura; mas ali estava outra tão grande como a sua, e muito mais aflitiva. Assim, a melancolia **roaz** de uma pobre criatura era tanto como um erro tipográfico. Teófilo, que só então deu por ela, estendeu-lhe a mão; estava fria. Ninguém finge as mãos frias; devia padecer deveras. Instantes depois, atirou a folha ao chão, com um gesto violento, e foi-se embora.

— Mas, Teófilo, emenda-se amanhã — disse-lhe dona Fernanda, levantando-se.

Teófilo, sem voltar atrás, deu de ombros, desesperado. A mulher correu a ele; a amiga seguiu-a espantada. Ficou só o banco, já agora livre delas, recebendo em cheio os raios do sol, que não ama nem faz discursos. Dona Fernanda levou o marido para um gabinete, e, à força de beijos, consolou-o daquele golpe. Ao almoço, já ele sorria, ainda que de um sorriso pálido; a mulher, para desviá-lo da preocupação, aventou o plano de casar Maria Benedita, e havia de ser com um deputado, se existisse na câmara algum solteiro, qualquer que

Chulice: estupidez, grosseria.

Alimárias: animais.

Roaz: destruidora.

fosse a opinião. Podia ser governista, oposicionista, ambas as coisas, ou nada — contanto que fosse marido. Sobre este tema fez algumas reflexões, vivas, lépidas, que encheram o tempo e destinavam-se a matar a lembrança da troca de letras. Pia criatura! Teófilo, entendendo a mulher, ia se fazendo alegre e concordava na conveniência de casar Maria Benedita.

— O pior — acudiu a mulher, olhando para a amiga — é que ela ama a alguém, cujo nome não quer dizer.

— Nem é preciso — atalhou o marido, enxugando os beiços; — vê-se bem que ela gosta de teu primo.

120

No domingo seguinte, dona Fernanda foi à Igreja de Santo Antônio dos Pobres. Acabada a missa, viu surgir do movimento dos fiéis que se cumprimentavam entre si, ou saudavam o altar, nada menos que o primo, ereto, risonho, gravemente trajado, estendendo-lhe a mão.

— Veio também à missa? — perguntou espantada.

— Vim.

— Vem sempre?

— Nem sempre, muitas vezes.

— Francamente, não esperava tanta devoção em você. Os homens são, em geral, uns ímpios. Teófilo não pisa na igreja, a não ser para batizar os filhos. Você então é religioso?

— Não posso responder com certeza; mas tenho horror à banalidade, que é dizer mal da religião. E basta; vim à missa, não vim confessar-me; agora vou conduzi-la a casa e, se me oferecer almoço, almoçarei com vocês. Salvo se quiserem vir almoçar comigo; é nesta rua, como sabe.

— Iria eu só, se pudesse ser, para lhe dar uma notícia muito comprida.

— Vamos então devagar — disse Carlos Maria à porta da igreja, oferecendo-lhe o braço. E dois passos adiante: — Notícia importante?

— Importante e deliciosa.

— Querem ver que Deus, sempre misericordioso, vai levar para si o nosso querido Teófilo, deixando aqui ao desamparo a mais gentil de todas as viúvas... Não precisa fazer essa cara, prima; deixe estar o braço. Vamos à notícia. Chegou a moça de Pelotas, aposto?

— Não direi o que é, se você me não jurar ouvir seriamente.

— Seriamente.

Dona Fernanda confessou-lhe que hesitava em casá-lo com a patrícia de Pelotas; não queria remorsos; descobrira aqui alguém que tinha ao primo um imenso amor. Carlos Maria sorriu, iniciou um gracejo, mas a notícia **esporeou-lhe o espírito**. Imenso amor? Imenso amor, paixão violenta, confirmou a prima, acrescentando que talvez a definição já não coubesse bem ao atual sentimento da pessoa. Agora era uma adoração quieta e calada. Tinha chorado por ele noites e noites, enquanto as esperanças lhe duraram... E dona Fernanda foi assim repetindo a confidência de Maria Benedita. Restava só o nome; Carlos Maria quis sabê-lo, ela negou-lho. Não podia revelá-lo. Para que dar-lhe o gosto de saber quem era que o adorava, se não corria ao encontro da alma dela? Melhor era deixá-lo no mistério. Já não chorava agora; modesta e desambiciosa, perdera as esperanças de ser amada, e com o tempo ficou apenas uma devota, mas uma devota sem par, que nem sequer esperava ser ouvida ou agraciada um dia por um olhar benévolo do seu deus querido.

— Prima, você...

— Eu quê?...

Carlos Maria concluiu dizendo que a advogada era digna da causa. Realmente, se essa moça o adorava a tal ponto, era justo e natural que a prima se interessasse por ela com tanto calor. Mas por que não dizer o nome?

— Agora não digo; pode ser que algum dia... Mas você compreende que me custaria muito casá-lo com a minha patrícia, sabendo que outra pessoa o ama tanto. E daí bem pode ser que essa de cá não padeça muito se o vir casado. Sim, senhor, parece absurdo, mas é preciso conhecê-la; digo que, uma vez que você seja feliz, é capaz de abençoar a bela rival.

— Já não é romantismo, é misticismo — redarguiu Carlos Maria, depois de alguns passos, com os olhos no

Esporeou-lhe o espírito: aguçou seu espírito, isto é, despertou seu interesse. Que relação podemos perceber entre essa reação de Carlos Maria e sua notória vaidade?

chão. — Não está nas cordas do nosso tempo. Tem alguma prova de semelhante estado da alma?

— Tenho... A sua casa é aquela, não? — perguntou dona Fernanda, parando.

— É.

— Bonito prédio, e sólido.

— Muito sólido.

— Uma, duas, três, quatro... Sete janelas. O salão vai de ponta a ponta? Bem bom para um baile.

E andando:

— Eu, se tivesse aqui uma casa maior que a minha, daria um grande baile, antes de voltar para o Rio Grande. Gosto de festas. Os meus dois filhos não me dão grande trabalho. A propósito, ando com vontade de meter o Lopo no colégio; onde acharei um bom colégio?

Carlos Maria pensava na devota incógnita. Estava longe, muito longe do ensino e seus estabelecimentos. Que bom que era sentir-se um deus adorado, e adorado à maneira evangélica, metida a devota no aposento, fechada a porta, em secreto, não nas sinagogas, à vista de todos. "E teu pai que vê o que se passa em secreto te dará a paga." Oh! Ele daria a paga, se soubesse quem era. Casada, seria? Não, não podia ser, não iria confessá-lo a ninguém; viúva ou solteira, antes solteira. Cheirava-lhe a solteira. Em que aposento se fechava para rezar, para evocá-lo, chorá-lo e abençoá-lo? Já nem teimava pelo nome; mas o aposento, ao menos.

— Onde acharei um bom colégio? — repetiu dona Fernanda.

— Colégio? Não sei; estou pensando na desconhecida. Compreende bem que uma pessoa que me adora, em silêncio, sem esperanças, é objeto de alguma atenção. Alta ou baixa?

— Maria Benedita.

Carlos Maria estacou o passo.

— Aquela moça?... Não é possível. Tenho-lhe falado muitas vezes, e nunca descobri nada. Achei-a sempre fria. Há de ser engano. Ouviu-lhe o meu nome?

— Não, por mais que lhe pedisse. Confessou o milagre, sem nomear o santo, mas que milagre! Gabe-se de ser adorado como ninguém... De quem é aquela casa?

— Você costuma exagerar as coisas, prima; pode não ser tanto. Adorado como ninguém? E de que modo soube que era eu?

— Teófilo foi o primeiro que descobriu; ela, dizendo-se-lhe isso, ficou como uma pitanga. Negou-o ainda depois, comigo; desde esse dia não voltou lá à casa.

Tal foi o início dos amores. Carlos Maria folgou de se ver assim amado em silêncio, e toda a prevenção se converteu em simpatia. Começou a vê-la, saboreou a confusão da moça, os medos, a alegria, a modéstia, as atitudes quase implorativas, um composto de atos e sentimentos que eram a apoteose do homem amado*. Tal foi o início, tal o desfecho. Assim os vimos, naquela noite dos anos de dona Sofia, a quem ele dissera antes coisas tão doces. São assim os homens; as águas que passam e os ventos que rugem não são outra coisa.

121

"Bem, vai casar, tanto melhor!", pensou Rubião. Entre aquela noite e o dia do casamento, Rubião apanhou no ar algumas olhadas de Sofia, suspeitas de tentação; Carlos Maria, se lhe correspondeu, foi antes por polidez que outra coisa. Rubião concluiu que o caso era fortuito; lembrava-se ainda da lágrima de Sofia, na noite dos anos, quando lhe explicou a história da carta.

Oh! Boa lágrima inesperada! Tu, que bastaste a persuadir um homem, podes não ser explicável a outros, e assim vai o mundo. Que importa que os olhos não fossem costumados ao choro, nem que a noite parecesse exaltar sentimentos mui diversos da melancolia? Rubião a viu cair; ainda agora a vê de memória. Mas a confiança de Rubião não vinha só da lágrima, vinha também da presente Sofia, que nunca fora tão solícita nem tão dada com ele. Parecia arrependida de todo o mal causado, prestes a saná-lo, ou por afeição tardia, ou pelo próprio malogro da primeira aventura. Há delitos virtuais, que dormem. Há óperas **remissas** na cabeça de um maestro, que só esperam os primeiros compassos da inspiração.

*** O prazer de Carlos Maria não é amar, mas sentir-se amado, adorado "como um deus".**

Remissas: latentes.

122

"Ainda bem que se casa!", repetiu o Rubião.

Não se demorou o casamento: três semanas. Na manhã do dia aprazado, Carlos Maria abriu os olhos com algum espanto. Era ele mesmo que ia casar? Não havia dúvida; mirou-se ao espelho, era ele. Relembrou os últimos dias, a marcha rápida dos sucessos, a realidade da afeição que tinha à noiva, e, enfim, a felicidade pura que lhe ia dar. Esta derradeira ideia enchia-o de grande e rara satisfação. Ia-as ruminando ainda, a cavalo, no passeio habitual da manhã; desta vez escolhera o bairro do Engenho Velho.

Posto se achasse costumado aos olhos admirativos, via agora em toda a gente um aspecto parecido com a notícia de que ele ia casar. As **casuarinas** de uma chácara, quietas antes que ele passasse por elas, disseram-lhe coisas mui particulares, que os levianos atribuiriam à aragem que passava também, mas que os **sapientes** reconheceriam ser nada menos que a linguagem nupcial das casuarinas. Pássaros saltavam de um lado para outro, pipilando um madrigal. Um casal de borboletas — que os **japões** têm por símbolo da fidelidade, por observarem que, se pousam de flor em flor, andam quase sempre aos pares —, um casal delas acompanhou por muito tempo o passo do cavalo, indo pela cerca de uma chácara que beirava o caminho, volteando aqui e ali, lépidas e amarelas. De volta com isso, um ar fresco, céu azul, caras alegres de homens montados em burros, pescoços estendidos pela janela fora das diligências, para vê-lo e ao seu garbo de noivo. Certo, era difícil crer que todos aqueles gestos e atitudes da gente, dos bichos e das árvores exprimissem outro sentimento que não fosse a homenagem nupcial da natureza*****.

As borboletas perderam-se em uma das moitas mais densas da cerca. Seguiu-se outra chácara, despida

Casuarinas: um tipo de arbusto.

Sapientes: sábios.

Japões: japoneses.

*** Observe a ironia do narrador: o mundo parece existir apenas para admirar Carlos Maria e render-lhe homenagens, tal era a vaidade do rapaz.**

de árvores, portão aberto, e ao fundo, fronteando com o portão, uma casa velha, que encarquilhava os olhos sob a forma de cinco janelas de peitoril, cansadas de perder moradores. Também elas tinham visto bodas e festins; o século ainda as achou verdes de novidade e de esperança.

Não cuideis que esse aspecto contristou a alma do cavalheiro. Ao contrário, ele possuía o dom particular de remoçar as ruínas e viver da vida primitiva das coisas. Gostou até de ver a casa velhusca, desbotada, em contraste com as borboletas tão vivas de há pouco. Parou o cavalo; evocou as mulheres que por ali entraram, outras **galas**, outros rostos, outras maneiras. Porventura as próprias sombras das pessoas felizes e extintas vinham agora cumprimentá-lo também, dizendo-lhe pela boca invisível todos os nomes sublimes que pensavam dele. Chegou a ouvi-las e sorrir. Mas uma voz **estrídula** veio mesclar-se ao concerto — um papagaio, em gaiola pendente da parede externa da casa: "Papagaio real, para Portugal; quem passa? Currupá, papá. Grr... Grrr...". As sombras fugiram, o cavalo foi andando, Carlos Maria **aborrecia** o papagaio, como aborrecia o macaco, duas **contrafações** da pessoa humana, dizia ele.

"A felicidade que *eu lhe der* será assim também interrompida?", reflexionou andando.

Cambaxirras voaram de um para outro lado da rua e pousaram cantando a sua língua própria; foi uma reparação. Essa língua sem palavras era inteligível, dizia uma porção de coisas claras e belas. Carlos Maria chegou a ver naquilo um símbolo de si mesmo. Quando a mulher, aturdida dos papagaios do mundo, viesse caindo de **fastio**, ele a faria erguer aos trilos da passarada divina, que trazia em si, ideias de ouro, ditas por uma voz de ouro. Oh! Como "a tornaria" feliz! Já a antevia ajoelhada, com os braços postos nos seus joelhos, a cabeça nas mãos e os olhos nele, gratos, devotos, amorosos, toda implorativa, toda nada*.

Galas: **pompas, exibições de luxo.**

Estrídula: **estridente.**

Aborrecia: **odiava.**

Contrafações: **falsas imitações.**

Cambaxirras: **um tipo de pássaro.**

Fastio: **tédio.**

*** Repare na força dessa construção: o que ela diz a respeito do tipo de amor que Carlos Maria sente por Maria Benedita?**

123

Ora bem, aquele quadro, na mesma hora em que aparecia aos olhos da imaginação do noivo, reproduzia-se no espírito da noiva, tal qual. Maria Benedita, posta à janela, fitando as ondas que se quebravam ao longe e na praia, via-se a si mesma, ajoelhada aos pés do marido, quieta, **contrita**, como à mesa da comunhão para receber a hóstia da felicidade. E dizia consigo: "Oh! Como *ele me* fará feliz!". Frase e pensamento eram outros, mas a atitude e a hora eram as mesmas.

124

Casaram-se; três meses depois foram para a Europa. Ao despedir-se deles, dona Fernanda estava tão alegre como se viesse recebê-los de volta; não chorava. O prazer de os ver felizes era maior que o desgosto da separação.

— Você vai contente? — perguntou a Maria Benedita, pela última vez, junto à amurada do **paquete**.

— Oh! Muito!

A alma de dona Fernanda debruçou-se-lhe dos olhos, fresca, ingênua, cantando um trecho italiano — porque a soberba guasca preferia a música italiana —, talvez esta ária da *Lucia*: ***O bell'alma innamorata***. Ou este pedaço do *Barbeiro*:

Ecco, ridente in cielo
Spunta la bella aurora.

Contrita: compenetrada.

Paquete: navio.

***O bell'alma innamorata* (em italiano): ó bela alma enamorada. Referência à ópera *Lucia di Lammermoor*, do italiano Donizetti (1797-1848).**

***Ecco, ridente in cielo/ Spunta la bella aurora* (em italiano): Eis que risonha no céu/desponta a bela aurora. Alusão à ópera *O barbeiro de Sevilha*, do italiano Rossini (1792-1868).**

125

Sofia não foi a bordo, adoeceu e mandou o marido. Não vão crer que era pesar nem dor; por ocasião do casamento, houve-se com grande discrição, cuidou do enxoval da noiva e despediu-se dela com muitos beijos chorados. Mas ir a bordo pareceu-lhe vergonha*. Adoeceu; e, para não desmentir do pretexto, deixou-se estar no quarto. Pegou de um romance recente; fora-lhe dado pelo Rubião. Outras coisas ali lhe lembravam o mesmo homem, **teteias** de toda a sorte, sem contar joias guardadas. Finalmente, uma singular palavra que lhe ouvira, na noite do casamento da prima, até essa veio ali para o inventário das recordações do nosso amigo.

— A senhora é já a rainha de todas — disse-lhe ele em voz baixa; — espere que ainda a farei imperatriz**.

Sofia não pôde entender essa frase enigmática. Quis supor que era uma **aliciação** de grandeza para torná-la sua amante; mas excluiu tal intenção por demasiado vaidosa. Rubião, posto não fosse agora o mesmo homem encolhido e tímido de outros tempos, não se mostrava tão cheio de si que lhe pudesse atribuir tão alta presunção. Mas que era então a frase? Talvez um modo figurado de dizer que a amaria ainda mais. Sofia acreditava possível tudo. Não lhe faltavam galanteios; chegou a ouvir aquela declaração de Carlos Maria, provavelmente ouvira outras, a que deu somente a atenção da vaidade. E todas passaram; Rubião é que persistia. Tinha pausas, filhas de suspeitas; mas as suspeitas iam como vinham.

"Ele merece ser amado", leu Sofia na página aberta do romance, quando ia continuar a leitura; fechou o livro, fechou os olhos, e perdeu-se em si mesma. A escrava que entrou daí a pouco, trazendo-lhe um caldo, supôs que a senhora dormia e retirou-se pé ante pé.

*** Por que Sofia teve esse sentimento?**

Teteias: **enfeites.**

**** Essa frase de Rubião teria relação com o que lemos no capítulo 109?**

Aliciação: **promessa enganosa e tentadora.**

126

Entretanto Rubião e Palha desciam do paquete para a lancha e tornavam ao Cais Pharoux. Vinham cuidosos e calados. Palha foi o primeiro que abriu a boca:

— Ando há tempos para dizer-lhe uma coisa importante, Rubião.

127

Rubião acordou. Era a primeira vez que ia a um paquete. Voltava com a alma cheia dos rumores de bordo, a **lufa-lufa** das gentes que entravam e saíam, nacionais, estrangeiros, estes de vária casta, franceses, ingleses, alemães, argentinos, italianos, uma confusão de línguas, um **cafarnaum** de chapéus, de malas, **cordoalha**, sofás, binóculos a tiracolo, homens que desciam ou subiam por escadas para dentro do navio, mulheres chorosas, outras cheias de riso, e muitas que traziam de terra flores ou frutas — tudo aspectos novos. Ao longe, a barra por onde tinha de ir o paquete. Para lá da barra, o mar imenso, o céu fechado e a solidão. Rubião renovou os sonhos do mundo antigo, criou uma **Atlântida**, sem nada saber da tradição. Não tendo noções de geografia, formava uma ideia confusa dos outros países, e a imaginação rodeava-os de um **nimbo** misterioso. Como não lhe custava viajar assim, navegou de cor algum tempo, naquele vapor alto e comprido, sem enjoo, sem vagas, sem ventos, sem nuvens.

Lufa-lufa: agitação.

Cafarnaum: tumulto.

Cordoalha: cabos e cordas de uma embarcação.

Atlântida: lugar imaginário e perfeito.

Nimbo: nuvem.

128

— A mim? — perguntou Rubião depois de alguns segundos.

— A você — confirmou o Palha. — Devia tê-la dito há mais tempo, mas essas histórias de casamento, de comissão das Alagoas, etc. atrapalharam-me, e não tive ocasião; agora, porém, antes do almoço... Você almoça comigo.

— Sim, mas que é?

— Uma coisa importante.

Dizendo isso, tirou um cigarro, abriu-o, desfiou o fumo com os dedos, enrolou a palha outra vez, e riscou um fósforo, mas o vento apagou o fósforo. Então pediu ao Rubião que lhe fizesse o favor de segurar o chapéu, para poder acender outro. Rubião obedeceu impaciente. Bem pode ser que o sócio, esticando a espera, quisesse justamente fazer-lhe crer que se tratava de um terremoto; a realidade viria a ser um benefício. Puxadas duas fumaças:

— Estou com meu plano de liquidar o negócio; convidaram-me aí para uma casa bancária, lugar de diretor, e creio que aceito.

Rubião respirou.

— Pois sim; liquidar já?

— Não, lá para o fim do ano que vem.

— E é preciso liquidar?

— Cá para mim, é. Se a história do banco não fosse segura, não me animaria a perder o certo pelo duvidoso; mas é seguríssima.

— Então no fim do ano que vem soltamos os laços que nos prendem...

Palha tossiu.

— Não, antes, no fim deste ano.

Rubião não entendeu; mas o sócio explicou-lhe que era útil desligarem já a sociedade, a fim de que ele sozinho liquidasse a casa. O banco podia organizar-se mais cedo ou mais tarde; e para que sujeitar o outro às exigências da ocasião? Demais, o doutor Camacho afirmava que, em breve, Rubião estaria na câmara, e que a queda do ministério era certa.

— Seja o que for — concluiu, — é sempre melhor desligarmos a sociedade com tempo. Você não vive do comércio; entrou com o capital necessário ao negócio, como podia dá-lo a outro ou guardá-lo.

— Pois sim, não tenho dúvida — concordou o Rubião.

E depois de alguns instantes:

— Mas diga-me uma coisa, essa proposta traz algum motivo oculto? É rompimento de pessoas, de amizade... Seja franco, diga tudo.

— Que **caraminhola** é essa? — redarguiu o Palha.

— Separação de amizade, de pessoas... Mas você está tonto. Isso é do balanço do mar. Pois eu, que tenho trabalhado tanto por você, eu que o faço amigo dos meus amigos, que o trato como um parente, como um irmão, havia de brigar à toa? Aquele mesmo casamento de Maria Benedita com o Carlos Maria devia ser com você, bem sabe, se não fosse a sua recusa. A gente pode romper um laço sem romper os outros. O contrário seria despropósito. Então todos os amigos de sociedade ou de família são sócios de comércio? E os que não forem comerciantes?

Rubião achou excelente a razão, e quis abraçar o Palha. Este apertou-lhe a mão satisfeitíssimo; ia ver-se livre de um sócio cuja **prodigalidade** crescente podia trazer-lhe algum perigo. A casa estava sólida; era fácil entregar ao Rubião a parte que lhe pertencesse, menos as dívidas pessoais e anteriores. Restavam ainda algumas daquelas que o Palha confessou à mulher, na noite de Santa Teresa, capítulo 50. Pouco tinha pago; geralmente era o Rubião que abanava as orelhas ao assunto. Um dia, o Palha, querendo dar-lhe à força algum dinheiro, repetiu o velho provérbio: "Paga o que deves, vê o que te fica". Mas o Rubião, gracejando:

— Pois não pagues, e vê se te não fica ainda mais.

— É boa! — redarguiu o Palha rindo e guardando o dinheiro no bolso.

Caraminhola: **tolice.**

Prodigalidade: **esbanjamento. Assim, depois de aproveitar-se da fortuna de Rubião, Palha desfaz a sociedade, mais rico do que nunca, enquanto Rubião está cada vez mais pobre.**

129

Não havia banco, nem lugar de diretor, nem liquidação; mas como justificaria o Palha a proposta de separação, dizendo a pura verdade? Daí a invenção, tanto mais pronta quanto o Palha tinha amor aos bancos, e morria por um. A carreira daquele homem era cada vez mais próspera e vistosa. O negócio corria-lhe largo; um dos motivos da separação era justamente não ter que dividir com outro os lucros futuros. Palha, além do mais, possuía ações de toda a parte, apólices de ouro do empréstimo Itaboraí, e fizera uns dois fornecimentos para a guerra, de sociedade com um poderoso, nos quais ganhou muito*. Já trazia apalavrado um arquiteto para lhe construir um palacete. Vagamente pensava em **baronia**.

130

— Quem diria que a gente do Palha nos trataria deste modo? Já não valemos nada. Escusa de os defender...

— Não defendo, estou explicando; há de ter havido confusão.

— Fazer anos, casar a prima, e nem um triste convite ao major, ao grande major, ao impagável major, ao velho amigo major. Eram os nomes que me davam; eu era impagável, amigo velho, grande e outros nomes. Agora, nada, nem um triste convite, um recado de boca, ao menos, por um moleque: "Nhanhã faz anos, ou casa a prima, diz que a casa está às suas ordens, e que vão com luxo". Não iríamos; luxo não é para nós. Mas era alguma coisa, era recado, um moleque, ao impagável major...

— Papai!

Rubião, vendo a intervenção de dona Tonica, animou-se a defender longamente a família Palha. Era em casa do major, não já na Rua Dois de Dezembro, mas na dos **Barbonos**, modesto sobradinho. Rubião passava, ele estava à janela, e chamou-o. Dona Tonica não teve tempo de sair da sala para dar, ao menos, uma vista d'olhos ao espelho; mal pôde passar a mão pelo cabelo, compor o laço de fita ao pescoço e descer o vestido para cobrir os sapatos, que não eram novos.

*** Referência à sangrenta Guerra do Paraguai (1864-1870), que, como se vê, trouxe benefícios a algumas pessoas.**

Baronia: título de barão. À medida que enriquece, Palha vai rompendo ligações com certas pessoas e estabelecendo novas relações de amizade. Rubião vai sendo descartado, pois já não serve aos interesses de Palha.

Barbonos: a mudança de endereço revela a decadência econômica e social do major.

— Digo-lhe que pode ter havido confusão — insistiu Rubião; — tudo anda por lá muito atrapalhado com essa comissão das Alagoas.

— Lembra bem — interrompeu o major Siqueira, — por que não meteram minha filha na comissão das Alagoas? Qual! Há já muito que reparo nisso; antigamente não se fazia festa sem nós. Nós éramos a alma de tudo. De certo tempo para cá começou a mudança; entraram a receber-nos friamente, e o marido, se pode esquivar-se, não me cumprimenta. Isso começou há tempos; mas antes disso, sem nós é que não se fazia nada. Que está o senhor a falar de confusão? Pois, se na véspera dos anos dela, já desconfiando que não nos convidariam, fui ter com ele ao armazém. Poucas palavras; disfarçava. Afinal disse-lhe assim: "Ontem, lá em casa, eu e Tonica estivemos discutindo sobre a data dos anos de dona Sofia; ela dizia que tinha passado, eu disse que não, que era hoje ou amanhã". Não me respondeu, fingiu que estava absorvido em uma conta, chamou o guarda-livros, e pediu explicações. Eu entendi o bicho, e repeti a história; fez a mesma coisa. Saí. Ora o Palha, um pé-rapado! Já o envergonho. Antigamente: major, um brinde. Eu fazia muitos brindes, tinha certo desembaraço. Jogávamos o voltarete. Agora está nas grandezas; anda com gente fina. Ah! Vaidades deste mundo! Pois não vi outro dia a mulher dele, num *coupé*, com outra? A Sofia de *coupé*! Fingiu que me não via, mas arranjou os olhos de modo que percebesse se eu a via, se a admirava. Vaidades dessa vida! Quem nunca comeu azeite quando come se lambuza.

— Perdão, mas os trabalhos da comissão exigem certo aparato.

— Sim — acudiu Siqueira, — é por isso que minha filha não entrou na comissão; é para não estragar as carruagens...

— Demais, o *coupé* podia ser da outra senhora que ia com ela.

O major deu dois passos, com as mãos atrás, e parou diante de Rubião.

— Da outra... ou do padre Mendes. Como vai o padre? Boa vida, naturalmente*.

*** O major não se esqueceu da noite em que encontrou Rubião e Sofia no jardim de mãos dadas (episódio narrado no capítulo 42).**

— Mas, papai, pode não haver nada — interrompeu dona Tonica. — Ela sempre me trata bem, e quando estive doente, no mês passado, mandou saber pelo moleque, duas vezes...

— Pelo moleque! — bradou o pai. — Pelo moleque! Grande favor! "Moleque, vai ali à casa daquele reformado e pergunta-lhe se a filha tem passado melhor; não vou, porque estou lustrando as unhas!". Grande favor! Tu não lustras as unhas! Tu trabalhas! Tu és digna filha minha! Pobre, mas honesta!

Aqui o major chorou, mas suspendeu de repente as lágrimas. A filha, comovida, sentiu-se também vexada. Certo, a casa dizia a pobreza da família, poucas cadeiras, uma mesa redonda velha, um canapé gasto; nas paredes duas litografias encaixilhadas em pinho pintado de preto, uma era o retrato do major em 1857, a outra representava o Veronês em Veneza, comprado na Rua do Senhor dos Passos. Mas o trabalho da filha transparecia em tudo; os móveis reluziam de asseio, a mesa tinha um pano de crivo, feito por ela, o canapé uma almofada. E era falso que dona Tonica não lustrasse as unhas; não teria o pó nem a camurça, mas acudia-lhes com um retalho de pano todas as manhãs.

131

Rubião tratou-os com simpatia. Não continuou a defender a gente Palha, para não desesperar o major. Pouco depois, despediu-se, prometendo, sem convite, que lá iria jantar "um dia desses".

— Jantar de pobre — acudiu o major; — se puder avisar, avise.

— Não quero banquetes; virei quando me der na cabeça.

Despediu-se. Dona Tonica, depois de ir até o patamar, sem chegar à frente por causa dos sapatos, foi à janela para vê-lo sair.

132

Logo que Rubião dobrou a esquina da Rua das Mangueiras, dona Tonica entrou e foi ao pai, que se estendera no canapé, para reler o velho

Saint-Clair das ilhas, ou os Desterrados na Ilha de Barra. Foi o primeiro romance que conheceu; o exemplar tinha mais de vinte anos; era toda a biblioteca do pai e da filha. Siqueira abriu o primeiro volume e deitou os olhos ao começo do capítulo II, que já trazia de cor. Achava-lhe agora um sabor particular, por motivo dos seus recentes desgostos: "Enchei bem os vossos copos, exclamou Saint-Clair, e bebamos de uma vez; eis o brinde que vos proponho. À saúde dos bons e valentes oprimidos, e ao castigo dos seus opressores. Todos acompanharam Saint-Clair, e foi de roda a saúde".

— Sabe de uma coisa, papai? Papai compra amanhã latas de conserva, ervilha, peixe, etc., e ficam guardadas. No dia em que ele aparecer para jantar, põe-se no fogo, é só aquecer, e daremos um jantarzinho melhor.

— Mas eu só tenho o dinheiro do teu vestido.

— O meu vestido? Compra-se no mês que vem, ou no outro. Eu espero.

— Mas não ficou ajustado?

— Desajusta-se; eu espero.

—E se não houver outro do mesmo preço?

— Há de haver; eu espero, papai.

133

Ainda não disse — porque os capítulos atropelam-se debaixo da pena —, mas aqui está um para dizer que, por aquele tempo, as relações de Rubião tinham crescido em número. Camacho pusera-o em contato com muitos homens políticos, a comissão das Alagoas com várias senhoras, os bancos e companhia com pessoas do comércio e da praça, os teatros com alguns frequentadores e a Rua do Ouvidor com toda a gente. Já então era um nome repetido. Conhecia-se o homem. Quando apareciam as barbas e o par de bigodes longos, uma

***Saint-Clair das ilhas, ou os Desterrados na Ilha de Barra*: novela inglesa de 1803. Traduzida para o português, foi muito popular entre os leitores brasileiros do século XIX.**

sobrecasaca bem justa, um peito largo, bengala de unicórnio, e um andar firme e senhor, dizia-se logo que era o Rubião — um ricaço de Minas.

Tinham-lhe feito uma lenda. Diziam-no discípulo de um grande filósofo, que lhe legara imensos bens — um, três, cinco mil contos. Estranhavam alguns que ele não tratasse nunca de filosofia, mas a lenda explicava esse silêncio pelo próprio método filosófico do mestre, que consistia em ensinar somente aos homens de boa vontade. Onde estavam esses discípulos? Iam à casa dele, todos os dias — alguns duas vezes, de manhã e de tarde; e assim ficavam definidos os **comensais**. Não seriam discípulos, mas eram de boa vontade. Roíam fome, à espera, e ouviam calados e risonhos os discursos do anfitrião. Entre os antigos e os novos, houve tal ou qual rivalidade que os primeiros acentuaram bem, mostrando maior intimidade, dando ordens aos criados, pedindo charutos, indo ao interior, assobiando, etc. Mas o costume os fez suportáveis entre si, e todos acabaram na doce e comum confissão das qualidades do dono da casa. Ao cabo de algum tempo, também os novos lhe deviam dinheiro, ou em espécie, ou em fiança no alfaiate, ou endosso de letras, que ele pagava às escondidas, para não vexar os devedores*.

Quincas Borba andava ao colo de todos. Davam estalinhos, para vê-lo saltar; alguns chegavam a beijar-lhe a testa; um deles, mais hábil, achou modo de o ter à mesa, ao jantar ou almoço, sobre as pernas, para lhe dar migalhas de pão.

— Ah! Isso não! — protestou Rubião à primeira vez.

— Que tem? — retorquiu o comensal. — Não há pessoas estranhas.

Rubião refletiu um instante.

— Verdade é que está aí dentro um grande homem — disse ele.

— O filósofo, o outro Quincas Borba — continuou o conviva, circulando o olhar pelos novatos, para mostrar a intimidade das relações entre ele e Rubião; mas não logrou sozinho a vantagem, porque os outros amigos da mesma era repetiram, em coro:

Comensais: frequentadores costumeiros da casa.

*** Rubião é explorado financeiramente por todos à sua volta.**

— É verdade, o filósofo.

E Rubião explicou aos novatos a alusão ao filósofo e a razão do nome do cão, que todos lhe atribuíam. Quincas Borba (o defunto) foi descrito e narrado como um dos maiores homens do tempo — superior aos seus patrícios. Grande filósofo, grande alma, grande amigo. E no fim, depois de algum silêncio, batendo com os dedos na borda da mesa, Rubião exclamou:

— Eu o faria ministro de Estado!

Um dos convivas exclamou, sem convicção, por simples ofício:

— Oh! Sem dúvida!

Nenhum daqueles homens sabia, entretanto, o sacrifício que lhes fazia o Rubião. Recusava jantares, passeios, interrompia conversações aprazíveis só para correr à casa e jantar com eles. Um dia achou meio de conciliar tudo. Não estando ele em casa às seis horas em ponto, os criados deviam pôr o jantar para os amigos. Houve protestos; não, senhor, esperariam até sete ou oito horas. Um jantar sem ele não tinha graça.

— Mas é que posso não vir — explicou Rubião.

Assim se cumpriu. Os convivas ajustaram bem os relógios pelos da casa de Botafogo. Davam seis horas, todos à mesa. Nos dois primeiros dias houve tal ou qual hesitação; mas os criados tinham ordens severas. Às vezes, Rubião chegava pouco depois. Eram então risos, ditos, intrigas alegres. Um queria esperar, mas os outros... Os outros desmentiam o primeiro; ao contrário, foi esse que os arrastou, tal fome trazia a ponto que, se alguma coisa restava, eram os pratos. E Rubião ria com todos*.

*** Rubião não se dá conta da exploração de que é vítima por parte daqueles que se dizem seus amigos.**

134

Fazer um capítulo só para dizer que, a princípio, os convivas, ausente o Rubião, fumavam os próprios charutos, depois do jantar, parecerá frívolo aos frívolos; mas os considerados dirão que algum interesse haverá nessa circunstância em aparência mínima.

De fato, uma noite, um dos mais antigos lembrou-se de ir ao gabinete de Rubião; lá fora algumas vezes, ali se guardavam as caixas de charutos, não quatro nem cinco, mas vinte e trinta de várias fábricas e tamanhos, muitas abertas. Um criado (o espanhol) acendeu o gás. Os outros convivas seguiram o primeiro, escolheram charutos e os que ainda não conheciam o gabinete admiraram os móveis bem-feitos e bem-dispostos. A **secretária** captou as admirações gerais; era de ébano, um primor de talha, obra severa e forte. Uma novidade os esperava: dois bustos de mármore, postos sobre ela, os dois Napoleões, o primeiro e o terceiro.

— Quando veio isso?

— Hoje ao meio-dia — respondeu o criado.

Dois bustos magníficos. Ao pé do olhar **aquilino** do tio perdia-se no vago o olhar cismático do sobrinho. Contou o criado que o amo, apenas recebidos e colocados os bustos, deixara-se estar grande espaço em admiração*, tão deslembrado do mais, que ele pôde mirá-los também, sem admirá-los.

— ***No me dicen nada estos dos pícaros*** — concluiu o criado, fazendo um gesto largo e nobre.

135

Rubião protegia largamente as letras. Livros que lhe eram dedicados entravam para o prelo com a garantia de duzentos e trezentos exemplares. Tinha diplomas e diplomas de sociedades literárias, **coreográficas**, **pias**, e era juntamente sócio de uma Congregação Católica e de um Grêmio Protestante, não se tendo lembrado de um quando lhe falaram do outro; o que fazia era pa-

Secretária: **escrivaninha.**

Aquilino: **de águia.**

*** Aquilo que há algum tempo vivia apenas nos sonhos de Rubião agora se torna uma presença concreta (cf. capítulo 109).**

No me dicen nada estos dos pícaros (em espanhol): **"não me dizem nada esses dois malandros".**

Coreográficas: **históricas.**

Pias: **piedosas, religiosas.**

gar regularmente as mensalidades de ambos. Assinava jornais sem os ler. Um dia, ao pagar o semestre de um, que lhe haviam mandado, é que soube, pelo cobrador, que era do partido do governo; mandou o cobrador ao diabo.

136

O cobrador não foi ao diabo; recebeu o preço do semestre e, como possuía a observação natural dos cobradores, resmungou na rua:

— Ora aqui está um homem que detesta a folha e paga. Quantos a adoram e não pagam!

137

Mas — ó lance da fortuna! Ó **equidade** da natureza! — os desperdícios do nosso amigo, se não tinham remédio, tinham compensação. Já o tempo não passava por ele como por um vadio sem ideias. Rubião, à falta delas, tinha agora imaginação. Outrora vivia antes dos outros que de si, não achava equilíbrio interior, e o ócio esticava as horas, que não acabavam mais. Tudo ia mudando; agora a imaginação tendia a pousar um pouco. Sentado na loja do Bernardo, gastava toda uma manhã sem que o tempo lhe trouxesse fadiga, nem a estreiteza da Rua do Ouvidor lhe tapasse o espaço. Repetiam-se as visões deliciosas, como a das bodas (cap. 81), em termos a que a grandeza não tirava a graça. Houve quem o visse, mais de uma vez, saltar da cadeira e ir até a porta ver bem pelas costas alguma pessoa que passava. Conhecê-la-ia? Ou seria alguém que, casualmente, tinha as fei-

Equidade: equilíbrio, compensação.

ções da criatura imaginária que ele estivera mirando? São perguntas demais para um só capítulo; basta dizer que uma dessas vezes nem passou ninguém, ele próprio reconheceu a ilusão, voltou para dentro, comprou uma teteia de bronze para dar à filha do Camacho, que fazia anos e ia casar em breve, e saiu.

138

E Sofia? — interroga impaciente a leitora, tal qual **Orgon**: *Et Tartufe*? Ai, amiga minha, a resposta é naturalmente a mesma: também ela comia bem, dormia largo e fofo — coisas que, aliás, não impedem que uma pessoa ame, quando quer amar. Se essa última reflexão é o motivo secreto da vossa pergunta, deixai que vos diga que sois muito indiscreta, e que eu não me quero senão com dissimulados.

Repito, comia bem, dormia largo e fofo. Chegara ao fim da comissão das Alagoas, com elogios da imprensa; a *Atalaia* chamou-lhe "o anjo da consolação". E não se pense que esse nome a alegrou, posto que a lisonjeasse; ao contrário, resumindo em Sofia toda a ação da caridade, podia mortificar as novas amigas e fazer-lhe perder em um dia o trabalho de longos meses. Assim se explica o artigo que a mesma folha trouxe no número seguinte, nomeando, particularizando e glorificando as outras comissárias — "estrelas de primeira grandeza".

Nem todas as relações subsistiram, mas a maior parte delas estavam atadas, e não faltava à nossa dona o talento de as tornar definitivas. O marido é que pecava por turbulento, excessivo, derramado, dando bem a ver que o cumulavam de favores, que recebia **finezas** inesperadas e quase imerecidas. Sofia, para **emendá-lo**, vexava-o com censuras e conselhos, rindo:

"Você esteve hoje insuportável; parecia um criado".

Orgon: personagem da peça *Tartufo*, do teatrólogo francês Molière (1622-1673).

Finezas: obséquios.

Emendá-lo: corrigi-lo.

"Cristiano, fique mais senhor de si, quando tivermos gente de fora, não se ponha com os olhos fora da cara, saltando de um lado para outro, assim com ar de criança que recebe doce..."

Ele negava, explicava ou justificava-se; afinal, concluía que sim, que era preciso não parecer estar abaixo dos obséquios; cortesia, afabilidade, mais nada...

"Justo, mas não vás cair no extremo oposto", acudiu Sofia, "não vás ficar casmurro..."

Palha era então as duas coisas; casmurro, a princípio, frio, quase desdenhoso; mas, ou a reflexão, ou o impulso inconsciente, restituía ao nosso homem a animação habitual, e com ela, segundo o momento, a demasia e o estrépito. Sofia é que, em verdade, corrigia tudo. Observava, imitava. Necessidade e vocação fizeram-lhe adquirir, aos poucos, o que não trouxera do nascimento nem da fortuna. Ao demais, estava naquela idade média em que as mulheres inspiram igual confiança às sinhazinhas de vinte e às sinhás de quarenta. Algumas morriam por ela; muitas a cumulavam de louvores*.

Foi assim que a nossa amiga, pouco a pouco, espanou a atmosfera. Cortou as relações antigas, familiares, algumas tão íntimas que dificilmente se poderiam dissolver; mas a arte de receber sem calor, ouvir sem interesse e despedir-se sem pesar não era das suas menores prendas; e uma por uma se foram indo as pobres criaturas modestas, sem maneiras, nem vestidos, amizades de pequena monta, de **pagodes** caseiros, de hábitos singelos e sem elevação. Com os homens fazia exatamente o que o major contara, quando eles a viam passar de carruagem — que era sua —, entre parêntesis**. A diferença é que já nem os espreitava para saber se a viam. Acabara a lua de mel da grandeza; agora torcia os olhos duramente para outro lado, conjurando, de um gesto definitivo, o perigo de alguma hesitação. Punha assim os velhos amigos na obrigação de lhe não tirarem o chapéu.

*** Aos poucos, Sofia vai se infiltrando na alta sociedade, aprendendo a se comportar de modo natural, como se tivesse sido sempre rica.**

Pagodes: festas ou reuniões informais.

**** Diferentemente do que Rubião sugerira ao major (cf. capítulo 130).**

139

Rubião ainda quis valer ao major, mas o ar de fastio com que Sofia o interrompeu foi tal que o nosso amigo preferiu perguntar-lhe se, não chovendo na seguinte manhã, iriam sempre passear à Tijuca.

— Já falei a Cristiano; disse-me que tem um negócio, que fique para domingo que vem.

Rubião, depois de um instante:

— Vamos nós dois. Saímos cedo, passeamos, almoçamos lá; às três ou quatro horas estamos de volta...

Sofia olhou para ele, com tamanha vontade de aceitar o convite, que Rubião não esperou resposta verbal.

— Está assentado, vamos — disse ele.

— Não.

— Como não?

E repetiu a pergunta, porque Sofia não lhe quis explicar a negativa, aliás, tão óbvia. Obrigada a fazê-lo, ponderou que o marido ficaria com inveja, era capaz de adiar o negócio, só para ir também. Não queria atrapalhar os negócios dele, e podiam esperar oito dias. O olhar de Sofia acompanhava essa explicação, como um clarim acompanharia um padre-nosso*. Vontade tinha, oh! Se tinha vontade de ir na manhã seguinte, com Rubião, estrada acima, bem-posta no cavalo, não cismando à toa, nem poética, mas valente, fogo na cara, toda deste mundo, galopando, trotando, parando. Lá no alto, desmontaria algum tempo; tudo só, a cidade ao longe e o céu por cima. Encostada ao cavalo, penteando-lhe as crinas com os dedos, ouviria Rubião louvar-lhe a afoiteza e o garbo... Chegou a sentir um beijo na nuca...

140

Pois que se trata de cavalos, não fica mal dizer que a imaginação de Sofia era agora um corcel brioso e petulante, capaz de galgar morros e desbaratar matos.

*** Observe a expressividade dessa comparação, que acentua a falta de convicção de Sofia.**

Outra seria a comparação, se a ocasião fosse diferente; mas corcel é o que vai melhor. Traz a ideia do ímpeto, do sangue, da disparada, ao mesmo tempo que a da serenidade com que torna ao caminho reto, e por fim à cavalariça.

141

— Está dito, vamos amanhã — repetiu Rubião, que espreitava o rosto aceso de Sofia.

Mas o corcel viera fatigado da carreira, e deixou-se estar sonolento na cavalariça. Sofia era já outra; passara a vertigem da **empresa**, o ardor sonhado, o gosto de subir com ele a estrada da Tijuca. Dizendo-lhe Rubião que pediria ao marido que a deixasse ir ao passeio, redarguiu sem alma:

— Está tonto! Fica para o domingo que vem!

E fixou os olhos no trabalho de linha que fazia — **frioleira** é o nome —, enquanto Rubião voltava os seus para um trechozinho de jardim **mofino**, ao pé da saleta de trabalho onde estavam. Sofia, sentada no ângulo da janela, ia meneando os dedos. Rubião viu em duas rosas vulgares uma festa imperial, e esqueceu a sala, a mulher e a si. Não se pode dizer, ao certo, que tempo estiveram assim calados, alheios e remotos um do outro. Foi uma criada que os despertou, trazendo-lhes café. Bebido o café, Rubião consertou as barbas, tirou o relógio e despediu-se. Sofia, que espreitava a saída, ficou satisfeita, mas encobriu o gosto com o espanto.

— Já!

— Devo estar com um sujeito antes das quatro horas — explicou Rubião. — Estamos entendidos; passeio de amanhã gorado. Vou mandar desavisar os cavalos. Mas será certo no domingo que vem?

Empresa: **iniciativa. O que essa "vertigem" de Sofia pode revelar sobre seus sentimentos?**

Frioleira: **espécie de galão ou renda para enfeitar peças de roupa.**

Mofino: **estreito.**

— Certo, certo, não posso afirmar; mas, resolvendo-se em tempo o Cristiano, creio que sim. Sabe que meu marido é o homem dos impedimentos.

Sofia acompanhou-o até a porta, estendeu-lhe a mão indiferente, respondeu sorrindo alguma coisa chocha, tornou à salinha em que estivera — ao mesmo ângulo, da mesma janela. Não continuou logo o trabalho, pôs uma perna sobre outra, fazendo descer, por hábito, a saia do vestido, e lançou uma olhada ao jardim, onde as duas rosas tinham dado ao nosso amigo uma visão imperial. Sofia não viu mais que duas flores mudas. Fitou-as, não obstante, algum tempo; em seguida, pegou da frioleira, trabalhou um pouco, deteve-se outro pouco, deixando as mãos no regaço; e voltou à obra, outra vez, para tornar a deixá-la. De repente, levantou-se e atirou as linhas e a ***navette*** à cestinha de junco, onde guardava os seus petrechos de trabalho. A cesta era ainda uma lembrança de Rubião.

— Que homem aborrecido!

Dali foi encostar-se à janela que dava para o jardim mofino, onde iam murchando as duas rosas vulgares. Rosas, quando recentes, importam-se pouco ou nada com as cóleras dos outros; mas, se definham, tudo lhes serve para vexar a alma humana. Quero crer que esse costume nasce da brevidade da vida. "Para as rosas, escreveu alguém, o jardineiro é eterno." E que melhor maneira de ferir o eterno que mofar das suas iras? Eu passo, tu ficas; mas eu não fiz mais que florir e aromar, servi a donas e a donzelas, fui letra de amor, ornei a botoeira dos homens, ou expiro no próprio arbusto, e todas as mãos, e todos os olhos me trataram e me viram com admiração e afeto. Tu não, ó eterno; tu zangas-te, tu padeces, tu choras, tu afliges-te! A tua eternidade não vale um só dos meus minutos.

Assim, quando Sofia chegou à janela que dava para o jardim, ambas as rosas riram-se a pétalas despregadas. Uma delas disse que era bem feito! Bem feito! Bem feito!

Navette **(em francês): naveta; peça de tear.**

— Tens razão em te zangares, formosa criatura — acrescentou —, mas há de ser contigo, não com ele. Ele que vale? Um triste homem sem encantos, pode ser que bom amigo, e talvez generoso, mas repugnante, não? E tu, requestada de outros, que demônio te leva a dar ouvidos a esse intruso da vida? Humilha-te, ó soberba criatura, porque és tu mesma a causa do teu mal. Tu juras esquecê-lo, e não o esqueces. E é preciso esquecê-lo? Não te basta fitá-lo, escutá-lo, para deprezá-lo? Esse homem não diz coisa nenhuma, ó singular criatura, e tu...

— Não é tanto assim — interrompeu a outra rosa, com a voz irônica e descansada; — ele diz alguma coisa, e **di-la** desde muito, sem desaprendê-la, nem trocá-la; é firme, esquece a dor, crê na esperança. Toda a sua vida amorosa é como o passeio à Tijuca, de que vocês conversavam há pouco: "Fica para o domingo que vem!" Ela, piedade ao menos; sê piedosa, ó boníssima Sofia! Se hás de amar a alguém, fora do matrimônio, ama-o a ele, que te ama e é discreto. Anda, arrepende-te do gesto de há pouco. Que mal te fez ele, e que culpa lhe cabe se és bonita? E quando haja culpa, a cesta é que a não tem, só porque ele a comprou, e menos ainda as linhas e a *navette* que tu mesma mandaste comprar pela criada. Tu és má, Sofia, és injusta...

142

Sofia deixou-se estar ouvindo, ouvindo... Interrogou outras plantas, e não lhe disseram coisa diferente. Há desses acertos maravilhosos. Quem conhece o solo e o subsolo da vida sabe muito bem que um trecho de muro, um banco, um tapete, um guarda-chuva são ricos de ideias ou de sentimentos, quando nós também o somos e as coisas compõem um dos mais interessantes

Di-la: a diz.

fenômenos da terra. A expressão: "Conversar com os seus botões", parecendo simples metáfora, é frase de sentido real e direto. Os botões operam sincronicamente conosco; formam uma espécie de senado, cômodo e barato, que vota sempre as nossas moções.

143

Fez-se o passeio à Tijuca, sem outro incidente mais que uma queda do cavalo, ao descerem. Não foi Rubião que caiu, nem o Palha, mas a senhora deste, que vinha pensando em não sei quê, e chicoteou o animal com raiva; ele espantou-se e deitou-a em terra. Sofia caiu com graça. Estava singularmente esbelta, vestida de amazona, corpinho tentador de justeza. Otelo exclamaria, se a visse: "Oh! Minha bela guerreira!". Rubião limitara-se a isso, ao começar o passeio: "A senhora é um anjo!".

144

— Fiquei com o joelho dorido — disse ela entrando em casa e coxeando.

— Deixa ver.

No quarto de vestir, Sofia levantou o pé sobre um banquinho e mostrou ao marido o joelho pisado; inchara um pouco, muito pouco, mas, tocando-lhe, fazia-a gemer. Palha, não querendo machucá-la, chegou-lhe a pontinha dos beiços apenas.

— Fiquei descomposta quando caí?

— Não. Pois com um vestido tão comprido... Mal se pôde ver o bico do pé. Não houve nada, acredita.

— Jura que não?

— Que desconfiada que você é, Sofia! Juro por tudo o que há mais sagrado, pela luz que me alumia, por Deus Nosso Senhor. Estás satisfeita?

Sofia ia cobrindo o joelho.

— Deixa ver outra vez. Creio que não será nada maior; bota um pouco de qualquer coisa. Manda perguntar à botica.

— Está bom, deixa-me ir despir — disse ela forcejando por descer o vestido.

Mas o Palha baixara os olhos do joelho até o resto da perna, onde pegava com o cano da bota. De feito, era um belo trecho da natureza. A meia de seda mostrava a perfeição do contorno. Palha, por graça, ia perguntando à mulher se se machucara aqui, e mais aqui, e mais aqui, indicando os lugares com a mão que ia descendo. Se aparecesse um pedacinho dessa obra-prima, o céu e as árvores ficariam assombrados, concluiu ele enquanto a mulher descia o vestido e tirava o pé do banco.

— Pode ser, mas não havia só o céu e as árvores — disse ela; — havia também os olhos do Rubião.

— Ora, o Rubião! É verdade; ele nunca mais teve aquelas tolices de Santa Teresa?

— Nunca; mas, enfim, não me agradaria... Jura de verdade, Cristiano?

— O que você quer é que eu vá subindo de sagrado em sagrado, até a coisa mais sagrada. Jurei por Deus; não bastou. Juro por você; está satisfeita?

Pieguices de lascivo. Saiu finalmente do quarto da mulher e foi para o seu. Aquele pudor medroso e incrédulo de Sofia fazia-lhe bem. Mostrava que ela era sua, totalmente sua; mas, por isso mesmo que ele a possuía, considerava que era de grande senhor não se afligir com a vista casual e instantânea de um pedaço oculto do seu reino. E lastimava que o casual tivesse parado na ponta da bota. Era apenas a fronteira; as primeiras vilas do território, antes da cidade machucada pela queda, dariam ideia de uma civilização sublime e perfeita. E ensaboando-se, esfregando a cara, o colo e a cabeça na vasta bacia de prata, escovando-se, enxugando-se, aromando-se, Palha imaginava o pasmo e a inveja da única testemunha do desastre, se esse fosse menos incompleto*.

Pieguices de lascivo: exageros sentimentais de homem libidinoso.

*** Mais uma vez, percebe-se o gosto de Palha em exibir a mulher para causar inveja a outros homens.**

145

Foi por esse tempo que Rubião pôs em espanto a todos os seus amigos. Na terça-feira seguinte ao domingo do passeio (era então janeiro de 1870) avisou a um barbeiro e cabeleireiro da Rua do Ouvidor que o mandasse barbear à casa, no outro dia, às nove horas da manhã. Lá foi um oficial francês, chamado Lucien, que entrou para o gabinete de Rubião, segundo as ordens dadas ao criado.

— Uhm!... — rosnou Quincas Borba, de cima dos joelhos do Rubião.

Lucien cumprimentou o dono da casa; este, porém, não viu a cortesia, como não ouvira o sinal do Quincas Borba. Estava em uma longa cadeira de extensão, **ermo** do espírito, que rompera o teto e se perdera no ar. A quantas léguas iria? Nem condor nem águia o poderia dizer. Em marcha para a lua — não via cá embaixo mais que as felicidades perenes, chovidas sobre ele, desde o berço, onde o embalaram fadas, até a Praia de Botafogo, aonde elas o trouxeram, por um chão de rosas e bogaris. Nenhum revés, nenhum malogro, nenhuma pobreza — vida plácida, cosida de gozo, com rendas de supérfluo. Em marcha para a lua!

O barbeiro relanceou os olhos pelo gabinete, onde fazia principal figura a secretária, e sobre ela os dois bustos de Napoleão e Luís Napoleão. Relativamente a este último, havia ainda, pendentes da parede, uma gravura ou litografia representando a *Batalha de Solferino* e um retrato da imperatriz Eugênia.

Rubião tinha nos pés um par de chinelas de damascos, bordados a ouro; na cabeça, um gorro com borla de seda preta. Na boca, um riso azul-claro.

146

— Senhor...

— Uhm! — repetiu Quincas Borba, de pé nos joelhos do senhor.

Ermo: **vazio.**

Rubião voltou a si e deu com o barbeiro. Conhecia-o por tê-lo visto ultimamente na loja; ergueu-se da cadeira. Quincas Borba latia, como a defendê-lo contra o intruso.

—Sossega! Cala a boca! — disse-lhe Rubião; e o cachorro foi, de orelha baixa, meter-se por trás da cesta de papéis. Durante esse tempo, Lucien desembrulhava os seus aparelhos.

— O senhor vai perder uma bela barba — dizia ele em francês. — Conheço pessoas que fizeram a mesma coisa, mas para servir a alguma dama. Tenho sido confidente de homens respeitáveis...

— Justamente! — interrompeu Rubião.

Não entendera nada; posto soubesse algum francês, mal o compreendia lido — como sabemos —, e não o entendia falado. Mas, fenômeno curioso, não respondeu por impostura; ouviu as palavras, como se fossem cumprimento ou aclamação; e, ainda mais curioso fenômeno, respondendo-lhe em português, cuidava falar francês.

— Justamente! — repetiu. — Quero restituir a cara ao tipo anterior; é aquele.

E, como apontasse para o busto de Napoleão III, respondeu-lhe o barbeiro pela nossa língua:

— Ah! O imperador! Bonito busto, em verdade. Obra fina. O senhor comprou isso aqui ou mandou vir de Paris? São magníficos. Lá está o primeiro, o grande; esse era um gênio. Se não fosse a traição, oh! Os traidores, vê o senhor? Os traidores são piores que as bombas de **Orsini**.

— Orsini! Um coitado!

— Pagou caro.

— Pagou o que devia. Mas não há bombas nem Orsini contra o destino de um grande homem — continuou Rubião. — Quando a fortuna de uma nação põe na cabeça de um grande homem a coroa imperial, não há maldades que valham... Orsini! Um bobo!

Orsini: patriota italiano (1819-1858) que atentou contra a vida de Napoleão III. Foi condenado à morte e executado.

Em poucos minutos, começou o barbeiro a deitar abaixo as barbas de Rubião, para lhe deixar somente a **pera** e os bigodes de Napoleão III; encarecia-lhe o trabalho; afirmava que era difícil compor exatamente uma coisa como a outra. E, à medida que lhe cortava as barbas, ia-as gabando: Que lindos fios! Era um grande e honesto sacrifício que fazia, em verdade.

— Seu barbeiro, você é pernóstico — interrompeu Rubião. — Já lhe disse o que quero; ponha-me a cara como estava. Ali tem o busto para guiá-lo.

— Sim, senhor, cumprirei as suas ordens, e verá que semelhança vai sair.

E zás, zás, deu os últimos golpes às barbas de Rubião, e começou a rapar-lhe as faces e os queixos. Durou longo tempo a operação, o barbeiro ia tranquilamente rapando, comparando, dividindo os olhos entre o busto e o homem. Às vezes, para melhor cotejá-los, recuava dois passos, olhava-os alternadamente, inclinava-se, pedia ao homem que se virasse de um lado ou de outro, e ia ver o lado correspondente do busto.

— Vai bem? — perguntava Rubião.

Lucien pedia-lhe com um gesto que se calasse, e prosseguia. Recortou a pera, deixou os bigodes, e escanhoou à vontade, lentamente, amigamente, aborrecidamente, adivinhando com os dedos alguma pontinha imperceptível de cabelo no queixo ou na face. Às vezes Rubião, cansado de estar a olhar para o teto, enquanto o outro lhe aperfeiçoava os queixos, pedia para descansar. Descansando, apalpava o rosto e sentia pelo tato a mudança.

— Os bigodes é que não estão muito compridos — observava.

— Falta arranjar-lhes as guias; aqui trago os ferrinhos para encurvá-los bem sobre o lábio, e depois faremos as guias. Ah! Eu prefiro dez trabalhos originais a uma só cópia.

Volveram ainda dez minutos, antes que os bigodes e a pera fossem bem retocados. Enfim, pronto. Rubião

Pera: porção de barba, não muito longa, que se deixa crescer no queixo.

deu um salto, correu ao espelho, no quarto, que ficava ao pé; era o outro, eram ambos, era ele mesmo, em suma.

— Justamente! — exclamou tornando ao gabinete, onde o barbeiro, tendo arrecadado os aparelhos, fazia festas ao Quincas Borba.

E, indo à secretária, abriu uma gaveta, tirou uma nota de vinte mil-réis e deu-lha.

— Não tenho troco — disse o outro.

— Não precisa dar troco — acudiu Rubião com um gesto soberano; — tire o que houver de pagar à casa, e o resto é seu.

147

Ficando só, Rubião atirou-se a uma poltrona, e viu passar muitas coisas suntuosas. Estava em Biarritz ou Compiègne, não se sabe bem: Compiègne, parece. Governou um grande Estado, ouviu ministros e embaixadores, dançou, jantou — e assim outras ações narradas em correspondências de jornais, que ele lera e lhe ficaram de memória. Nem os ganidos de Quincas Borba logravam espertá-lo. Estava longe e alto. Compiègne era no caminho da lua. Em marcha para a lua*!

148

Quando desceu da lua, ouviu os ganidos do cachorro e sentiu frio nos queixos. Correu ao espelho e verificou que a diferença entre a cara barbada e a cara lisa era grande, mas que, assim lisa, não lhe ficava mal. Os comensais chegaram à mesma conclusão.

*** A obsessão pela figura de Napoleão III domina cada vez mais Rubião, levando-o a identificar-se com o imperador francês. Rubião mergulha no mundo das ilusões e da loucura.**

— Está perfeitamente bem! Há muito que devia ter feito isso. Não é que as barbas grandes lhe tirassem a nobreza do rosto; mas assim como está agora tem o que tinha, e mais um tom moderno...

— Moderno — repetiu o anfitrião.

Fora, igual espanto. Todos achavam sinceramente que esse outro aspecto lhe ia melhor que o anterior. Uma só pessoa, o doutor Camacho, posto julgasse que os bigodes e a pera ficavam muito bem no amigo, ponderou que era de bom aviso não alterar o rosto, verdadeiro espelho da alma, cuja firmeza e constância devia reproduzir.

— Não é por lhe falar de mim — concluiu —, mas nunca me há de ver a cara de outro modo. É uma necessidade moral da minha pessoa. Minha vida, sacrificada aos princípios, porque eu nunca tentei conciliar princípios, mas homens, minha vida, digo, é uma imagem fiel da minha cara, e vice-versa...

Rubião ouvia com seriedade, e acenava de cabeça que sim, que devia ser assim por força. Sentia-se então imperador dos franceses, incógnito, de passeio; descendo à rua, voltou ao que era. **Dante**, que viu tantas coisas extraordinárias, afirma ter assistido no inferno ao castigo de um espírito florentino, que uma serpente de seis pés abraçou de tal modo, e tão confundidos ficaram, que afinal já se não podia distinguir bem se era um ente único, se dois. Rubião era ainda dois. Não se misturavam nele a própria pessoa com o imperador dos franceses. Revezavam-se; chegavam a esquecer-se um do outro. Quando era só Rubião, não passava do homem do costume. Quando subia a imperador, era só imperador. Equilibravam-se, um sem outro, ambos integrais*.

149

— Que mudança é essa? — perguntou Sofia, quando ele lhe apareceu no fim da semana.

Dante: alusão ao poeta italiano Dante Alighieri (1265-1321), autor do poema *A divina comédia*, em que narra a seguinte visão: conduzido pelo poeta latino Virgílio, atravessa o inferno, vê os tormentos dos condenados, e, no alto da montanha do Purgatório, encontra Beatriz, que o conduz ao Paraíso.

*** A dramática evolução da loucura começa a tomar conta de Rubião.**

— Vim saber do seu joelho; está bom?

— Obrigada.

Eram duas horas da tarde. Sofia acabava de vestir-se para sair, quando a criada lhe fora dizer que estava ali Rubião — tão mudado de cara que parecia outro. Desceu a vê-lo, curiosa; achara-o na sala, de pé, lendo os cartões de visita.

— Mas que mudança é essa? — repetiu ela.

Rubião, sem nenhum sentimento imperial, respondeu que supunha ficarem-lhe melhor os bigodes e a pera.

— Ou estou mais feio? — concluiu.

— Está melhor, muito melhor.

E Sofia disse consigo que talvez fosse ela a causa da mudança. Sentou-se no sofá e começou a enfiar os dedos nas luvas.

— Vai sair?

— Vou, mas o carro ainda não veio.

Caiu-lhe uma das luvas. Rubião inclinou-se para apanhá-la, ela fez a mesma coisa, ambos pegaram na luva, e, teimando em levantá-las, sucedeu que as caras encontraram-se no ar, o nariz dela bateu no dele, e as bocas ficaram intatas para rir, como riram.

— Machuquei-a?

— Não! Eu é que lhe pergunto...

E riram outra vez. Sofia calçou a luva, Rubião fitou-lhe um pé que se mexia disfarçadamente, até que o criado veio dizer que a carruagem chegara. Ergueram-se, e ainda uma vez riram.

150

Teso, descoberto, o lacaio abriu a portinhola do *coupé* quando Sofia assomou à porta. Rubião ofereceu a mão para ajudá-la a entrar, ela aceitou o obséquio e entrou.

— Agora, até...

Não pôde acabar a frase; Rubião entrara após ela e sentara-se-lhe ao lado; o lacaio fechou a portinhola, trepou à almofada, e o carro partiu.

151

Tão rápido foi tudo que Sofia perdeu a voz e o movimento; mas, ao cabo de alguns segundos:

— Que é isso?... Senhor Rubião, mande parar o carro.

— Parar? Mas a senhora não me disse que ia sair e esperava por ele?

— Não ia sair com o senhor... Não vê que... Mande parar...

Desatinada, quis ordenar ao cocheiro que parasse; mas o receio de um possível escândalo fê-la deter-se a meio caminho. O *coupé* entrara na Rua Bela da Princesa. Sofia novamente pediu a Rubião que advertisse na inconveniência de irem assim, à vista de Deus e de todo mundo. Rubião respeitou o escrúpulo e propôs que descessem as cortinas.

— Eu acho que não faz mal que nos vejam — explicou Rubião —, mas, fechando as cortinas, ninguém nos vê. Se quer?

Sem aguardar resposta, desceu as cortinas de um e outro lado, e ficaram os dois a sós, porque, se de dentro podiam ver uma ou outra pessoa que passasse, de fora ninguém os via. Sós, completamente sós, como naquele dia em que às mesmas duas horas da tarde, em casa dela, Rubião lhe lançou em rosto os seus desesperos. Lá, ao menos, a moça estava livre; aqui, dentro do carro fechado, não podia calcular as consequências.

Rubião, entretanto, acomodara as pernas e não dizia nada.

152

Sofia encolhera-se muito ao canto. Podia ser estranheza da situação, podia ser medo; mas era principalmente repugnância. Nunca esse homem lhe fez sentir tanta aversão, asco, ou outra coisa menos dura, se querem, mas que se reduzia à incompatibilidade — como direi que não agrave os ouvidos? —, à incompatibilidade da epiderme. Aonde iam os sonhos de há poucos dias? Ao simples convite de um passeio, a sós, à Tijuca, subiu com ele a montanha, a galope, desmontou, ouviu palavras de adoração, e sentiu um beijo na nuca. Aonde iam essas imaginações? Aonde iam os olhos fixos e grandes, as mãos amigas e os ouvidos cheios de misericórdia? Tudo esqueceu, tudo desapareceu, agora que ambos se achavam deveras sós, **insulados** pelo carro e pelo escândalo.

E os cavalos continuavam a andar, sacudindo as patas, arrastando lentamente o carro pelas pedras da Rua Bela da Princesa. Que faria ela chegando ao Catete? Iria à cidade com ele? Pensou em seguir para a casa de alguma amiga; deixá-lo-ia dentro, diria ao cocheiro que se fosse embora. Contaria tudo ao marido. No meio daquela agonia, atravessaram-lhe o cérebro algumas memórias banais, ou estranhas à situação, como a notícia de um roubo de joias lida de manhã nos jornais, a ventania da véspera, um chapéu. Afinal fixou-se em um só cuidado. Que lhe ia dizer o Rubião? Viu que ele continuava a olhar para a frente, calado, com o castão da bengala no queixo. Não lhe ficava mal a atitude, tranquila, séria, quase indiferente; mas então para que se meteu no carro? Sofia quis romper o silêncio; por duas vezes moveu nervosamente as mãos; quase que a irritou a quietação do homem, cuja ação só podia ser explicada pela paixão antiga e violenta. Depois, imaginou que ele próprio estaria arrependido, e disse-lho em bons termos.

— Não vejo que me possa arrepender de coisa nenhuma — acudiu ele, voltando-se. — Quando a senhora disse que era mau irmos assim, à vista do público, abaixei as cortinas. Não concordei, mas obedeci.

— Chegamos ao Catete — atalhou ela; — quer que o leve à casa? Não podemos ir juntos para a cidade.

— Podemos andar à toa.

— Como?

— À toa, os cavalos vão andando e nós vamos conversando, sem que nos ouçam nem adivinhem...

— Pelo amor de Deus! Não me fale assim; deixe-me, saia do carro, ou eu saio aqui mesmo, e o senhor toma conta dele. Que é que quer dizer? Bastam poucos minutos... Olhe, já dobramos para o lado da cidade; mande ir para Botafogo, vou deixá-lo à porta de casa...

— Mas eu saí há pouco de casa, vou para a cidade. Que mal há em levar-me até lá? Se é para que não nos

Insulados: ilhados.

vejam, apeio-me em qualquer lugar, na Praia de Santa Luzia, por exemplo, do lado do mar...

— O melhor é descer aqui mesmo.

— Mas por que não iremos até a cidade?

— Não, não pode ser. Peço-lhe por tudo que lhe for mais sagrado! Não faça escândalo; vamos, diga-me o que é preciso para obter uma coisa tão simples? Quer que me ajoelhe aqui mesmo?

Apesar da estreiteza do espaço, ia dobrando os joelhos; mas Rubião deu-se pressa em fazê-la sentar-se outra vez.

— Não é preciso que se ajoelhe — disse com brandura.

— Obrigada; peço-lhe então por Deus, por sua mãe, que está no céu...

— Deve estar no céu — confirmou Rubião. — Era uma santa senhora! As mães são sempre boas; mas daquela, ninguém que a conheceu poderá dizer outra coisa senão que era uma santa. E prendada, como poucas. Que dona de casa! Hóspedes, para ela, tanto fazia cinco como cinquenta, era a mesma coisa, cuidava de tudo a tempo e a hora, e criou fama. Os escravos davam-lhe o nome de "Sinhá Mãe", porque era, realmente, mãe para todos. Deve estar no céu!

— Bem, bem — atalhou Sofia. — Pois faça-me isso por amor de sua mãe; faz?

— Isso quê?

— Apear-se aqui mesmo.

— E ir a pé para a cidade? Não posso. É cisma sua; ninguém nos vê. E depois esses seus cavalos são magníficos. Já reparou como atiram as patas, lentamente, plás... plás... plás... plás...

Cansada de pedir, Sofia calou-se, cruzou os braços e **coseu-se** ainda mais, se era possível, ao cantinho do carro.

"Agora me lembro", pensou ela. "Mando parar à porta do armazém do Cristiano; digo-lhe o modo por que este homem se introduziu no *coupé*, os pedidos que lhe

Coseu-se: colou-se.

fiz e as respostas que me deu. Antes isso que fazê-lo apear misteriosamente em qualquer rua."

Entretanto Rubião estava quieto. De vez em quando volvia no dedo o anel de brilhante — um solitário esplêndido. Não olhava para ela, não lhe dizia nem pedia nada. Iam como um casal de aborrecidos. Sofia começava a não entender que razão o teria levado a entrar no carro. Necessidade de transporte não podia ser. Vaidade, também não; fechara as cortinas, à sua primeira queixa de publicidade. Nenhuma palavra amorosa, uma alusão remota que fosse, **a medo**, cheia de veneração e súplica. Era um inexplicável, um monstro.

153

— Sofia... — disse de repente Rubião; e continuou com pausa: — Sofia, os dias passam, mas nenhum homem esquece a mulher que verdadeiramente gostou dele, ou então não merece o nome de homem. Os nossos amores não serão esquecidos nunca, por mim, está claro, e estou certo que nem por ti. Tudo me deste, Sofia; a tua própria vida correu perigo. Verdade é que eu te vingaria, minha bela. Se a vingança pode alegrar os mortos, terias o maior prazer possível. Felizmente, o meu destino protegeu-nos, e pudemos amar sem peias nem sangue*...

A moça olhava espantada.

— Não te espantes — continuou ele, — não nos vamos separar; não, não te falo de separação. Não me digas que morrerias; sei que havias de chorar muitas lágrimas. Eu não, que não vim ao mundo para chorar, mas nem por isso a minha dor seria menor; ao contrário, as dores guardadas no coração doem mais que as outras. Lágrimas são boas porque a pessoa desabafa. Querida amiga, falo-te assim porque é preciso termos cautela; a

A medo: de forma tímida.

* A loucura de Rubião evolui e seu delírio apavora Sofia.

nossa insaciável paixão pode esquecer essa necessidade. Temos facilitado muito, Sofia; como nascemos um para o outro, parece-nos que estamos casados e facilitamos. Ouve, querida, ouve, alma da minha alma... A vida é bela! A vida é grande! A vida é sublime! Contigo, porém, que nome haverá que lhe possa dar? Lembras-te da nossa primeira **entrevista**?

Rubião disse essa última palavra, querendo pegar-lhe na mão. Sofia recuou a tempo; estava desorientada, não entendia e tinha medo. A voz dele crescia, o cocheiro podia ouvir alguma coisa... E aqui uma suspeita a abalou: talvez o intento de Rubião fosse justamente fazer-se ouvir, para obrigá-la pelo terror — ou então para que a abocanhassem. Teve ímpeto de atirar-se a ele, gritar que lhe acudissem, e salvar-se pelo escândalo.

Ele, baixinho, depois de curta pausa:

— A mim lembra-me, como se fosse ontem. Tu chegaste de carro, não era este; era um carro de praça, uma caleça. Desceste medrosa, com o véu pela cara; tremias como varas verdes... Mas os meus braços te ampararam... O sol daquele dia devia ter parado, como quando obedeceu a **Josué**... E contudo, minha flor, aquelas horas foram compridas como diabo, não sei por quê; a rigor, deviam ser curtas. Era talvez porque a nossa paixão não acabava mais, não acabou, nem há de acabar nunca... Em compensação, não vimos mais o sol; ia caindo para o outro lado das montanhas quando a minha Sofia, ainda medrosa, saiu para a rua, e pegou de outra caleça. Outra ou a mesma? Creio que foi a mesma. Não imaginas como fiquei; parecia tonto, beijei tudo em que havias tocado; cheguei a beijar a soleira da porta. Creio que já te contei isso. A soleira da porta. E estive quase quase a ir de rastos, beijar os degraus da escada... Não o fiz, recolhi-me, fechei-me para que se não perdesse o teu cheiro; violeta, se bem me recordo...

Não, não era possível que o intuito de Rubião fosse fazer crer ao cocheiro uma aventura mentirosa. A voz era tão sumida que Sofia mal podia escutá-la; mas, se

Entrevista: encontro amoroso.

Josué: personagem bíblico que pediu a Deus que parasse o Sol a fim de que seu exército tivesse tempo para derrotar o inimigo.

lhe custava a entender as palavras, não chegava a compreender o sentido delas. A que vinha aquela história não sucedida? Quem quer que a ouvisse aceitaria tudo por verdade, tal era a nota sincera, a meiguice dos termos e a verossimilhança dos pormenores. E ele continuou suspirando as belas reminiscências...

— Mas que caçoada é essa? — atalhou finalmente Sofia.

Não lhe respondeu o nosso amigo; tinha a imagem diante dos olhos, não ouviu a pergunta, e foi andando. Citou-lhe um concerto de **Gottschalk**. O divino pianista melodiava ao piano; eles ouviam, mas o demônio da música levou os olhos de um para outro, e ambos esqueceram o resto. Quando a música cessou, as palmas romperam, e eles acordaram. Ai, tristes! Acordaram com o olhar do Palha em cima deles, um olho de onça brava. Nessa noite cuidou que ele a matasse.

— Senhor Rubião...

— Napoleão, não; chama-me Luís. Sou o teu Luís, não é verdade, galante criatura? Teu, teu... Chama-me teu; o teu Luís, o teu querido Luís. Ai, se tu soubesses o gosto que me dás quando te ouço essas duas palavras: "Meu Luís!". Tu és a minha Sofia, a doce, a mimosa Sofia da minha alma. Não percamos esses momentos; vamos dizer nomes ternos; mas baixo, baixinho, para que os malandros da almofada do carro não escutem. Para que há de haver cocheiros neste mundo? Se o carro andasse por si, a gente falava à vontade, e iria ao fim da terra.

Já então iam costeando o Passeio Público; Sofia não deu por isso. Olhava fixamente para Rubião; não podia ser cálculo de perverso, nem lhe atribuía mofa... Delírio, sim, é o que era; tinha a sinceridade da palavra, como pessoa que vê ou viu realmente as coisas que relata.

"É preciso pô-lo fora daqui", pensou a moça. E, aparelhando-se de coragem:

— Onde estaremos nós? — perguntou-lhe. — É ocasião de separar-nos. Veja do lado de lá; onde estamos? Parece que é o convento; estamos no Largo da Ajuda.

Louis M. Gottschalk (1829-1869): pianista e compositor norte-americano que viveu um tempo no Brasil e morreu no Rio de Janeiro. Entre suas obras está a *Grande fantasia triunfal sobre o hino nacional brasileiro*.

Diga ao cocheiro que pare; ou, se quer, pode apear-se no Largo da Carioca. Meu marido...

— Vou nomeá-lo embaixador — disse Rubião. — Ou senador, se quiser. Senador é melhor, ficam os dois aqui. Embaixador que fosse, não consentiria que tu o acompanhasses, e as más línguas... Tu sabes a oposição que sofro, as calúnias... Ah! Ruim gente! Convento da Ajuda, disseste? Que tens tu com ele? Queres ser freira?

— Não; digo que já passamos o Convento da Ajuda. Vou deixá-lo no Largo da Carioca. Ou vamos até o armazém de meu marido?

Sofia tornou a apegar-se ao segundo alvitre; não se faria suspeita ao cocheiro, provaria melhor a sua inocência ao Palha, narrando-lhe tudo, desde a entrada inesperada no carro até o delírio. E que delírio era esse? Sofia pensou que o motivo podia ser ela própria, e essa conjetura fê-la sorrir de piedade.

— Para quê? — disse Rubião. — Vou apear-me aqui mesmo, é mais seguro. Para que há de ele desconfiar de nós e maltratar-te? Posso castigá-lo, mas sempre me ficaria o remorso do mal que ele te causaria. Não, linda flor amiga; o vento que se atrevesse a tocar em tua pessoa, acredita que eu mandaria pôr fora do espaço, como um vento indigno. Tu ainda não conheces bem o meu poder, Sofia; anda, confessa.

Como Sofia não confessasse nada, Rubião chamou-lhe de bonita, e ofereceu-lhe o solitário que tinha no dedo; ela, porém, conquanto amasse as joias e tivesse a intuição dos solitários, recusou medrosamente a oferta.

— Compreendo o escrúpulo — disse ele, — mas não perdes por isso, porque hás de receber outra pedra ainda mais bela, e pela mão de teu marido. **Far-te-ei** duquesa. Ouviste? O título é dado a ele, mas tu é que és a causa. Duque... Duque de quê? Vou ver um título bonito; ou então escolhe tu mesma, porque é para ti, não é para ele, é para ti, minha mimosa. Não é preciso escolher já, vai para casa e pensa. **Não te vexes**; manda-me dizer o que achares mais bonito, e faço lavrar

Far-te-ei: eu te farei.

Não te vexes: não te envergonhes.

imediatamente o decreto. Também podes fazer outra coisa: escolhe, e diz-me no nosso primeiro encontro, no lugar do costume. Quero ser o primeiro que te chame duquesa. Querida duquesa... O decreto virá depois. Duquesa de minha alma!

— Sim, sim — disse ela, desvairadamente —, mas avisemos o cocheiro que nos leve até a casa de Cristiano.

— Não, apeio-me aqui... Para! Para!

Rubião ergueu as cortinas, e o lacaio veio abrir a portinhola. Sofia, para tirar toda a suspeita a este, pediu novamente ao Rubião que fosse com ela à casa do marido; disse-lhe que este precisava falar-lhe, com urgência. Rubião olhou um pouco espantado para ela, para o lacaio e para a rua; e respondeu que não, que iria depois.

154

Apenas separados, deu-se em ambos um contraste.

Rubião, na rua, voltou a cabeça para todos os lados, a realidade apossava-se dele e o delírio esvaía-se. Andava, estacava diante de uma loja, atravessava a rua, detinha um conhecido, pedia-lhe notícias e opiniões; esforço inconsciente para sacudir de si a personalidade emprestada*.

Ao contrário, Sofia, passado o susto e o espanto, mergulhou no devaneio; todas as referências e histórias mentirosas de Rubião como que lhe davam saudades — saudades de quê? — "saudades do céu", que é o que dizia o padre Bernardes do sentimento de um bom cristão. Nomes diversos relampejavam no azul daquela possibilidade. Quanto pormenor interessante! Sofia reconstruiu a caleça velha, onde entrou rápida, donde desceu trêmula, para esgueirar-se pelo corredor dentro, subir a escada e achar um homem — que lhe disse os

*** Observe a angústia de Rubião, que percebe ter tido um acesso de loucura.**

mimos mais apetitosos deste mundo, e os repetiu agora, ao pé dela, no carro; mas não era, não podia ser o Rubião. Quem seria? Nomes diversos relampejavam no azul daquela possibilidade*.

155

Espalhou-se a nova da mania de Rubião. Alguns, não o encontrando nas horas do delírio, faziam experiências, a ver se era verdadeiro o boato; encaminhavam a conversação para os negócios de França e do imperador. Rubião resvalava ao abismo, e convencia-os.

156

Passaram-se alguns meses, veio a guerra franco-prussiana, e as crises de Rubião tornaram-se mais agudas e menos espaçadas. Quando as **malas** da Europa chegavam cedo, Rubião saía de Botafogo, antes do almoço, e corria a esperar os jornais; comprava a *Correspondência de Portugal*, e ia lê-la no **Carceler**. Quaisquer que fossem as notícias, dava-lhes o sentido da vitória. Fazia a conta dos mortos e feridos, e achava sempre um grande saldo a seu favor. A queda de Napoleão III foi para ele a captura do **rei Guilherme**, a revolução de 4 de Setembro um banquete de bonapartistas.

Em casa, os amigos do jantar não se metiam a **dissuadi-lo**. Também não confirmavam nada, por vergonha uns dos outros; sorriam e desconversavam. Todos, entretanto, tinham as suas patentes militares, o marechal Torres, o marechal Pio, o marechal Ribeiro, e acudiam pelo título. Rubião via-os fardados; ordenava um

*** O que sugere esse comentário do narrador sobre Sofia?**

Malas: correspondências.

Carceler: famosa confeitaria carioca da época.

Rei Guilherme: Rubião confunde os fatos e inverte a realidade, já que o rei Guilherme derrotou Napoleão II na guerra franco-prussiana.

Dissuadi-lo: convencê-lo do contrário.

reconhecimento, um ataque, e não era necessário que eles saíssem a obedecer; o cérebro do anfitrião cumpria tudo. Quando Rubião deixava o campo de batalha para tornar à mesa, essa era outra. Já sem prataria, quase sem porcelana nem cristais, ainda assim aparecia aos olhos de Rubião regiamente esplêndida. Pobres galinhas magras eram graduadas em faisões; picados triviais, assados de má morte traziam o sabor das mais finas iguarias da terra*. Os comensais faziam algum reparo, entre si — ou ao cozinheiro —, mas **Lúculo** ceava sempre com Lúculo. Toda a mais casa, gasta pelo tempo e pela **incúria**, tapetes desbotados, mobílias truncadas e descompostas, cortinas **enxovalhadas**, nada tinha o seu atual aspecto, mas outro, lustroso e magnífico. E a linguagem era também diversa, **rotunda e copiosa**, e assim os pensamentos, alguns extraordinários, como os do finado amigo Quincas Borba — teorias que ele não entendera, quando lhas ouvira outrora em Barbacena, e que ora repetia com lucidez, **com alma** —, às vezes, empregando as mesmas frases do filósofo. Como explicar essa repetição do obscuro, esse conhecimento do inextricável, quando os pensamentos e as palavras pareciam ter ido com os ventos de outros dias? E por que todas essas reminiscências desapareciam com a volta da razão?

*** Rubião já não é um homem rico, vive modestamente, mas nos seus devaneios imagina-se ainda participando de banquetes.**

Lúculo: general romano (106-57 a.C.), famoso pelos banquetes suntuosos que oferecia.

Incúria: falta de cuidados.

Enxovalhadas: sujas.

Rotunda e copiosa: a linguagem de Rubião se torna confusa, prolixa.

Com alma: com entusiasmo.

157

A compaixão de Sofia — explicado o mal de Rubião pelo amor que ele lhe tinha** — era um sentimento médio, não simpatia pura nem egoísmo ferrenho, mas participando de ambos. Uma vez que evitasse alguma situação idêntica à do *coupé*, tudo ia bem. Nas horas em que Rubião estava lúcido, escutava-o e falava-lhe com interesse, até porque a doença, dando-lhe audácia nos

**** A paixão não correspondida por Sofia teria realmente levado Rubião à loucura?**

momentos de crise, dobrava-lhe a timidez nas horas normais. Não sorria, como o Palha, quando Rubião subia ao trono ou comandava um exército. Crendo-se autora do mal, perdoava-lho; a ideia de ter sido amada até a loucura **sagrava-lhe o homem**.

158

— Por que não o tratam? — perguntou uma noite dona Fernanda, que ali o conhecera no ano anterior. — Pode ser que se cure.

— Parece que não é coisa grave — acudiu o Palha; — tem desses acessos, mas assim mansos, como viu, ideias de grandeza, que passam logo; e repare que, fora daquilo, conversa perfeitamente. Contudo pode ser... Que acha vossa excelência?

Teófilo, o marido de dona Fernanda, respondeu que sim, que era possível.

— Que fazia ele, ou que faz agora? — continuou o deputado.

— Nada, nem agora nem antes. Era rico, mas gastador. Conhecemo-lo quando veio de Minas, e fomos, por assim dizer, o seu guia no Rio de Janeiro, aonde não voltara desde longos anos. Bom homem. Sempre com luxo, lembra-se? Mas não há riqueza inesgotável quando se entra pelo capital; foi o que ele fez. Hoje creio que tenha pouco...

— Podia salvar-lhe esse pouco, fazendo-se nomear curador, enquanto ele se trata. Não sou médico, mas pode ser que esse seu amigo fique bom.

— Não digo que não. Realmente, é pena... Dá-se com todos e presta seus serviços. Sabe que esteve para ser nosso parente? Pois não? Quis casar com Maria Benedita.

— A propósito de Maria Benedita — interrompeu dona Fernanda —, ia-me esquecendo que trago uma

Sagrava-lhe o homem: tornava Rubião um homem especial, respeitável. Sofia sentia-se lisonjeada ao imaginar que um homem de fato enlouquecera de amor por ela.

carta dela para mostrar à senhora; recebi-a ontem. Já há de saber que, em breve, estão de volta? Está aqui.

Entregou a carta a Sofia, que a abriu sem entusiasmo e a leu com tédio. Era mais que uma vulgar carta transatlântica, era um depósito moral, uma confissão íntima e completa de pessoa feliz e agradecida. Contava os mais recentes episódios da viagem, desordenadamente, porque os viajantes eram sobrepostos a tudo, e as mais belas obras do homem ou da natureza valiam menos que os olhos que as miravam. Às vezes, um incidente de hospedaria ou de rua comia mais papel e trazia mais interesse que outros, pela razão de pôr em relevo as qualidades do marido. Maria Benedita amava tanto ou ainda mais que no primeiro dia. No fim, a medo, em ***post-scriptum***, pedindo que o não dissesse a ninguém, confessava que era mãe*.

Sofia dobrou o papel, não já com tédio, senão com despeito, e por dois motivos que se contradizem; mas a contradição é deste mundo. Cotejada aquela carta com as que recebera de Maria Benedita, dir-se-ia que ela era apenas uma conhecida**, sem outro laço de sangue ou de afeto; e, contudo, não quereria ser confidente daquela felicidade cochichada do outro lado do oceano, cheia de minúcias, de adjetivos, de exclamações, do nome de Carlos Maria, dos olhos de Carlos Maria, dos ditos de Carlos Maria, finalmente do filho de Carlos Maria. Parecia acinte, e quase fazia crer na cumplicidade de dona Fernanda.

Hábil, sabendo domar-se a tempo, Sofia dissimulou o despeito e restituiu sorrindo a carta da prima. Quis dizer que, pelo texto, a felicidade de Maria Benedita devia estar intata como a levara daqui, mas a voz não lhe passou da garganta. Dona Fernanda é que se incumbiu da conclusão:

— Vê-se bem que é feliz!

— Parece que sim.

Post-scriptum **(em latim): pós-escrito; observação que se coloca numa carta, após tê-la assinado.**

*** Ou seja, estava grávida.**

**** Sofia fica com ciúme da intimidade de Maria Benedita com dona Fernanda.**

159

Se a manhã seguinte não fosse chuvosa, outra seria a disposição de Sofia. O sol nem sempre é oficial de boas ideias; mas, ao menos, permite sair, e a troca do espetáculo muda as sensações. Quando Sofia acordou, já a chuva caía grossa e contínua, e o céu e o mar era tudo um, tão baixas estavam as nuvens, tão espessa era a cerração.

Tédio por dentro e por fora. Nada em que espraiasse a vista e descansasse a alma. Sofia meteu a alma em um caixão de cedro, encerrou o de cedro no caixão de chumbo do dia, e deixou-se estar sinceramente defunta. Não sabia que os defuntos pensam, que um enxame de noções novas vem substituir as velhas, e que eles saem criticando o mundo como os espectadores saem do teatro criticando a peça e os atores. A defunta sentiu que algumas noções e sensações continuavam a vida. Vinham de mistura, mas tinham um ponto de partida comum — a carta da véspera e as recordações que lhe trouxe de Carlos Maria.

Em verdade, cuidara ter arredado para longe essa figura aborrecida, e ei-la que reaparecia, que sorria, que a fitava, que lhe sussurrava ao ouvido as mesmas palavras do vadio egoísta e **enfatuado**, que a convidou um dia à valsa do adultério e a deixou sozinha no meio do salão*****. À volta dessa vinham outras; Maria Benedita, por exemplo, um caco de gente, que ela foi buscar à roça para lhe dar lustre de cidade, e que esqueceu todos os benefícios para só se lembrar das suas ambições. E dona Fernanda também, madrinha dos seus amores, que, de caso pensado, trouxera na véspera a carta de Maria Benedita com o *post-scriptum* confidencial. Não advertiu que o prazer da amiga bastava a explicar o esquecimento da parte reservada da carta; menos ainda indagou se a natureza moral de dona Fernanda comportava essa suposição. Vieram assim ou-

Enfatuado: convencido, arrogante.

*** Sofia ainda curte a raiva de ter sido esnobada por Carlos Maria.**

tras cogitações e imagens, e tornaram as primeiras, e todas se iam ligando e desligando. Entre elas apareceu uma lembrança da véspera. O marido de dona Fernanda envolvera Sofia em um grande olhar de admiração. Ela, em verdade, estava nos seus melhores dias; o vestido sublimava admiravelmente a gentileza do busto, o estreito da cintura e o relevo delicado das cadeiras; era *foulard*, cor de palha.

— Cor de *palha* — acentuou Sofia, rindo, quando dona Fernanda o elogiou, pouco depois de entrar —, cor de *palha* como uma lembrança desse senhor.

Não é fácil dissimular o prazer da lisonja; o marido sorriu cheio de vaidade, procurando ler nos olhos dos outros o efeito daquela prova minuciosa de amor. Teófilo elogiou também o vestido, mas era difícil mirá-lo sem mirar também o corpo da dona; dali, os olhos compridos que lhe deitou, sem **concupiscência** é certo, e quase sem reincidência. Pois essa lembrança da véspera, um gesto sem convite, uma admiração sem desejo, veio meter-se de permeio agora, quando Sofia cuidava na maldade da outra.

Carlos Maria, Teófilo... Outros nomes relampejavam no céu daquela possibilidade, como ficou expresso no capítulo 154. E vieram todos agora, porque a chuva, continuando a cair, o céu e o mar estavam ainda unidos pela mesma cerração. Vieram todos esses nomes, com os próprios sujeitos correspondentes, e até vieram sujeitos sem nomes — os **adventícios** e ignorados —, que uma só vez passaram por ela, cantaram o hino da admiração e receberam o **óbolo** da boa vontade. Por que não reteve algum de tantos, para ouvi-lo cantar e enriquecê-lo? Não é que os óbolos enriqueçam a ninguém, mas há outras moedas de maior valia. Por que não reteve um de tantos nomes elegantes, e até **egrégios**? Essa pergunta sem palavras correu-lhe assim pelas veias, pelos nervos, pelo cérebro, sem outra resposta mais que a agitação e a curiosidade.

Concupiscência: desejo sexual.

Adventícios: forasteiros.

Óbolo: esmola.

Egrégios: ilustres.

160

Nisso, a chuva cessou um pouco, e um raio de sol logrou romper o nevoeiro — um desses raios úmidos que parecem vir de olhos que choraram. Sofia cuidou que ainda podia sair; estava inquieta por ver, por andar, por sacudir aquele torpor, esperou que o sol varresse a chuva e tomasse conta do céu e da terra; mas o grande astro percebeu que a intenção dela era constituí-lo lanterna de **Diógenes**, e disse ao raio úmido: "Volta, volta ao meu seio, raio casto e virtuoso; não vás tu conduzi-la aonde o seu desejo a quer levar. Que ame, se lhe parece; que responda aos bilhetes namorados; se os recebe e não queima, não lhe sirvas tu de **archote**, luz do meu seio, filho das minhas entranhas, raio, irmão dos meus raios...".

E o raio obedeceu, recolhendo-se ao foco central, um pouco espantado do temor do sol, que tem visto tantas coisas ordinárias e extraordinárias. Então o véu de nuvens fez-se outra vez espesso, e mais escuro, e a chuva tornou a cair **em grandes bátegas**.

161

Sofia resignou-se à reclusão. Já agora tinha a alma tão confusa e difusa como o espetáculo exterior. Todas as imagens e nomes perdiam-se no mesmo desejo de amar. É justo dizer que ela, quando regressava desses estados de consciência vagos e obscuros, tentava fugir-lhes e guiava o espírito para diverso assunto; mas sucedia-lhe como aos que têm sono e forcejam por velar: os olhos fecham-se de cada vez que espertam, e tornam a espertar para se fecharem outra vez. Afinal, deixou a vista da chuva e do nevoeiro; estava cansada, e, para

Diógenes (413-327 a.C.): filósofo grego que tinha tal desprezo pela humanidade que, segundo a lenda, foi visto andando pelas ruas de Atenas em pleno dia com uma lanterna acesa, dizendo que estava à procura de um verdadeiro homem. Ironicamente, nesta passagem, o narrador diz que o Sol se recusa a fazer o papel dessa lanterna para ajudar Sofia a procurar e encontrar um admirador especial.

Archote: tocha, mas nesse caso tocha que ilumina o caminho.

Em grandes bátegas: em grande quantidade.

repousar, foi abrir as folhas do último número da *Revista dos Dois Mundos*. Um dia, no melhor dos trabalhos da comissão das Alagoas, perguntara-lhe uma das elegantes do tempo, casada com um senador:

— Está lendo o romance de Feuillet, na *Revista dos Dois Mundos*?

— Estou — acudiu Sofia —, é muito interessante.

Não estava lendo, nem conhecia a *Revista*; mas, no dia seguinte, pediu ao marido que a assinasse; leu o romance, leu os que saíram depois, e falava de todos os que lera ou ia lendo*. Abertas as folhas daquele número, e acabada uma novela, Sofia recolheu-se ao quarto e atirou-se à cama. Passara mal a noite, não lhe custou pegar no sono — profundo, largo e sem sonhos —, exceto para o fim, em que teve um pesadelo. Estava diante da mesma parede de cerração daquele dia, mas no mar, à proa de uma lancha, deitada de bruços, escrevendo com o dedo na água um nome — "Carlos Maria"**. E as letras ficavam gravadas, e, para maior nitidez, tinham os sulcos de espuma. Até aqui nada havia que atordoasse, a não ser o mistério; mas é sabido que os mistérios dos sonhos parecem fatos naturais***. Eis que a parede da cerração se rasga, e nada menos que o próprio dono do nome aparece aos olhos de Sofia, caminha para ela, toma-a nos braços e diz-lhe muitas palavras de ternura, análogas às que ela, alguns meses antes, ouvira ao Rubião. E não a afligiram, como as deste; ao contrário, escutou-as com prazer, **meia caída** para trás, como se desmaiasse. Já não era lancha, mas carruagem, onde ela se ia com o primo, mãos presas, namorada de uma linguagem de ouro e sândalo. Também aqui não há que aterre. O terror veio quando a carruagem parou, muitos vultos mascarados a cercaram, mataram o cocheiro, arrancaram as portinholas, apunhalaram Carlos Maria e deitaram o cadáver ao chão. Depois, um deles, que parecia ser o chefe de todos, tomou o lugar do defunto, tirou a máscara e disse a Sofia que se não assustasse, que ele a amava cem mil vezes mais que o outro. Logo

*** Na ânsia de querer igualar-se às pessoas de um círculo social mais alto, Sofia passa a cultivar novos hábitos, como o da leitura de romances e folhetins.**

**** A carta de Maria Benedita reabriu em Sofia a ferida provocada por Carlos Maria. Sofia não sente amor por ele, mas sim raiva por ter sido iludida, desprezada. O casamento do rapaz parece-lhe uma traição, já que ele dizia amá-la.**

***** Os sonhos de Sofia revelariam o que ela, de fato, sentia?**

Meia caída: **era normal, na época, a concordância do advérbio com o adjetivo. Hoje, gramaticalmente, o correto seria "meio" caída.**

em seguida, pegou-lhe nos pulsos e deu-lhe um beijo, mas um beijo úmido de sangue, cheirando a sangue. Sofia soltou um grito de horror e acordou. Tinha ao pé do leito o marido.

— Que foi? — perguntou ele.

— Ah! — respirou Sofia. — Gritei, não gritei?

Palha não respondeu nada; olhava à toa, pensava em negócios. Então um receio assaltou a mulher, se haveria efetivamente falado, murmurado alguma palavra, um nome qualquer — o mesmo que escrevera na água. E logo, espreguiçando os braços para o ar, fê-los cair sobre os ombros do marido, cruzou as pontas dos dedos na nuca, e murmurou meio alegre, meio triste:

— Sonhei que estavam matando você.

Palha ficou enternecido. Havê-la feito padecer por ele, ainda que em sonhos, encheu-o de piedade, mas de uma piedade gostosa, um sentimento particular, íntimo, profundo, que o faria desejar outros pesadelos, para que o assassinassem aos olhos dela, e para que ela gritasse angustiada, convulsa, cheia de dor e de pavor.

162

No dia seguinte, o sol apareceu claro e quente, o céu límpido e o ar fresco. Sofia meteu-se no carro e saiu a visitas e a passeio para desforrar-se da reclusão. Já o próprio dia lhe fez bem. Vestiu-se cantarolando. O trato das senhoras que a receberam em suas casas, e das que achou na Rua do Ouvidor, a agitação externa, as notícias da sociedade, a boa feição de tanta gente fina e amiga bastaram a espancar-lhe da alma os cuidados da véspera.

163

Assim, pois, o que parecia vontade imperiosa reduzia-se a veleidade pura, e, com algumas horas de intervalo, todos os maus pensamentos se recolheram às suas alcovas. Se me perguntardes por algum remorso de Sofia, não sei que vos diga. Há uma escala de ressentimento e de reprovação. Não é só nas ações que a consciência passa gradualmente da novidade ao costume e do temor à indiferença. Os simples pecados de pensamento são sujeitos a essa mesma alteração, e o uso de cuidar nas coisas afeiçoa tanto a elas que, afinal, o espírito não as estranha, nem as repele. E nesses casos há sempre um refúgio moral na isenção exterior, que é, por outros termos mais explicativos, o corpo sem **mácula**.

164

Um só incidente afligiu Sofia naquele dia puro e brilhante — foi um encontro com Rubião. Tinha entrado em uma livraria da Rua do Ouvidor para comprar um romance; enquanto esperava o troco, viu entrar o amigo. Rapidamente voltou o rosto e percorreu com os olhos os livros da prateleira — uns livros de anatomia e de estatística —, recebeu o dinheiro, guardou-o, e, de cabeça baixa, rápida como uma flecha, saiu à rua e enfiou para cima. O sangue só lhe sossegou quando a Rua dos Ourives ficou para trás.

Dias depois, indo a entrar em casa de dona Fernanda, deu com ele no saguão. Cuidou que subisse, e dispôs-se a subir também, ainda que receosa; mas Rubião descia, apertaram-se as mãos familiarmente e despediram-se até a tarde.

— Ele vem aqui muitas vezes? — perguntou Sofia a dona Fernanda, depois de lhe contar o encontro do saguão.

— Esta é a quarta vez, quarta ou quinta; mas só da segunda vez apareceu delirando. Das outras é como viu agora, sossegado, e até conversador. Há nele sempre alguma coisa que mostra não estar completamente bem. Não reparou nos olhos um pouco vagos? É isso; no mais, conversa bem. Creia, dona Sofia; aquele homem pode sarar. Por que não faz com que seu marido tome isso a peito?

Mácula: mancha, falha.

— Cristiano tem projeto de o mandar examinar e tratar; mas, deixe estar que eu o apresso.

— Pois sim. Ele parece ser muito amigo da senhora e do senhor Palha.

"Ter-lhe-á dito alguma inconveniência no delírio, a meu respeito?", pensou Sofia. "Convirá revelar-lhe a verdade?"

Concluiu que não; o próprio mal do Rubião explicaria as inconveniências. Prometeu que apressaria o marido, e nessa mesma tarde expôs o negócio ao Palha. "É uma grande amolação", redarguiu este. E perguntou que interesse tinha dona Fernanda em tornar àquele negócio. Que o tratasse ela mesma! Era uma atrapalhação ter de cuidar do outro, de o acompanhar, e, provavelmente, de recolher e gerir algum resto de dinheiro que ainda houvesse, fazendo-se curador, como dissera o doutor Teófilo. Um aborrecimento de todos os diabos*.

— Já ando com grande carga sobre mim, Sofia. E depois como há de ser? Havemos de trazê-lo para casa? Parece que não. Metê-lo onde? Em alguma casa de saúde... Sim, mas se não puderem aceitá-lo? Não hei de mandá-lo para a **Praia Vermelha**... E as responsabilidades? Você prometeu que me falaria?

— Prometi, e afirmei que você faria isso — respondeu Sofia, sorrindo. — Talvez não custe tanto como parece.

Sofia insistiu ainda. A compaixão de dona Fernanda tinha-a impressionado muito; achou-lhe um quê distinto e nobre, e advertiu que, se a outra, sem relações estreitas nem antigas com Rubião, assim se mostrava interessada, era de bom-tom não ser menos generosa**.

165

Tudo se fez sossegadamente. Palha alugou uma casinha na Rua do Príncipe, cerca do mar, onde meteu o

*** Palha não quer mais saber de Rubião. Serviu-se dele enquanto lhe interessava e agora o descarta.**

Praia Vermelha: **nome como era conhecido o Hospício Pedro II, na praia Vermelha, no bairro carioca da Urca.**

**** O interesse de Sofia pelo destino de Rubião é autêntico ou não passa de um jogo de aparência?**

nosso Rubião, alguns trastes e o cachorro amigo. Rubião adotou a mudança sem desgosto, e, desde que lhe tornou o delírio, com entusiasmo. Estava nos seus paços de **Saint-Cloud**.

Não sucedeu assim aos amigos da casa, que receberam a notícia da mudança como um decreto de exílio. Tudo na antiga habitação fazia parte deles: o jardim, a grade, os canteiros, os degraus de pedra, a enseada. Traziam tudo de cor. Era entrar, pendurar o chapéu e ir esperar na sala. Tinham perdido a noção da casa alheia e do obséquio recebido. Depois, a vizinhança. Cada um daqueles amigos do Rubião estava afeito a ver as pessoas do lugar, as caras da manhã e as da tarde, alguns chegavam a cumprimentá-las, como aos seus próprios vizinhos. Paciência! Iriam agora para **Babilônia**, como os desterrados de **Sião**. Onde quer que estivesse o **Eufrates**, achariam salgueiros em que pendurassem as harpas saudosas — ou, mais propriamente, cabides em que pusessem os chapéus. A diferença entre eles e os profetas é que, ao cabo de uma semana, pegariam outra vez dos instrumentos e os tangeriam com a mesma graça e força; cantariam os velhos hinos, tão novos como no primeiro dia, e Babel acabaria por ser a mesma Sião, perdida e resgatada*.

— O nosso amigo precisa de repouso por algum tempo — disse-lhes o Palha, em Botafogo, na véspera da mudança. — Hão de ter reparado que não anda bom; tem suas horas de esquecimento, de transtorno, de confusão; vai tratar-se, por enquanto é preciso que descanse. Arranjei-lhe uma casa pequena, mas pode ser que, ainda assim, passe para um estabelecimento de saúde.

Ouviram atônitos. Um deles, o Pio, voltando a si mais depressa que os outros, respondeu que há mais tempo se devia ter feito aquilo; mas, para fazê-lo, era preciso ter influência decisiva no ânimo de Rubião.

— Muitas vezes lhe disse, por boas maneiras, que era indispensável consultar um médico, por me parecer

Saint-Cloud: **local da antiga residência dos imperadores franceses.**

Babilônia: **cidade para onde foram levados em cativeiro os habitantes de Jerusalém.**

Sião: **uma das colinas de Jerusalém, frequentemente tomada como símbolo da própria cidade.**

Eufrates: **rio que banha a Babilônia. Ironicamente, o narrador compara a tristeza dos "amigos" de Rubião, que costumavam jantar diariamente em sua casa, à tristeza dos hebreus no cativeiro da Babilônia, que, saudosos da pátria, penduravam suas harpas nos salgueiros e não cantavam mais.**

*** Só que, diferentemente dos hebreus, esses "exilados" achariam uma nova casa onde continuariam a ser felizes...**

que tinha alguma coisa no estômago... Era um modo de desviar o sentido, compreende? Mas ele respondia sempre que não tinha nada, digeria bem... "Mas come menos", dizia-lhe eu; "há dias em que não come quase nada; está mais magro, um pouco amarelo...". Compreende que não podia dizer-lhe a verdade. Cheguei a consultar um médico, meu amigo; mas o nosso bom Rubião não o quis receber.

Os outros quatro iam confirmando de cabeça toda aquela invenção; era o mais que se lhes podia pedir e tudo o que lhes consentia o atordoamento do golpe. Acabaram perguntando o número da nova casa, para irem saber dele. Pobre amigo! Quando se arrancaram dali e se despediram uns dos outros, deu-se um fenômeno com que não contavam; é que eles mesmos mal podiam separar-se. Não que os ligasse amizade nem estima; o próprio interesse os fazia antipáticos. Mas o costume de se verem todos os dias, ao almoço e ao jantar, à mesma mesa, como que os tinha fundido uns nos outros; a necessidade os fez suportáveis, o tempo os tornou mutuamente precisos. Em resumo, eram os olhos de cada um que iam padecer com a ausência das caras de uso, do gesto, das suíças, dos bigodes, da calva, dos **sestros** particulares, do modo de comer, de falar e de estar dos companheiros. Era mais que separação, era desarticulação.

166

Rubião notou que eles não o acompanharam à casa nova e mandou-os chamar; nenhum veio, e a ausência encheu de tristeza o nosso amigo durante as primeiras semanas. Era a família que o abandonava. Rubião procurou recordar se lhes fizera algum mal, por obra ou por palavra, e não achou nada.

Sestros: manias.

167

— Conversei com o homem; achei-lhe ideias delirantes. Conquanto não seja **alienista**, acho que pode ficar bom... Mas quer saber uma descoberta interessante?

— Crê que fique bom? — disse dona Fernanda, sem atender à pergunta do doutor Falcão.

Era deputado o doutor Falcão, deputado e médico, amigo da casa, varão sabedor, **céptico** e frio. Dona Fernanda tinha-lhe pedido o favor de examinar o Rubião, pouco depois que este se transportou para a casa da Rua do Príncipe.

— Sim, creio que fique bom, desde que seja regularmente tratado. Pode ser que a doença não tenha antecedentes na família. Mande ver um especialista. Mas não quer saber a minha interessante descoberta?

— Qual é?

— Talvez tenha parte na moléstia uma pessoa sua conhecida — respondeu ele sorrindo.

— Quem?

— Dona Sofia.

— Como assim?

— Ele falou-me dela com entusiasmo, disse-me que era a mais esplêndida mulher do mundo, e que a nomeara duquesa, por não poder nomeá-la imperatriz; mas que não brincassem com ele, que era capaz de fazer como o tio, divorciar-se e casar com ela. Concluí que terá tido paixão pela moça; e depois a intimidade, Sofia para aqui, Sofia para ali... Desculpe-me, mas eu creio que os dois se amaram.

— Oh! Não!

— Dona Fernanda, creio que se amaram. Que admira? Eu mal a conheço; a senhora parece que não a conhece há muito tempo, nem viveu na intimidade dela. Pode ser que se tivessem amado, e que alguma paixão violenta... Suponhamos que ela o mandasse pôr fora de casa... É verdade que tem a mania das grandezas; mas tudo se pode juntar...

Alienista: médico especialista em doenças mentais.

Céptico: pessoa que duvida de tudo que não está provado de modo evidente.

Dona Fernanda não olhava para ele, vexada de lhe ouvir aquela suposição; evitava discuti-la pelo melindre do assunto. Achava a suspeita sem fundamento, absurda, inverossímil; não chegaria a crer naquele amor **espúrio**, ainda que o ouvisse ao próprio Rubião. Um desvairado, em suma. Quando o não fosse, é ainda provável que lhe não desse fé. Sim, não lhe daria fé. Não podia crer que Sofia houvesse amado aquele homem, não por ele, mas por ela, tão correta e pura. Era impossível. Quis defendê-la; mas, apesar da intimidade do doutor Falcão, recuou segunda vez do assunto, e repetiu a pergunta de há pouco:

— Parece-lhe então que ele pode ficar bom?

— Pode, mas não basta o meu exame. A senhora sabe que, nessas coisas, é melhor um especialista.

Pouco depois, saindo à rua, Falcão sorria da resistência de dona Fernanda em aceitar a sua hipótese. "Com certeza, houve alguma coisa", dizia ele consigo, "boa cara, e, se não é um petimetre, é **apessoado**, e tem fogo nos olhos. Com certeza...". E repetia algumas frases de Rubião, evocava o gesto e a modulação terna da voz, e cada vez mais se lhe ia agravando a suspeita. "Com certeza...". Era já impossível que se não tivessem amado; a oposição de dona Fernanda parecia-lhe ingênua — se não era antes um recurso para desconversar e não tocar na matéria. Havia de ser isso...

Nesse ponto, sem querer, o deputado estacou. Uma suspeita nova assaltara-lhe o espírito. Após alguns instantes rápidos, abanou a cabeça voluntariamente, como a desmentir-se, como a achar-se absurdo, e foi andando. Mas a suspeita era teimosa, e a que ocupa deveras o interior do homem não faz caso da cabeça nem dos seus gestos. "Quem sabe se dona Fernanda não suspirou também por ele? Essa dedicação não seria um prolongamento de amor, etc.?". E assim foram nascendo perguntas, que achavam no íntimo do doutor Falcão resposta afirmativa. Resistiu ainda, era amigo da casa, tinha respeito a dona Fernanda, conhecia-a honesta; mas — ia pensando —, bem podia ser que um senti-

Espúrio: ilegítimo.

Apessoado: com boa aparência.

mento oculto, recatado — quem sabe até se provocado pela mesma paixão da outra...? Há dessas tentações. O contágio da lepra corrompe o mais puro sangue; um triste bacilo destrói o mais robusto organismo.

Pouco a pouco, as veleidades de resistência foram cedendo à noção da possibilidade, da probabilidade e da certeza. Em verdade, tinha notícia de algumas obras de caridade de dona Fernanda; mas aquele caso era novo. Essa dedicação especial a um homem que não era familiar da casa, nem velho amigo, nem parente, aderente, colega do marido, qualquer coisa que o fizesse partícipe da vida doméstica, pelas relações, pelo sangue ou pelo costume, não era explicável sem algum motivo secreto. Amor, seguramente; curiosidade de mulher honesta, que pode descambar no vício e no remorso. Aquela teria recuado a tempo; ficou-lhe a simpatia mórbida... E daí, quem sabe?

168

— E daí, quem sabe? — repetiu o doutor Falcão na manhã seguinte. A noite não apagara a desconfiança do homem. E daí, quem sabe? Sim, não seria só simpatia mórbida. Sem conhecer Shakespeare, ele emendou Hamlet: "Há entre o céu e a terra, Horácio, muitas coisas mais do que sonha a vossa vã *filantropia*"*. Ali andou dedo de amor. E não **chasqueava** nem lastimava nada. Já disse que era céptico; mas, como era também discreto, não transmitiu a ninguém a sua conclusão.

*** Ironicamente, o narrador muda a palavra final da citação da peça *Hamlet*, de Shakespeare, trocando "filosofia" por "filantropia", insinuando que poderia haver motivos ocultos (alguma paixão?) naquele interesse de Fernanda por Rubião.**

Chasqueava: zombava.

169

A volta de Carlos Maria e da mulher interrompeu as preocupações de dona Fernanda, relativamente a Rubião. Esta foi a bordo recebê-los, conduziu-os à Tijuca, onde um velho amigo da família de Carlos Maria alugara e **trastejara** uma casa, por ordem dele. Sofia não foi a bordo; mandou o *coupé* esperá-los no cais Pharoux, mas dona Fernanda já ali tinha uma caleça, que os levou, e mais a ela e ao Palha. De tarde, Sofia foi visitar os recém-chegados.

Dona Fernanda não cabia em si de contente. As cartas de Maria Benedita os davam por felizes; ela não pôde ler desde logo nos olhos e nas maneiras do casal a confirmação do escrito. Pareciam satisfeitos. Maria Benedita não reteve as lágrimas quando abraçou a amiga, nem esta as suas, e ambas se apertaram como duas irmãs de sangue. No dia seguinte, dona Fernanda perguntou a Maria Benedita se ela e o marido eram felizes, e, sabendo que sim, pegou-lhe nas mãos e fitou-a longamente sem achar palavra. Não logrou mais que repetir a pergunta:

— Vocês são felizes?

— Somos — respondia Maria Benedita.

— Não sabe que bem me faz a sua resposta. Não é só porque eu teria remorsos, se vocês não tivessem a felicidade que eu imaginei dar-lhes, mas também porque é bem bom ver os outros felizes. Ele gosta de você como no primeiro dia?

— Creio que mais, porque eu o adoro!

Dona Fernanda não entendeu esta palavra. "Creio que mais, porque eu o adoro!". Em verdade, a conclusão não parecia estar nas premissas; mas era o caso de emendar outra vez Hamlet: "Há entre o céu e a terra, Horácio, muitas coisas mais do que sonha a vossa vã **dialética**". Maria Benedita começou a contar-lhe a viagem, a desfiar as suas impressões e reminiscências; e, como o marido viesse ter com elas, pouco depois, recorria à memória dele para preencher as lacunas.

— Como foi, Carlos Maria?

Carlos Maria lembrava, explicava, ou retificava, mas sem interesse, quase impaciente. Adivinhara que Maria Benedita acabava de confiar à outra as suas venturas, e

Trastejara: mobiliara.

Dialética: forma de argumentação. Novamente, o narrador muda a frase original de Shakespeare, trocando "filosofia" por "dialética", insinuando que havia um sentido oculto nessa resposta aparentemente sem sentido de Maria Benedita. Qual seria esse sentido?

mal podia encobrir o efeito desagradável que isso lhe trazia. Para que dizer que era feliz com ele, se não podia ser outra coisa? E por que divulgar os seus carinhos e palavras, as suas misericórdias de deus grande e amigo?

A volta ao Rio de Janeiro foi uma condescendência sua. Maria Benedita queria ter aqui o filho; o marido cedeu — a custo, mas cedeu. A custo, por quê? É difícil explicá-lo, não menos que entendê-lo. Relativamente à maternidade, Carlos Maria tinha ideias pessoais e singulares, recônditas, não confiadas a ninguém. Achava **impudica** a natureza em fazer da gestação humana um fenômeno público, franco às vistas, crescente até ao **aleijão**, sugestivo até ao desrespeito. Daí vinha o desejo da solidão, do mistério e da ausência. Viveria de boa mente os últimos tempos no interior de uma casa única, posta no alto de um morro, vedada ao mundo, donde a mulher baixasse um dia com o filho nos braços e a divindade nos olhos.

Não fez sobre isso nenhuma proposta à mulher. Teria de discutir, e ele não gostava de discutir; preferia ceder. Maria Benedita tinha naturalmente o sentimento contrário: considerava-se a si mesma um templo divino e recatado, em que vivia um deus, filho de outro deus. A gestação ia cheia de tédios, de dores, de incômodos que ela ocultava o mais que podia ao marido; mas tudo isso dava maior preço à criaturinha futura. Acolhia o mal com resignação — se não é que o agasalhava com alegria —, uma vez que era a condição da vinda do fruto. Fazia cordialmente o ofício da espécie. E repetia sem palavras a resposta de Maria de Nazaré: "Eu sou a serva do Senhor; faça-se em mim a sua vontade"*.

Impudica: imoral.

Aleijão: deformidade.

*** Observe que, ao associar o sentimento de Maria Benedita à frase atribuída pelo *Evangelho* à Virgem Maria, o narrador ressalta ainda mais a extrema presunção e vaidade de Carlos Eduardo, como se aquele bebê fosse filho de um ser divino.**

170

— Você que tem? — perguntou Maria Benedita ao marido, logo que ficaram sós.

— Eu? Nada. Por quê?

— Parecia estar aborrecido.

— Não, não estava aborrecido.

— Estava, sim — insistiu ela.

Carlos Maria sorriu, sem responder. Maria Benedita já lhe conhecia esse sorriso especial, inexpressivo, sem ternura nem censura, superficial e pálido. Não teimou em querer saber, mordeu os beiços e retirou-se.

No quarto, durante algum tempo, não cuidou de outra coisa que não fosse aquele sorriso descorado e mudo, sinal de algum aborrecimento, cuja culpa não podia ser senão ela. E percorria toda a conversação, todos os gestos que fizera, e não achava nada que explicasse a frieza, ou o que quer que era de Carlos Maria. Talvez ela se mostrasse excessiva nas palavras; era seu costume, se estava contente, pôr o coração nas mãos e distribuí-lo a amigos e a estranhos. Carlos Maria reprovava essa generosidade, porque dava um ar de sorte grande ao seu estado moral e doméstico, e porque lhe parecia banal e inferior. Maria Benedita recordava-se que, em Paris, na colônia brasileira, sentira mais de uma vez esse efeito de suas expansões, e reprimira-se. Mas dona Fernanda estaria no mesmo caso? Não era a autora da felicidade de ambos? Rejeitou essa hipótese e tratou de ver outra. Não a achando, voltou à primeira e, segundo lhe sucedia sempre, deu razão ao marido. Em verdade, por mais íntima e grata que fosse, não devia contar à boa amiga as minúcias da vida; era leviandade sua...

Náuseas vieram interropê-la nesse ponto das reflexões. A natureza lembrava-lhe uma razão de Estado — a razão da espécie —, mais **instante** e superior aos tédios do marido. Ela cedeu à necessidade; mas, poucos minutos depois, estava ao pé de Carlos Maria, contornando-lhe o pescoço com o braço direito. Ele, sentado, lia uma revista inglesa; pegou-lhe na mão, pendente sobre o peito, e acabou a página.

— Você me perdoa? — perguntou a mulher, quando o viu fechar o folheto. — Daqui em diante vou ser menos tagarela.

Instante: urgente.

Carlos Maria pegou-lhe nas duas mãos, sorrindo, e respondeu com a cabeça que sim. Foi como se lançasse uma onda de luz sobre ela; a alegria penetrou-lhe a alma. Dir-se-ia que o próprio feto repercutiu a sensação e abençoou o pai.

171

— Perfeitamente! Assim é que eu os quero ver! — bradou uma voz do lado da varanda.

Maria Benedita afastou-se rapidamente do marido. A varanda, que comunicava para a sala, por três portas, tinha uma dessas aberta. Dali viera a voz; dali espiava e ria a cabeça de Rubião. Era a primeira vez que o viam. Carlos Maria, sem se levantar, olhava para ele, sério, esperando. E a cabeça ria, com os seus fartos bigodes de ponta de agulha, mirando um e outro, e repetindo:

— Perfeitamente! Assim é que eu os quero ver!

Rubião entrou, estendeu-lhes a mão, que eles receberam sem carinho, disse muitas frases de admiração e louvor a Maria Benedita, ela tão galante, ele tão galhardo; notou que ambos tivessem o nome de Maria, espécie de predestinação, e acabou noticiando a queda do ministério.

— Caiu o ministério? — perguntou involuntariamente Carlos Maria.

— Não se fala em outra coisa na cidade. Vou abancar-me, sem pedir licença, já que não me oferecem cadeira — continuou ele, sentando-se, tirando a bengala que trazia debaixo do braço e firmando as mãos sobre ela. — Pois é verdade, o ministério pediu demissão. Vou organizar outro. Há de entrar o Palha, o nosso Palha, seu primo Palha, e o senhor também, se lhe dá gosto, será ministro. Preciso de um bom gabinete, todo gente amiga e forte, capaz de dar a vida por mim. Hei de chamar o Morny, o Pio, o Camacho, o Rouher, o major Siqueira. A senhora lembra-se do major? Creio que fica com a guerra; não conheço homem mais apto para os negócios militares.

Maria Benedita, aborrecida e impaciente, andava pela sala, à espera que o marido mandasse alguma coisa; este disse-lhe com os olhos que se fosse embora; ela não aguardou outro gesto, pediu licença ao hóspede e retirou-se. Rubião, depois que ela saiu, elogiou-a novamente — uma flor, disse ele; e emendou-se rindo: duas flores, creio que há ali duas flores.

Nosso Senhor as abençoe! Carlos Maria estendeu-lhe a mão em ar de despedida.

— Meu caro senhor...

— Posso incluí-lo no ministério? — perguntou Rubião.

Não ouvindo resposta, entendeu que sim, e prometeu-lhe uma boa pasta. O major iria para a guerra, e o Camacho para a justiça. Não os conhecia acaso? "Dois grandes homens, Camacho ainda maior que o outro." E, obedecendo a Carlos Maria, que ia andando na direção da porta, Rubião retirava-se sem se sentir; mas não foi tão pronto. Na varanda, antes de descer os degraus, referiu vários fatos da guerra. Por exemplo, tinha restituído a Alemanha aos alemães; era bonito e político. Já havia dado Veneza aos italianos. Não precisava mais território; as províncias do Reno, sim, mas havia tempo de as ir buscar.

— Meu caro senhor... — insistiu Carlos Maria, estendendo-lhe a mão.

Despediu-o e fechou a porta: Rubião proferiu ainda algumas palavras e desceu os degraus. Maria Benedita, que os espreitava do fundo, veio ter com o marido, reteve-o pela mão, e ficou a ver o Rubião que atravessava o jardim. Não ia direito, nem apressado nem calado; detinha-se, gesticulava, apanhava um galho seco, vendo mil coisas no ar, mais galantes que a dona da casa, mais galhardas que o dono. Da vidraça miravam o nosso amigo, e, em certo lance grotesco, Maria Benedita não pôde suster o riso; Carlos Maria, porém, olhava plácido.

172

— Mas, se a queda do ministério é verdadeira — disse ela —, sabe você quem está ministro?

— Quem? — perguntou Carlos Maria com os olhos.

— Seu primo Teófilo. Nanã contou-me que ele andava com suas esperanças, e foi por isso que ficou este ano na Corte. Desconfiou, ou já se falava na saída do ministério; talvez desconfiasse. Não me lembra bem o que ela me disse; mas parece que entra.

— Pode ser.

— Olha, lá vai Rubião; parou, está olhando para cima, espera talvez a diligência ou o carro. Ele tinha carro. Lá vai andando...

173

— Com quê, o Teófilo está ministro! — exclamou Carlos Maria. E, depois de um instante: — Creio que dará um bom ministro. Você queria ver-me também ministro?

— Se você gostasse, que remédio?

— De maneira que, por teu voto, não o era? — perguntou Carlos Maria.

"Que hei de responder?", pensou ela, **escrutando** o rosto do marido.

Ele, rindo:

— Confessa que me adorarias, ainda que eu fosse uma simples ordenança de ministro.

— Justamente! — exclamou a moça, lançando-lhe os braços aos ombros.

Carlos Maria afagou-lhe os cabelos, e murmurou sério:

— **Bernadotte** foi rei, e Bonaparte imperador. Você queria ser a rainha-mãe da Suécia?

Maria Benedita não entendeu a pergunta nem ele a explicou. Para explicá-la seria mister dizer que possivelmente trazia ela no seio um Bernadotte; mas essa suposição significava um desejo, e o desejo uma confissão de inferioridade. Carlos Maria espalmou outra vez as mãos sobre a cabeça da mulher, com um gesto que parecia dizer: "Maria, tu escolheste a melhor parte...". E ela pareceu entender o sentido daquele gesto.

— Sim! Sim!

O marido sorriu e tornou à revista inglesa. Ela, encostada à poltrona, passava-lhe os dedos pelos cabelos, muito ao de leve e caladinha para não perturbá-lo. Ele ia lendo, lendo, lendo. Maria Benedita vai atenuando a carícia, retirando os dedos aos poucos, até que saiu da sala, onde Carlos Maria continuou a ler um estudo de *sir* Charles Little, M. P., sobre a famosa estatueta de **Narciso**, do Museu de Nápoles.

Escrutando: sondando, procurando saber o que está oculto.

Bernadotte (1763-1844): militar francês que acabou sendo rei da Suécia.

Narciso: figura da mitologia grega, célebre por sua beleza. Apaixonou-se por sua própria imagem ao olhar-se na água. Dessa história surgiu a palavra narcisismo, que significa "exagerado amor a si próprio". Que relação tem o estudo que Carlos Maria está lendo e sua própria personalidade?

174

Quando Rubião foi à casa de dona Fernanda, à tardinha, ouviu do criado que não podia subir. A senhora estava incomodada; o senhor estava com ela; parece que esperavam o médico. O nosso amigo não teimou, e retirou-se.

Era o contrário; era o senhor que estava doente, e a senhora que o acompanhava; mas o criado não podia trocar o recado que lhe deram. Outro criado desconfiou, é certo, que o doente fosse ele e não ela, porque o vira entrar abatido. Em cima, no quarto deles, havia algum rumor de vozes, ora alto, ora baixo, com intervalos de silêncio. Uma criadinha, que subira pé ante pé, desceu dizendo que ouvira lastimar-se o amo; provavelmente a senhora estava perdida. Embaixo, um palavrear surdo, ouvidos compridos, conjeturas; notavam que de cima não pedisse água, qualquer remédio, um caldo, ao menos. A mesa posta, o criado engravatado, o cozinheiro orgulhoso e ansioso... Justamente, um dos melhores jantares!

Que era? Teófilo tinha ainda o gesto abatido com que entrou; estava sentado em um canapé, sem colete, olhos fixos. Ao pé dele, sentada também, segurando-lhe uma das mãos, dona Fernanda pedia-lhe que sossegasse, que não valia a pena. E inclinava-se para ver-lhe o rosto, chamava-o para si, queria que ele encostasse a cabeça ao ombro dela...

— Deixa, deixa — murmurava o marido.

— Não vale a pena, Teófilo! Pois agora um ministério...? Valeria tanto um cargo de pouco tempo, cheio de desgostos, insultos, trabalhos, para quê? Não é melhor a vida tranquila? Vá que haja injustiça; creio que sim, você tem serviços; mas será tamanha perda assim? Anda, querido, sossega; vamos jantar.

Teófilo mordia os beiços, puxando uma das suíças. Não ouvira nada do que a mulher dissera, nem exortações nem consolações. Ouvira as conversas da noite anterior e daquela manhã, as combinações políticas, os nomes lembrados, os recusados e os aceitos. Nenhuma combinação o incluiu, posto que ele falasse com muita gente acerca do verdadeiro aspecto da situação. Era ouvido com atenção por uns, com impaciência por outros. Uma vez, os óculos do organizador pareceram interrogá-lo — mas foi rápido o gesto e ilusório. Teófilo recompunha agora a agitação de tantas horas e lugares — lembrava os que o olhavam de esguelha, os que sorriam, os que traziam a mesma cara que ele. Para o fim já não falava; as últimas esperanças estalavam-lhe nos olhos como lamparina de madrugada. Ouvira os nomes dos ministros, fora obrigado a achá-los bons; mas que força não lhe era precisa para articular alguma palavra! Receava que lhe descobrissem o abatimento ou despeito, e todos os seus esforços concluíam por acentuá-los ainda mais. Empalidecia, tremiam-lhe os dedos.

175

— Anda, vamos jantar — repetiu dona Fernanda.

Teófilo deu um golpe no joelho, com a mão aberta, e levantou-se, dizendo palavras soltas e raivosas, andando de um lado para outro, batendo o pé, ameaçando. Dona Fernanda não pôde vencer a violência daquele novo acesso, esperou que fosse curto, e foi curto: Teófilo chegou-se a uma poltrona, sacudiu a cabeça e caiu outra vez prostrado. Dona Fernanda pegou de uma cadeira e sentou-se ao pé dele.

— Tens razão, Teófilo; mas é preciso ser homem. És moço e forte, tens ainda futuro, e talvez grande futuro. Quem sabe se, entrando agora no ministério, não perderias mais tarde? Entrarás em outro. Às vezes, o que parece desgraça é felicidade.

Teófilo apertou-lhe a mão, agradecido.

— É perfídia, é intriga — murmurava ele, olhando para ela, — eu conheço toda essa canalha. Se eu contasse a você tudo, tudo... Mas para quê? Prefiro esquecer... Não é por causa de uma miserável pasta que estou aborrecido — continuou ele depois de alguns instantes. — Pastas não valem nada. Quem sabe trabalhar e tem talento pode zombar das pastas e mostrar que é superior a elas. A maior parte dessa gente, Nanã, não me chega aos calcanhares. Disso estou certo e eles também. Súcia de intrigantes! Onde acharão mais sinceridade, mais fidelidade, mais ardor para a luta? Quem trabalhou mais na imprensa, no tempo do ostracismo? Desculpam-se; dizem que os gabinetes já vêm organizados de **São Cristóvão**... Ah! Eu quisera falar ao imperador!

São Cristóvão: referência ao palácio São Cristóvão, no Rio de Janeiro, de onde reinava o imperador D. Pedro II.

— Teófilo!

— Eu diria ao imperador: "Senhor, vossa majestade não sabe o que é essa política de corredores, esses arranjos de **camarilha**. Vossa majestade quer que os melhores trabalhem nos seus conselhos, mas os medíocres é que se arranjam... O merecimento fica para o lado". É o que lhe hei de dizer um dia; pode ser até que amanhã...

Calou-se. Depois de longa pausa, ergueu-se e foi ao gabinete de trabalho, que ficava ao pé do quarto; a mulher acompanhou-o. Era já escuro, acendeu o bico de gás, e circulou pelo gabinete os olhos velados de melancolia. Havia ali quatro largas estantes cheias de livros, de relatórios, de orçamentos, de balanços do Tesouro. A secretária estava em ordem. Três armários altos, sem portas, guardavam os manuscritos, notas, lembranças, cálculos, apontamentos, tudo empilhado e rotulado metodicamente; "créditos extraordinários, créditos suplementares, créditos de guerra, créditos de marinha, empréstimo de 1868, estradas de ferro, dívida interna, exercício de 61-62, de 62-63, de 63-64, etc.". Era ali que trabalhava de manhã e de noite, somando, calculando, recolhendo os elementos dos seus discursos e pareceres, porque era membro de três comissões parlamentares, e trabalhava geralmente por si e pelos seis colegas; estes ouviam e assinavam. Um deles, quando os pareceres eram extensos, assinava-os sem ouvir.

— Homem, você é mestre e basta — dizia-lhe, — dê cá a pena.

Tudo ali respirava atenção, cuidado, trabalho assíduo, meticuloso e útil. Da parede, em ganchos, pendiam os jornais da semana, que eram depois tirados, guardados e finalmente encadernados semestralmente, para consultas. Os discursos do deputado, impressos e brochados, enfileiravam-se em uma estante. Nenhum quadro ou busto, adereço, nada para recrear, nada para admirar, tudo seco, exato, administrativo.

— De que vale tudo isto? — perguntou Teófilo à mulher, após alguns instantes de contemplação triste.

Camarilha: grupo que age apenas em função de seus próprios interesses.

— Horas cansadas, longas horas da noite até madrugada, às vezes... Não se dirá que este gabinete é de homem vadio; aqui trabalha-se. Você é testemunha de que eu trabalho. Tudo para quê?

— Consola-te trabalhando — murmurou ela.

Ele, **acerbo**:

— Ruim consolação! Não, não, acabo com isso, passo a ignorar tudo. Olha, na câmara, todos me consultam, até os ministros, porque sabem que eu aplico-me deveras às coisas da administração. Que prêmio? Vir para cá, em maio, aplaudir os novos senhores?

— Pois não aplaudas nada — disse-lhe mansamente a mulher. — Queres fazer-me um obséquio? Vamos à Europa, em março ou abril, e voltemos daqui a um ano. Pede licença à câmara, donde quer que estejamos, de Varsóvia, por exemplo; tenho muita vontade de ir a Varsóvia — continuou sorrindo e fechando-lhe graciosamente a cara entre as mãos. — Diga que sim; responda que é para eu escrever hoje mesmo para o Rio Grande, o vapor sai amanhã. Está dito; vamos a Varsóvia?

— Não brinques, Nanã, que isso não é objeto de brincadeira.

— Falo seriamente. Já há muito tempo que ando para propor a você uma viagem, a ver se descansa dessa papelada infernal. É demais, Teófilo! Você mal se pode arranjar para uma visita. Passeio, é raro. Quase não conversa. Os nossos filhos apenas veem seu pai, porque aqui não se entra quando você trabalha... É preciso descansar; peço-lhe um ano de repouso. Olhe que é sério. Vamos para a Europa em março.

— Não pode ser — balbuciou ele.

— Por que não?

Não podia ser. Era convidá-lo a sair da própria pele. Política valia tudo. Que também houvesse política lá fora, sim; mas que tinha ele com ela? Teófilo não sabia nada do que ia por fora, exceto a nossa dívida em Londres e meia dúzia de economistas. Contudo, agradeceu à mulher a intenção da proposta:

Acerbo: amargo, desiludido.

— Tu és boa.

E um sentimento vago de esperança restituía à voz do deputado a brandura que perdera naquela grande crise moral. Os papéis sopravam-lhe ânimo. Toda aquela massa de estudos aparecia-lhe como a terra adubada e semeada aos olhos do lavrador. Não tardaria a **grelar**; o trabalho teria a recompensa; um dia, mais tarde ou mais cedo, o grelo brotaria e a árvore daria frutos. Era justamente o que a mulher havia dito por outras palavras diretas e próprias; mas só agora é que ele via a possibilidade da colheita. Lembrou-se das explosões de cólera, de indignação, de desespero, das queixas de há pouco, ficou vexado. Quis rir, e fê-lo mal. Ao jantar e ao café entreteve-se com os filhos, que naquela noite recolheram-se mais tarde. Nuno, que já andava no colégio, onde ouvira falar da mudança de gabinete, disse ao pai que queria ser ministro. Teófilo ficou sério.

— Meu filho — disse ele —, escolhe outra coisa, menos ministro.

— Diz que é bonito, papai; diz que anda de carro com soldado atrás.

— Pois eu te dou um carro.

— Papai já foi ministro?

Teófilo tentou sorrir e olhou para a mulher, que aproveitou a ocasião para mandar deitar os filhos.

— Já, já fui ministro —, respondeu o pai, beijando a testa ao Nuno; mas não quero mais, é muito feio, dá trabalho. Tu hás de ser capelão.

— Que é capelão?

— Capelão é cama — respondeu dona Fernanda —, vai dormir, Nuno.

176

Ao almoço, no dia seguinte, Teófilo recebeu uma carta por uma ordenança.

Grelar: germinar, brotar.

— Ordenança?

— Sim, senhor, diz que vem da parte do senhor presidente do conselho.

Teófilo abriu a carta, com a mão trêmula. Que podia ser? Tinha lido nos jornais a relação dos novos ministros; o gabinete estava completo. Não havia divergência de nomes. Que podia ser? Dona Fernanda, defronte do marido, procurava ler-lhe no rosto o texto da carta. Via uma claridade; percebeu que a boca sofreava um sorriso de satisfação — de esperança, ao menos.

— Diga que espere — ordenou Teófilo ao criado.

Foi ao gabinete e tornou minutos depois com a resposta. Sentou-se à mesa, calado, dando tempo a que o criado entregasse a carta à ordenança. Dessa vez, como estava prevenido, ouviu as patas do cavalo, e, logo depois, a galope, rua fora, e sentiu-se bem.

— Lê — disse ele.

Dona Fernanda leu a carta do presidente do conselho; era um pedido para ir falar-lhe às duas horas da tarde.

— Mas então o ministério...?

— Está completo — deu-se pressa em dizer o deputado; — os ministros estão nomeados.

Não acreditava de todo o que dizia. Imaginava alguma vaga da última hora, e a necessidade urgente de a preencher.

— Há de ser alguma conferência política, ou talvez queira conversar sobre o orçamento, ou incumbir-me algum estudo.

Dizendo isso, para iludir a mulher, sentiu a probabilidade das hipóteses, e outra vez se abateu; mas, três minutos depois, as borboletas da esperança volteavam diante dele, não duas, nem quatro, mas um turbilhão, que cegava o ar.

177

Dona Fernanda esperou, cheia de ânsias, como se o ministério fosse para ela e lhe viesse dar qualquer gosto, que não fosse amargo e complicado. Uma vez, porém, que satisfizesse o marido, tudo iria pelo melhor. Teófilo tornou às cinco horas e meia. Pelo aspecto reconheceu que vinha satisfeito. Correu a apertar-lhe as mãos.

— Que há?

— Pobre Nanã! Aí vamos com a trouxa às costas. O marquês pediu-me instantemente que aceitasse uma presidência de primeira ordem. Não podendo meter-me no gabinete, onde tinha lugar marcado, desejava, queria e pedia que eu partilhasse a responsabilidade política e administrativa do governo, assumindo uma presidência. Não podia, em nenhum caso, dispensar o meu prestígio (são palavras dele), e espera que na câmara assuma o lugar de chefe da maioria. Que dizes?

— Que arranjemos a trouxa — respondeu dona Fernanda.

— Achas que podia recusar?

— Não.

— Não podia. Você sabe, não se podem negar serviços desses a um governo amigo; ou então deixa-se a política. Tratou-me muito bem o marquês; eu já sabia que era homem superior; mas que risonho e afável! Não imaginas. Quer também que compareça a uma reunião, os ministros e alguns amigos, poucos, meia dúzia. Confiou-me já o programa do gabinete, em reserva...

— Quando saímos?

— Não sei; hei de estar com ele amanhã à noite. A reunião é amanhã às oito horas... Mas não te parece que fiz bem, aceitando?

— Decerto.

— Sim; se recusasse, censurar-me-iam, e com razão. Em política, a primeira coisa que se perde é a liberdade. Agora você é que, se quisesse, podia ficar; daqui a cinco meses, ou quatro, abrem-se as câmaras; mal terei tempo de chegar e olhar.

178

Dona Fernanda anuiu à proposta; não interrompia a educação do filho; era uma separação de quatro meses. Teófilo partiu daí a dias. Na manhã do dia do embarque, logo cedo, foi despedir-se do gabinete de trabalho. Deitou os últimos olhos aos livros, relatórios, orçamentos, manuscritos, a toda essa parte da família, que só tinha língua e interesse para ele. Havia atado os papéis e os folhetos para que se não extraviassem, e fez à mulher grandes recomendações. Parado no centro, circulou a vista pelas estantes, e dispersou a alma por todas elas. Despedia-se assim dos seus santos e amigos, com verdadeiras saudades. Dona Fernanda, que estava ao pé dele, não viveu ali mais que os dez minutos da despedida. Teófilo viveu muitos anos.

— Deixa estar, eu cuidarei deles, eu mesma os espanarei todos os dias.

Teófilo deu-lhe um beijo... Outra mulher recebê-lo-ia triste, por ver que ele amava tanto os livros que parecia amá-los mais que a ela. Mas dona Fernanda sentiu-se venturosa.

179

Rubião, desde o dia da crise ministerial, não tornou à casa de dona Fernanda; nada soube, nem da presidência, nem do embarque de Teófilo. Vivia entre o cão e um criado, sem grandes crises, nem longos repousos. O criado fazia o serviço irregularmente, comia gratificações e recebia, amiúde, o título de marquês. Ao demais, divertia-se. Quando lhe dava ao amo para conversar com as paredes, o criado corria a espiá-lo; assistia ao diálogo, porque o Rubião incumbia-se das palavras delas, respondendo como se houvessem feito alguma pergunta. De noite, ia à palestra com os amigos da vizinhança.

— Como vai o **gira**?

— O gira vai bem. Hoje convidou o cachorro para cantar; o cachorro ladrou muito, e ele gostou que se pelou, mas assim um gosto de figurão. Ele, quando está **de pancada**, parece que é como quem governa o mundo. Ainda ontem, almoçando, disse para mim: "Marquês Raimundo... quero que tu..." e embrulhou o resto, que não entendi nada. No fim deu-me dez tostões.

— Você guardou logo...

— Ora!

Quando Rubião voltava do delírio, toda aquela fantasmagoria palavrosa tornava-se, por instantes, uma tristeza calada. A consciência, onde ficavam rastos do estado anterior, forcejava por despegá-los de si. Era como a ascensão dolorosa que um homem fizesse do

Gira: maluco.

De pancada: em crise de loucura.

abismo, trepando pelas paredes, arrancando a pele, deixando as unhas, para chegar acima, para não tombar outra vez e perder-se. Ia então à visita dos amigos, uns novos, outros velhos, como a gente do major e a do Camacho, por exemplo.

Este, desde algum tempo, era menos conversador. A mesma política não lhe dava matéria aos discursos de outrora. No escritório, quando via Rubião assomar à porta, fazia um gesto de impaciência, que sofreava logo; o outro notava essa mudança e perdia-se em conjeturas, se lhe escapara alguma ofensa, por descuido, ou se começava a aborrecê-lo. E, para desfazer o tédio ou ressentimento, falava macio, risonho, abrindo longas pausas respeitosas, à espera que ele dissesse qualquer coisa. Em vão apelava para o Marquês de Paraná, cujo retrato continuava a pender da parede; repetia os nomes que lhe ouvira — o grande marquês! O estadista consumado! Camacho ia apoiando de cabeça, e escrevendo sem parar, consultando os autos e os **praxistas**, Lobão, Coelho da Rocha, citando, riscando, pedindo-lhe desculpa. Tinha um **libelo** que dar naquele dia. Interrompia-se para ir à estante.

— Com licença...

Rubião arredava as pernas para deixá-lo passar; ele tirava um volume das *Ordenações do Reino*, e folheava, folheava, pulando adiante, voltando atrás, à toa, sem buscar nada, unicamente para o fim de despedir o importuno; mas o importuno ia ficando, por isso mesmo, e entreolhavam-se disfarçados. Camacho tornava ao libelo. Para ler, sentado, inclinava-se muito à esquerda, donde lhe vinha a luz, dando as costas ao Rubião.

— Aqui é escuro — aventurou Rubião, um dia.

E não ouviu resposta, tão atento parecia o advogado na leitura dos autos. Realmente, pode ser importunação, pensou o nosso amigo. Espreitava-lhe o rosto duro e sério, o gesto com que pegava da pena para continuar o interminável libelo. Vinte minutos mais de silêncio absoluto. No fim desse prazo, Rubião viu-o deixar a pena,

Praxistas: especialistas em normas e regulamentos jurídicos.

Libelo: exposição jurídica.

retesar o busto, esticar os braços e passar as mãos pelos olhos. Disse-lhe com interesse:

— Cansado, não?

Camacho fez um gesto afirmativo e preparou-se para continuar; então o nosso homem levantou-se e aproveitou o intervalo para dizer adeus.

— Voltarei, quando estiver menos atarefado.

Estendeu-lhe a mão; Camacho segurou-lha ao de leve, e tornou ao papel. Rubião desceu a escada, aturdido, magoado com a frieza do seu ilustre amigo. Que lhe teria feito*?

180

Daquela vez, teve a fortuna de encontrar o major Siqueira.

— Ia agora mesmo à sua casa — disse-lhe —, vai para lá?

— Vou; mas já não estamos na mesma casa; mudamo-nos para os Cajueiros, Rua da Princesa...

— Seja onde for, vamos.

Rubião precisava de um pedaço de corda que o atasse à realidade, porque o espírito sentia-se outra vez presa da vertigem. Entretanto falou com tal acerto e propriedade que o major o achou em pleno juízo, e disse-lhe:

— Sabe que tenho uma grande notícia que lhe dar?

— Vamos a ela.

— Há de ser quando chegarmos.

Chegaram. Era uma casa assobradada; dona Tonica veio abrir-lhes a cancela. Trazia um vestido novo e brincos.

— Olhe bem para ela — disse o major, pegando na filha pelo queixo.

Dona Tonica recuou, envergonhada.

— Estou olhando — respondeu Rubião.

*** Rubião, aos poucos, vai sendo abandonado por todos aqueles que, um dia, foram ajudados por ele.**

— Não se vê logo que é uma pessoa que vai casar?

— Ah! Parabéns!

— É verdade, vai casar. Custou, mas acertou. Achou por aí um noivo, que a adora, como todos eles; eu, quando fui noivo, adorei a minha defunta, que foi uma coisa nunca vista... Vai casar. Arranjou um noivo. Custou, mas acertou. Pessoa séria, meia-idade; vem aqui passar as noites. De manhã, quando passa para a repartição, creio que bate na janela, ou ela já o espera; eu finjo que não percebo...

Dona Tonica dizia com a cabeça que não, mas sorrindo de modo que parecia dizer que sim. Estava tão **buliçosa**! Nem se lembrava já que requestara o Rubião, que este fora uma das últimas, e por fim a última das suas esperanças. Tinham entrado na sala; dona Tonica foi à janela, voltou, cabeça alta, andando à toa, reconciliada com a vida.

— Boa pessoa — repetiu o major —, boa criatura... Tonica, vai buscar o retrato... Anda, vai buscar o teu noivo...

Dona Tonica foi buscar o retrato. Era uma fotografia; representava um homem de meia-idade, cabelo curto, raro, olhando espantado para a gente, cara chupada, pescoço fino e paletó abotoado.

— Que lhe parece?

— Muito bem.

Dona Tonica recebeu o retrato e fitou-o alguns instantes; mas tirou logo os olhos, e deixou-se estar sentada, enquanto a imaginação saiu a esperar o Rodrigues. Chamava-se Rodrigues. Era mais baixo que ela — coisa que o retrato não dava —, e empregado em uma repartição do Ministério da Guerra. Viúvo, com dois filhos, um que estava no batalhão dos menores, outro que era tuberculoso — doze anos —, condenado à morte. Que importa? Era o noivo; todas as noites, ao recolher-se, dona Tonica ajoelhava-se ante a imagem de Nossa Senhora, sua madrinha, agradecia-lhe o favor e pedia-lhe que a fizesse feliz. Sonhava já com um filho; havia de chamar-lhe Álvaro.

Buliçosa: animada.

181

Rubião escutou calado um discurso do major. O casamento era dali a mês e meio; o noivo tinha que perfazer os arranjos da casa, não era capitalista, vivia do ordenado e recorrera a empréstimo. A casa era a mesma e não exigia trastes novos nem ricos; mas há sempre algumas necessidades... em suma, dali a mês e meio, ou pelo menos, cinco semanas, estariam unidos pelos santos laços do matrimônio.

— E fico eu livre do trambolho — concluiu o major.

— Oh! — protestou Rubião.

A filha ria-se; estava acostumada às graças do pai e tão disposta à alegria que nada a vexava; ainda mesmo que o pai se referisse aos seus quarenta anos passados não lhe daria grande golpe. Todas as noivas têm quinze anos.

— Verá como ele há de procurá-la depois, com saudades — disse Rubião a dona Tonica.

— Qual! Talvez eu me case também!

Rubião levantou-se repentino, e deu alguns passos; o major não viu a expressão do rosto, não percebeu que o espírito do homem ia talvez descarrilhar, e que ele mesmo o pressentia*. Disse-lhe que se sentasse, e contou-lhe os seus tempos de casado e de campanha. Quando chegou à narração da batalha de Monte-Caseros, com as marchas e contramarchas próprias do seu discurso, tinha diante de si Napoleão III. Calado a princípio, Rubião proferiu algumas palavras de aplauso, citou Solferino e Magenta, prometeu ao Siqueira uma condecoração. Pai e filha entreolharam-se; o major disse que vinha muita chuva. Com efeito, escurecera um pouco. Era melhor que Rubião fosse, antes de cair água; não trouxera guarda-chuva, o dele era velho e único...

— Aí vem o meu coche — redarguiu Rubião, tranquilamente.

*** Observe o drama de Rubião, que pressente o delírio que se aproxima.**

— Não vem, foi esperá-lo no Campo. Não vês daí o coche, Tonica?

Dona Tonica fez um gesto vago e sem vontade. Não queria mentir, mas tinha medo, e desejava que Rubião saísse. Da casa era impossível ver o Campo da Aclamação. Já então o pai pegava no Rubião pelo braço e o encaminhava para a porta.

— Volte amanhã, depois, quando quiser.

— Mas por que não hei de esperar aqui até que venha o coche? — perguntou Rubião. — A imperatriz não pode apanhar chuva...

— A imperatriz já foi.

— Fez mal. Eugênia fez muito mal. General... Para que há de o senhor ficar sempre em major? General, vi o retrato do seu genro; quero dar-lhe o meu. Mande às Tulherias. Onde está o coche?

— Está no Campo, esperando.

— Mande chamá-lo.

Dona Tonica, que estava à janela, disse para dentro:

— Lá vem Rodrigues.

E tornou a olhar para a rua, inclinando-se, sorrindo, enquanto na sala o pai continuava a guiar o Rubião para a porta, sem violência, mas tenaz. Este parava, repreendia:

— General, sou seu imperador!

— Decerto, mas acompanhe-me vossa majestade...

Tinha chegado à porta; o major abriu a cancela, justamente quando o Rodrigues punha o pé na soleira. Dona Tonica entrou para receber o noivo, mas a porta estava atravancada com o pai e Rubião. Rodrigues tirou o chapéu, mostrando o cabelo, áspero e grisalho; tinha nas faces chupadas umas pintinhas de sarda, mas o riso era bom e humilde — mais humilde ainda que bom —, e, não obstante a trivialidade do gesto e da pessoa, era agradável. Os olhos não mostravam o espanto da fotografia; esse efeito provinha da ênfase que ele pôs em todo o corpo, a fim de que o retrato "saísse bonito".

— Este senhor é o meu futuro genro — disse o major a Rubião. — Não é verdade que viu no Campo um coche e um esquadrão de cavalaria? — perguntou ao Rodrigues, piscando um olho.

— Parece que sim, senhor.

— Pois então? — continuou Siqueira, voltando-se para Rubião. — Vá, dobre a Rua de São Lourenço e caminhe direito para o Campo. Adeus, até amanhã.

Rubião desceu três degraus — eram cinco —, e parou diante do recém-chegado, fitou-o alguns instantes e declarou que estimava muito conhecê-lo, que fosse bom esposo e bom genro. Como se chamava?

— João José Rodrigues.

— Rodrigues. Hei de mandar-lhe uma fitinha aqui para a casaca. É o meu presente de núpcias. Lembre-me, Siqueira.

Siqueira pegou-lhe no braço para fazê-lo descer os dois últimos degraus, e pô-lo na rua.

— No Campo, dizes tu?

— No Campo.

— Adeus.

Da rua, ainda Rubião olhou para as janelas, com os dedos no chapéu, a fim de cumprimentar dona Tonica; mas dona Tonica estava na sala, onde Rodrigues acabava de entrar, fresco e delicioso, como a primeira rosa de verão.

182

Rubião não cuidou mais do coche nem do esquadrão de cavalaria. Foi dar consigo abaixo, andou por várias ruas, até que subiu pela de São José. Desde o paço imperial, vinha gesticulando e falando a alguém que supunha trazer pelo braço, e era a imperatriz Eugênia ou Sofia? Ambas em uma só criatura — ou antes, a segunda com o nome da primeira. Homens que iam passando, paravam; do interior das lojas corria gente às portas. Uns riam-se, outros ficavam indiferentes; alguns, depois de verem o que era, desviavam os olhos para poupá-los à aflição que lhes dava o espetáculo do delírio. Uma turba de moleques acompanhava o Rubião, alguns tão próximos que lhe ouviam as palavras. Crianças de toda a sorte vinham juntar-se ao grupo. Quando eles viram a curiosidade geral, entenderam dar voz à multidão, e começou a **surriada**:

— Ó gira! Ó gira!

Esse vozear chamou a atenção de outras pessoas, muitas janelas dos sobrados começaram a abrir-se,

Surriada: vaia, apupo.

apareceram curiosos de ambos os sexos e todas as idades, um fotógrafo, um estofador, três e quatro figuras juntas, cabeças por cima de outras, todas inclinadas, espiando, acompanhando o homem, que falava à parede, com o seu gesto cheio de grandeza e de obséquio.

— Ó gira! Ó gira! — berravam os vadios.

Um deles, muito menor que todos, apegava-se às calças de outro, **taludo**. Era já na Rua da Ajuda. Rubião continuava a não ouvir nada; mas, de uma vez que ouviu, supôs que eram aclamações, e fez uma cortesia de agradecimento. A surriada aumentava. No meio do rumor, distinguiu-se a voz de uma mulher à porta de uma colchoaria:

— Deolindo! Vem para casa, Deolindo!

Deolindo, a criança que se agarrava às calças da outra mais velha, não obedeceu; pode ser que nem ouvisse, tamanha era a grita, e tal a alegria do pequerrucho, clamando com a vozinha miúda:

— Ó gira! Ó gira!

— Deolindo!

Deolindo tratou de esconder-se entre os outros, para escapar às vistas da mãe que o chamava; esta, porém, correu ao grupo e arrancou-o de lá. Em verdade, era pequeno demais para andar em tumultos de rua.

— Mamãe, deixa eu ver...

— Qual ver! Anda!

Meteu-o em casa e ficou à porta, a olhar para a rua. Rubião estacara o passo; ela pôde vê-lo bem, com os seus gestos e palavras, o peito alto, e uma **barretada** que deu em volta.

— Os malucos têm graça, às vezes — disse ela, sorrindo a uma vizinha.

Os rapazes continuavam a bradar e a rir, e Rubião foi andando, com o mesmo coro atrás de si. Deolindo, à porta da loja, vendo o grupo alongar-se, pedia chorosamente à mãe que o deixasse ir também, ou então que o levasse. Quando perdeu as esperanças, enfeixou todas as energias em um só gritozinho esganiçado:

— Ó gira!

Taludo: crescido, grande.

Barretada: cumprimento exagerado com o chapéu.

183

A vizinha riu-se. A mãe riu-se também. Confessou que o filho era uma pestezinha, um endiabrado, que não sossegava; não podia perdê-lo de vista. Qualquer distração, estava na rua. E isso desde pequenino; tinha ainda dois anos quando escapou de morrer embaixo de um carro, ali mesmo; esteve por um fio. Se não fosse um homem que passava, um senhor bem-vestido, que acudiu depressa, até com perigo de vida, estaria morto e bem morto. Nisso o marido, que vinha pela calçada oposta, atravessou a rua e interrompeu a conversação. **Trazia o cenho carregado**, mal cumprimentou a vizinha, e entrou; a mulher foi ter com ele. Que era? O marido contou a surriada.

— Passou por aqui — disse ela.

— Não conheceste o homem?

— Não.

O marido cruzou os braços e ficou a olhar, fixo, calado. A mulher perguntou-lhe quem era.

— É aquele homem que nos salvou o Deolindo da morte.

A mulher estremeceu.

— Viste bem? — perguntou.

— Perfeitamente. Se eu já o tinha encontrado outras vezes, mas então não estava assim! Coitado! E a molecada berrava atrás dele. Qual! Não há polícia nesta terra.

O que lhe doía à mulher não era tanto o mal do homem, nem ainda a surriada; mas a parte que teve nessa o filho — a mesma criança que o homem salvara da morte. Realmente, como podia o menino reconhecê-lo, nem saber que lhe devia a vida? Doía-lhe o encontro, a coincidência. Afinal, contentou-se de pôr todas as culpas em si. Se tivesse tido mais cuidado, o pequeno não haveria saído e não entraria na troça. Tremia de quando em quando, e estava inquieta. O marido pegou na cabeça do filho e deu-lhe dois beijos.

Trazia o cenho carregado: estava carrancudo, bem sério.

— Você viu a cena toda? — perguntou à mulher.

— Vi.

— Eu ainda quis dar o braço ao homem e trazê-lo para aqui; mas tive vergonha; os moleques eram capazes de dar-me uma vaia. Desviei o rosto, porque ele podia conhecer-me. Coitado! Nota que não parecia ouvir nada, e seguia satisfeito, creio que até ria... Que triste coisa que é perder o juízo!

A mulher pensava na travessura do filho; não a referiu ao marido, pediu à vizinha que não aludisse a ela, e, de noite, só pregou olho tarde. Metera-se-lhe em cabeça que, anos depois, o filho endoidecia, era castigado pela mesma troça, e que ela cuspia para o céu, indignada, blasfemando.

184

Duas horas depois da cena da Rua da Ajuda chegou Rubião à casa de dona Fernanda. Os vadios foram se dispersando, a pouco e pouco, e os claros não se preenchiam; os três últimos juntaram os seus adeuses em um berro único e formidável. Rubião continuou sozinho, mal percebido pelos moradores das casas, porque a gesticulação diminuía ou mudava de feitio. Não se dirigia à parede, à suposta imperatriz; mas era ainda imperador. Caminhava, parava, murmurava, sem grandes gestos, sonhando sempre, sempre, sempre, envolvido naquele véu, através do qual todas as coisas eram outras, contrárias e melhores; cada lampião tinha um aspecto de camarista, cada esquina uma feição de reposteiro. Rubião seguia direito à sala do trono, para receber um embaixador qualquer, mas o paço era interminável, cumpria atravessar muitas salas e galerias, verdade é que sobre tapetes —, e por entre **alabardeiros**, altos e robustos.

Alabardeiros: soldados armados de alabardas, tipo de lança cuja ponta é atravessada por uma lâmina em forma de meia-lua.

Das gentes que o viam e paravam na rua, ou se debruçavam das janelas, muitas suspendiam por instantes os seus pensamentos tristes ou enfastiados, as preocupações do dia, os tédios, os ressentimentos, esse uma dívida, outro uma doença, desprezos de amor, **vilanias** de amigo. Cada miséria esquecia-se, o que era melhor que consolar-se; mas o esquecimento durava um relâmpago. Passado o enfermo, a realidade empolgava-os outra vez, as ruas eram ruas, porque os paços suntuosos iam com Rubião. E mais de um tinha pena do pobre-diabo; comparando as duas fortunas, mais de um agradecia ao céu a parte que lhe coube — amarga, mas consciente. Preferiam o seu casebre real ao **alcáçar** fantasmagórico.

185

Rubião foi recolhido a uma casa de saúde. Palha esquecera a obrigação que Sofia lhe impôs, e Sofia não se lembrou mais da promessa feita à rio-grandense. Cuidavam ambos de outra casa, um palacete em Botafogo*****, cuja reconstrução estava prestes a acabar e que eles queriam inaugurar, no inverno, quando as câmaras trabalhassem, e toda a gente houvesse descido de Petrópolis. Mas agora a promessa foi cumprida; Rubião deu entrada no estabelecimento, onde ficou ocupando uma sala e um quarto especiais, recomendado pelo doutor Falcão e pelo Palha. Não resistiu a nada; acompanhou-os com satisfação, e entrou nos seus aposentos, como se os conhecesse desde muito. Quando eles se despediram, dizendo que já voltavam, Rubião convidou-os para uma revista militar, no sábado.

— Pois sim, sábado — assentiu Falcão.

— Sábado é bom dia — continuou Rubião. — Não faltes, duque de Palha.

— Não falto — disse o Palha, andando.

— Olha, mandar-te-ei um dos meus coches, novo

Vilanias: ofensas.

Alcáçar: alcácer, castelo.

*** Agora, Palha e Sofia são muito ricos: vão sair do bairro do Flamengo para Botafogo, ponto mais nobre da cidade na época. Observe que era nesse bairro que vivia Rubião quando se mudou para o Rio de Janeiro, conforme lemos no primeiro parágrafo do romance.**

em folha; é preciso que tua mulher pouse o seu lindo corpo onde ninguém ainda ousou sentar-se. Almofadas de damasco e veludo, arreios de prata e rodas de ouro; os cavalos descendem do próprio cavalo que meu tio montava em Marengo. Adeus, duque de Palha.

186

"Para mim, é claro", saiu pensando o doutor Falcão, "aquele homem foi amante da mulher deste sujeito."

187

Lá ficou o homem. Quincas Borba tentara entrar na carruagem que levou o amigo e **porfiou** em acompanhá-la, correndo; foi necessária toda a força do criado para agarrá-lo, contê-lo e trancá-lo em casa. Era a mesma situação de Barbacena; mas a vida, meu rico senhor, compõe-se rigorosamente de quatro ou cinco situações, que as circunstâncias variam e multiplicam aos olhos. Rubião pediu instantemente que lhe mandassem o cão. Dona Fernanda, alcançado o consentimento do diretor, cuidou de satisfazer o desejo do doente. Quis escrever a Sofia, mas foi ela própria ao Flamengo.

188

— Mando ver, é aqui perto — propôs Sofia.

— Vamos nós mesmas. Que tem? Já pensei em uma coisa. Valerá a pena conservar a casa pronta e alugada,

Porfiou: lutou.

quando a cura pode prolongar-se? Melhor é deixá-la, vender os trastes e apurar o que houver.

Foram a pé do Flamengo à Rua do Príncipe, três a quatro minutos. Raimundo estava na rua, mas viu gente à porta e veio abri-la. O interior da casa tinha a feição do abandono, sem a fixidez e regularidade das coisas, que parecem conservar um resto da vida interrompida; era o abandono do desmazelo. Mas, por outro lado, o transtorno dos móveis da sala exprimia bem o delírio do morador, suas ideias tortas e confusas.

— Ele foi muito rico? — perguntou dona Fernanda a Sofia.

— Tinha alguma coisa — respondeu esta — quando chegou de Minas, mas parece que estragou tudo. Olhe, levante o vestido que o chão parece que não se varre há um século.

Não era só o chão; os trastes tinham a crosta da **incúria**. Nem por isso o criado explicava nada; olhava, escutava e, baixinho, assobiava uma polca do dia. Sofia não lhe perguntou pelo asseio; estava morta por fugir "daquela imundície", dizia a si mesma, e tinha vontade de indagar do cão, que era o principal motivo da visita; mas não queria mostrar interesse por ele nem pelo resto. A trivialidade daquilo tudo não lhe dizia nada ao espírito nem ao coração; a lembrança do alienado não a ajudava a suportar o tempo. De si para si achava a companheira singularmente romântica ou afetada. "Que bobagem!", ia pensando, sem desconcertar o sorriso aprovador com que acudia a todas as observações de dona Fernanda*.

— Abra aquela janela — disse esta ao criado —, tudo cheira a mofo.

— Oh! Insuportável! — acudiu Sofia, respirando com asco.

Mas, apesar da exclamação, dona Fernanda não se resolveu a sair. Sem que nenhuma recordação pessoal lhe viesse daquela miserável estância, sentiu-se presa de uma comoção particular e profunda, não a que dá a

Incúria: falta de cuidados.

*** Observe que Sofia apenas finge ter interesse pelo drama de Rubião.**

ruína das coisas. Aquele espetáculo não lhe trazia um tema de reflexões gerais, não lhe ensinava a fragilidade dos tempos, nem a tristeza do mundo; dizia-lhe tão somente a moléstia de um homem, de um homem que ela mal conhecia, a quem falara algumas vezes. E ia ficando e olhando, sem pensar, sem deduzir, metida em si mesma, **dolente** e muda. Sofia não ousava articular nada, com receio de ser desagradável a tão **conspícua** dama. Tinham ambas os vestidos apanhados, para evitar a mácula da poeira; mas Sofia acrescentou a essa precaução a agitação viva, contínua e impaciente da ventarola, como pessoa que sufocasse naquela atmosfera. Chegou a tossir algumas vezes.

— E o cachorro? — perguntou dona Fernanda ao criado.

— Está preso no quarto, lá dentro.

— Vá buscá-lo.

Quincas Borba apareceu. Magro, abatido, parou à porta da sala, estranhando as duas senhoras, mas sem latir; mal erguia os olhos apagados. Ia a dar meia-volta ao corpo na direção do interior da casa quando dona Fernanda fez uns estalinhos com os dedos; ele parou, agitando a cauda.

— Como é mesmo que se chama? — perguntou dona Fernanda.

— Quincas Borba — respondeu o criado, rindo, com a voz arrastada. — Tem nome de gente. Eh! Quincas Borba! Vai lá! A senhora está chamando.

— Quincas Borba! Vem cá! Quincas Borba! — repetiu dona Fernanda.

Quincas Borba acudiu ao chamado, não pulando, nem alegre. Dona Fernanda inclinou-se, perguntou-lhe pelo amigo, se estava longe, se queria ir vê-lo. Assim mesmo inclinada, interrogava o criado sobre o trato do cão.

— Agora come, sim, senhora; logo que meu amo foi embora, não queria comer nem beber; eu até pensei que estivesse danado.

Dolente: magoada.

Conspícua: distinta.

— Come bem?

— Come pouco.

— Procura pelo senhor?

— Parece que procura — respondeu Raimundo tapando o riso com a mão, — mas eu tranquei ele no quarto, para não fugir. Já não chora; a princípio chorava muito, que até me acordava... Era preciso eu bater com um cacete na porta e gritar, para ele sossegar.

Dona Fernanda coçava a cabeça do animal. Era o primeiro afago depois de longos dias de solidão e desprezo. Quando dona Fernanda cessou de acariciá-lo e levantou o corpo, ele ficou a olhar para ela, e ela para ele, tão fixos e tão profundos, que pareciam penetrar no íntimo um do outro. A simpatia universal, que era a alma dessa senhora, esquecia toda a consideração humana diante daquela miséria obscura e prosaica, e estendia ao animal uma parte de si mesma, que o envolvia, que o fascinava, que o atava aos pés dela. Assim, a pena que lhe dava o delírio do senhor dava-lhe agora o próprio cão, como se ambos representassem a mesma espécie. E, sentindo que a sua presença levava ao animal uma sensação boa, não queria privá-lo do benefício.

— A senhora está se enchendo de pulgas — observou Sofia.

Dona Fernanda não a ouviu. Continuou a mirar os olhos meigos e tristes do animal, até que este deixou cair a cabeça e entrou a farejar a sala. Sentira o cheiro do senhor. A porta da rua estava aberta; ele teria fugido por ela se Raimundo não acudisse a prendê-lo. Dona Fernanda deu algum dinheiro ao criado para que o fosse lavar e conduzir à casa de saúde, recomendando-lhe o maior cuidado, que o levasse ao colo, ou preso por um cordão. Nessa parte acudiu também Sofia, ordenando que a procurasse antes, em casa.

189

Saíram. Sofia, antes de pôr o pé na rua, olhou para um e outro lado, espreitando se vinha alguém; felizmente, a rua estava deserta. Ao ver-se livre da pocilga, Sofia readquiriu o uso das boas palavras, a arte maviosa e delicada de captar os outros, e enfiou amorosamente o braço no de dona Fernanda. Falou-lhe de Rubião e da grande desgraça da loucura; assim também do palacete de Botafogo. Por que não ia com ela ver as obras? Era só lanchar um pouco e partiriam imediatamente.

190

Sobreveio um sucesso que distraiu dona Fernanda do Rubião; foi o nascimento de uma filha de Maria Benedita. Ela correu à Tijuca, encheu de beijos a mãe e a criança, deu a mão a beijar a Carlos Maria.

— Sempre exuberante! — exclamou o jovem pai, obedecendo.

— Sempre **secarrão**! — retorquiu ela.

Apesar da resistência do primo, dona Fernanda acompanhou a convalescença de Maria Benedita, tão cordial, tão boa, tão alegre, que era um encanto conservá-la em casa. A felicidade daqui fê-la esquecer a desgraça dacolá; mas, convalescida a recente mãe, dona Fernanda acudiu ao enfermo.

191

"Conto restituí-lo à razão no fim de seis ou oito meses. Vai muito bem."

Dona Fernanda mandou a Sofia esta resposta do diretor da casa de saúde, e convidou-a a irem ver o enfermo, se achasse que não lhe ficava mal. "Que mal pode haver?", respondeu Sofia em um bilhete. "Mas eu é que não teria ânimo de vê-lo; foi tão nosso amigo, que não sei se poderia suportar a vista e a conversação do pobre homem. Mostrei a carta a Cristiano, que me declarou ter liquidado os bens do senhor Rubião: apurou três contos e duzentos."

192

"Seis meses, oito meses passam depressa", reflexionou dona Fernanda.

Secarrão: frio, insensível.

E eles vieram vindo, com os sucessos às costas — a queda do ministério, a subida de outro em março, a volta do marido, a discussão da Lei dos Ingênuos, a morte do noivo de dona Tonica, três dias antes de casar. Dona Tonica espremeu as últimas lágrimas, umas de amizade, outras de desesperança, e ficou com os olhos tão vermelhos, que pareciam doentes.

Teófilo, que merecera do novo gabinete a mesma confiança do antigo, teve parte **copiosa** nos debates da sessão parlamentar. Camacho declarou pela sua folha que a Lei dos Ingênuos absolvia a esterilidade e os crimes da situação. Em outubro, Sofia inaugurou os seus salões de Botafogo, com um baile, que foi o mais célebre do tempo. Estava deslumbrante. Ostentava, sem orgulho, todos os seus braços e espáduas. Ricas joias; o colar era ainda um dos primeiros presentes do Rubião, tão certo é que, nesse **gênero de atavios**, as modas conservam-se mais. Toda a gente admirava a gentileza daquela trintona fresca e robusta; alguns homens falavam (com pena) das suas virtudes conjugais, da profunda adoração que ela tinha ao marido.

193

No dia seguinte ao baile, dona Fernanda acordou tarde. Foi ao gabinete do marido, que já devorara cinco ou seis jornais, escrevera dez cartas e retificava a posição de alguns livros nas estantes.

— Recebi esta carta, há pouco — disse ele.

Dona Fernanda leu-a; era do diretor da casa de saúde; notificava que Rubião, desde três dias, desaparecera, não tendo podido ser encontrado por mais esforços que houvessem empregado a polícia e ele. "Tanto mais me espanta essa fuga", concluía a carta, "quanto que as me-

Copiosa: significativa, abundante.

Gênero de atavios: tipo de enfeites. Ironicamente, Sofia desfila na alta sociedade com presentes dados por Rubião, que agora está jogado numa casa de saúde, abandonado por todos.

lhoras eram grandes, e podia contar que, em dois meses, o poria inteiramente bom."

Dona Fernanda ficou consternada; alcançou do marido que escrevesse ao chefe de polícia e ao ministro da Justiça, pedindo-lhes que ordenassem as mais severas pesquisas. Teófilo não tinha o menor interesse no achado nem na cura de Rubião; mas quis servir à mulher, cuja bondade conhecia e, porventura, gostava de **cartear-se** com os homens da alta administração.

194

Como achar, porém, o nosso Rubião nem o cachorro, se ambos haviam partido para Barbacena? Oito dias antes, Rubião escrevera ao Palha que o procurasse; este acudiu à casa de saúde, viu que ele raciocinava claramente, sem a menor sombra de delírio.

— Tive uma crise mental — disse-lhe Rubião; — agora estou bom, perfeitamente bom. Peço-lhe que me ponha fora daqui. Creio que o diretor não se oporá. Entretanto, como quero deixar algumas lembranças à gente que me tem servido, e servido também ao Quincas Borba, veja se me pode adiantar cem mil-réis.

Palha abriu a carteira sem hesitação e deu-lhe o dinheiro.

— Vou tratar de o fazer sair — disse ele; — mas, provavelmente, são precisos alguns dias (estava em vésperas do baile); não se aflija por isso; daqui a uma semana está na rua.

Antes de sair, consultou o diretor, que lhe deu boas notícias do enfermo. Uma semana é pouco, disse ele; para pô-lo bom, bom, preciso ainda uns dois meses. Palha confessou que o achara são; em todo caso, mandava quem sabia, e se fossem necessários seis ou sete meses mais não precipitasse a alta.

Cartear-se: trocar cartas, corresponder-se.

195

Rubião, logo que chegou a Barbacena e começou a subir a rua que ora se chama de Tiradentes, exclamou, parando:

— Ao vencedor, as batatas!

Tinha-as esquecido de todo, a fórmula e a **alegoria**. De repente, como se as sílabas houvessem ficado no ar, intatas, aguardando alguém que as pudesse entender, uniu-as, recompôs a fórmula e proferiu-a com a mesma ênfase daquele dia em que a tomou por lei da vida e da verdade. Não se lembrava inteiramente da alegoria; mas a palavra deu-lhe o sentido vago da luta e da vitória.

Subiu, acompanhado do cão, e foi parar defronte da igreja. Ninguém lhe abriu a porta; não viu sombra de sacristão. Quincas Borba, que não comia desde muitas horas, colava-se-lhe às pernas, cabisbaixo, esperando. Rubião voltou-se, e do alto da rua estendeu os olhos abaixo e ao longe. Era ela, era Barbacena; a velha cidade natal ia-se-lhe desentranhando das profundas camadas da memória. Era ela; aqui estava a igreja, ali a cadeia, acolá a farmácia, donde vinham os medicamentos para o outro Quincas Borba. Sabia que era ela, quando chegou; mas, à medida que os olhos se derramavam, as reminiscências vinham vindo, mais numerosas, em bando. Não via ninguém; uma janela, à esquerda, parecia ter alguém que espiava. Tudo o mais deserto.

"Talvez não saibam que cheguei", pensou Rubião.

196

Súbito, relampejou; as nuvens amontoavam-se às pressas. Relampejou mais forte, e estalou um trovão. Co-

Alegoria: simbologia.

meçou a chuviscar grosso, mais grosso, até que desabou a tempestade. Rubião, que aos primeiros pingos, deixara a igreja, foi andando rua abaixo, seguido sempre do cão, faminto e fiel, ambos tontos, debaixo do aguaceiro, sem destino, sem esperança de pouso ou de comida... A chuva batia-lhes sem misericórdia. Não podiam correr, porque Rubião temia escorregar e cair, e o cão não queria perdê-lo. A meia rua, acudiu à memória do Rubião a farmácia, voltou para trás, subindo contra o vento, que lhe dava de cara; mas, ao fim de vinte passos, varreu-se-lhe a ideia da cabeça; adeus, farmácia! Adeus, pouso! Já se não lembrava do motivo que o fizera mudar de rumo, e desceu outra vez, e o cão atrás, sem entender nem fugir, um e outro alagados, confusos ao som da trovoada rija e contínua.

197

Vagaram sem destino. O estômago de Rubião interrogava, exclamava, intimava; por fortuna, o delírio vinha enganar a necessidade com os seus banquetes das Tulherias. Quincas Borba é que não tinha igual recurso. E toca a andar acima e abaixo. Rubião, de quando em quando, sentava-se no lajedo, e o cão trepava-lhe às pernas, para dormir a fome; achava as calças molhadas, e descia; mas tornava logo a subir, tão frio era o ar da noite, já noite alta, já noite morta. Rubião passava-lhe as mãos por cima, resmungando algumas palavras magras.

Se, apesar de tudo, Quincas Borba conseguia adormecer, acordava logo, porque Rubião levantava-se e punha-se outra vez a descer e subir ladeiras. Soprava um triste vento, que parecia faca, e dava arrepios aos dois vagabundos. Rubião andava devagar; o próprio cansaço não lhe permitia as grandes pernadas do princípio, quando a chuva caía em bátegas. As paradas eram agora mais frequentes. O cão, morto de fome e de fadiga, não entendia aquela **odisseia**,

Odisseia: aventura.

ignorava o motivo, esquecera o lugar, não ouvia nada senão as vozes surdas do senhor. Não podia ver as estrelas, que já então rutilavam, livres de nuvens. Rubião descobriu-as; chegara à porta da igreja, como quando entrou na cidade; acabava de sentar-se e deu com elas. Estavam tão bonitas, reconheceu que eram os lustres do grande salão e ordenou que os apagassem. Não pôde ver a execução da ordem; adormeceu ali mesmo, com o cão ao pé de si. Quando acordaram de manhã, estavam tão juntinhos que pareciam pegados.

198

— Ao vencedor, as batatas! — exclamou Rubião quando deu com os olhos na rua, sem noite, sem água, beijada do sol.

199

Foi a comadre do Rubião que o agasalhou e mais ao cachorro, vendo-os passar defronte da porta. Rubião conheceu-a, aceitou o abrigo e o almoço.

— Mas que é isso, seu compadre? Como foi que chegou assim? Sua roupa está toda molhada. Vou dar-lhe umas calças de meu sobrinho.

Rubião tinha febre. Comeu pouco e sem vontade. A comadre pediu-lhe contas da vida que passara na Corte, ao que ele respondeu que levaria muito tempo, e só a posteridade a acabaria. Os sobrinhos de seu sobrinho, concluiu ele magnificamente, é que hão de ver-me em toda a minha glória. Começou, porém, um resumo. No fim de dez minutos, a comadre não entendia nada, tão desconcertados eram os fatos e os conceitos; mais cinco minutos, entrou a sentir medo. Quando os minutos chegaram a vinte, pediu licença e foi a uma vizinha dizer que Rubião parecia ter virado o juízo. Voltou com ela e um irmão, que se demorou pouco tempo e saiu a espalhar a nova. Vieram vindo outras pessoas, às duas e às quatro, e, antes de uma hora, muita gente espiava da rua.

— Ao vencedor, as batatas! — bradava Rubião aos curiosos. — Aqui estou imperador! Ao vencedor, as batatas!

Essa palavra obscura e incompleta era repetida na rua, examinada, sem que lhe dessem com o sentido. Alguns antigos desafetos do Rubião iam entrando, sem cerimônia, para gozá-lo melhor; e diziam à comadre que não lhe convinha ficar com um doido em casa, era perigoso; devia mandá-lo para a cadeia, até que a autoridade o remetesse para outra parte. Pessoa mais compassiva lembrou a conveniência de chamar o doutor.

— Doutor para quê? — acudiu um dos primeiros. — Este homem está maluco.

— Talvez seja delírio de febre; já viu como está quente?

Angélica, animada por tantas pessoas, tomou-lhe o pulso e achou-o febril. Mandou vir o médico — o mesmo que tratara o finado Quincas Borba. Rubião conheceu-o também, e respondeu-lhe que não era nada. Capturara o rei da Prússia, não sabendo ainda se o mandaria fuzilar ou não; era certo, porém, que exigiria uma indenização pecuniária enorme — cinco bilhões de francos.

— Ao vencedor, as batatas! — concluiu rindo.

200

Poucos dias depois morreu... Não morreu súdito nem vencido. Antes de principiar a agonia, que foi curta, pôs a coroa na cabeça — uma coroa que não era, ao menos, um chapéu velho ou uma bacia, onde os espectadores apalpassem a ilusão. Não, senhor; ele pegou em nada, levantou nada e cingiu nada*****; só ele via a insígnia imperial, pesada de ouro, **rútila** de brilhantes e outras pedras preciosas. O esforço que fizera para erguer meio corpo não durou muito; o corpo caiu outra vez; o rosto conservou porventura uma expressão gloriosa.

— Guardem a minha coroa — murmurou. — Ao vencedor...

*** Observe o efeito expressivo que a repetição da palavra "nada" produz na frase, destacando a loucura de Rubião.**

Rútila: resplandecente.

A cara ficou séria, porque a morte é séria; dois minutos de agonia, um trejeito horrível, e estava assinada a abdicação.

201

Queria dizer aqui o fim do Quincas Borba, que adoeceu também, ganiu infinitamente, fugiu desvairado em busca do dono, e amanheceu morto na rua, três dias depois. Mas, vendo a morte do cão narrada em capítulo especial, é provável que me perguntes se ele, se o seu defunto homônimo é que dá o título ao livro, e por que antes um que outro — questão prenhe de questões, que nos levariam longe... Eia! Chora os dois recentes mortos, se tens lágrimas. Se só tens riso, ri-te! É a mesma coisa. O Cruzeiro, que a linda Sofia não quis fitar, como lhe pedia Rubião, está assaz alto para não discernir os risos e as lágrimas dos homens.

QUINCAS BORBA

Comentários sobre a obra

O romance *Quincas Borba,* publicado em 1891, é um dos pontos mais altos da obra de Machado de Assis.

O enredo gira em torno da vida de Rubião, amigo e enfermeiro particular do filósofo maluco Quincas Borba, personagem que já aparecera no romance *Memórias póstumas de Brás Cubas*, de 1881.

Quincas Borba vivia em Barbacena, Minas Gerais, e era muito rico. Ao morrer, deixa ao amigo Rubião toda a sua fortuna. Este resolve trocar a pacata vida provinciana pela agitação da corte e muda-se para o Rio de Janeiro. Leva consigo um cão, também chamado Quincas Borba, que pertencera ao filósofo e do qual deveria cuidar sob pena de perder a herança.

Durante a viagem de trem para o Rio de Janeiro, Rubião trava amizade com o casal Sofia e Cristiano Palha, que logo percebem estar diante de um rico e ingênuo provinciano. Atraído pela amabilidade do casal e, sobretudo, pela beleza de Sofia, Rubião passa a frequentar-lhes a casa no Rio, confiando cegamente a administração de todos os seus bens ao novo amigo, um esperto comerciante.

Com o tempo, Rubião sente-se cada vez mais atraído por Sofia, que mantém com ele uma atitude esquiva, encorajando-o e ao mesmo tempo impondo uma certa distância. Por outro lado, a ingenuidade de Rubião torna-o presa fácil de várias outras pessoas interesseiras e oportunistas, que se aproximam dele apenas para explorá-lo financeiramente. Depois de alguns anos, Rubião começa a manifestar os sintomas da loucura que o levará à morte, a mesma loucura de que fora vítima seu amigo, o filósofo Quincas Borba. Reduzido à miséria, é abandonado pelos amigos e desprezado pelo casal Palha, que enriqueceu aproveitando-se de sua fortuna. É internado numa casa de saúde de onde foge para Barbacena, junto com o cão. E lá morre, completamente alienado, imaginando-se um imperador.

Acompanhando a trajetória de Rubião, percebe-se como funciona a engrenagem social da época, como ocorre a coisificação das pessoas, o jogo das vaidades, as lutas pelo poder político e pela ascensão social e econômica. Dessa maneira, ao lado da sutil e penetrante análise psicológica dos personagens, o romance apresenta também um quadro bastante crítico das relações sociais no Brasil no final do século XIX.

O destino trágico de Rubião exemplifica a tese do Humanitismo, teoria inventada pelo filósofo maluco Quincas Borba, de que a vida é um campo de batalha onde só os mais fortes sobrevivem. Ou, nas palavras do próprio personagem: "Supõe tu um campo de batatas e duas tribos famintas. As batatas apenas chegam para alimentar uma das tribos, que assim adquire forças para transpor a montanha e ir à outra vertente, onde há batatas em abundância; mas, se as duas tribos dividirem em paz as batatas do campo, não chegam a nutrir-se suficientemente e morrem de inanição. A paz, nesse caso, é a destruição; a guerra é a conservação. Uma das tribos extermina a outra e recolhe os despojos. (...) Ao vencido, ódio ou compaixão; ao vencedor, as batatas".

Como diz o crítico Antonio Candido: "No fim, pobre e louco, ele morre abandonado; mas em compensação, como queria a filosofia do Humanitismo, Palha e Sofia estão ricos e considerados, dentro da mais perfeita normalidade social. Os fracos e os puros foram sutilmente manipulados como coisas e em seguida são postos de lado pelo próprio mecanismo da narrativa, que os cospe de certo modo e se concentra nos triunfadores, acabando por deixar no leitor uma dúvida sarcástica e cheia de subentendidos: o nome do livro designa o filósofo ou o cachorro, o homem ou o animal, que condicionaram ambos o destino de Rubião? Este começa como simples homem, chega na sua loucura a julgar-se imperador e acaba como um pobre bicho, fustigado pela fome e a chuva no mesmo nível que seu cachorro".

Publicado logo depois de *Memórias póstumas de Brás Cubas*, o romance *Quincas Borba* reafirma as características de estilo que fazem de Machado de Assis uma figura ímpar na literatura brasileira do século XIX: capítulos curtos, diálogo constante com o leitor e intervenções e digressões do narrador que quebram a linearidade do enredo.

CONVERSANDO SOBRE A OBRA

1. Considerando o capítulo 21, explicar se é possível perceber indícios do relacionamento que haverá entre Rubião e o casal Palha.

2. Reler o capítulo 50, um dos principais do romance. O que fica explicitado no diálogo entre Cristiano e Sofia?

3. No capítulo 31, o narrador diz sobre Carlos Maria: "Examinai-o bem; é um galhardo rapaz de olhos grandes e plácidos, muito senhor de si, ainda mais senhor dos outros. Olha de cima; não tem o riso jovial, mas escarninho". Apontar as características da personalidade de Carlos Maria que são esboçadas nesse capítulo; depois, citar algumas cenas em que essas características se confirmam.

4. Explicar a reação das pessoas que convivem com Rubião à medida que se manifestam os sintomas da sua loucura.

5. Explicar o relacionamento que se estabelece entre Sofia e Carlos Maria.

6. O filósofo maluco Quincas Borba é autor da teoria do Humanitismo. Explicar os princípios básicos dessa teoria e discutir se ela pode ser considerada uma forma aceitável de explicação da vida humana.

7. Discutir se o destino final de Rubião pode ser entendido como um exemplo que confirma a teoria do Humanitismo.

8. Discutir o significado do casamento no romance. Reler principalmente o capítulo 118.

9. Apontar as diferenças entre *Quincas Borba* e os romances românticos do século XIX em geral.

10. Fazer um debate sobre o seguinte tema: para enriquecer, vale fazer qualquer coisa ou não? Há limites éticos na luta para subir na vida?